TATJANA KRUSE

Wuchtbrummenalarm

Buch

Bisher war die Wuchtbrumme eingefleischter Single. Doch kurze Affären machen auf Dauer auch die selbstbewussteste Frau nicht glücklich. Deshalb versöhnt sich die temperamentvolle Vollblutdame umstandslos mit ihrem Ex und zieht mit ihm in eine gemeinsame Wohnung in Stuttgart. Natürlich ist es nicht ganz unproblematisch, plötzlich einen Mitbewohner zu haben – an ihre beiden Wellensittiche ist die Wuchtbrumme ja gewöhnt, aber ein Menschen-Männchen? Geduldig arbeitet sie daran, den Ex zu einem brauchbaren Mitbewohner zu machen, wobei sie auf einen Leitfaden zur Hundeerziehung zurückgreift. Diese Methode funktioniert auch ausgezeichnet, bis das Glück der Neuverliebten auf eine harte Probe gestellt wird. Alex Drombowsky, eine der besten Freundinnen der Wuchtbrumme, gerät in Schwierigkeiten und bittet die erfahrene Hobbydetektivin um Hilfe. Über eine Zeitungsannonce hat Alex einen Mann kennen gelernt, der sich später heimlich Zugang zu ihrer Wohnung verschafft, private Unterlagen und kompromittierende Fotos gestohlen hat, und sie nun damit erpresst. Dummerweise hat Alex sich auf ihre Anzeige hin mit so vielen Männern getroffen, dass sie nicht mehr sagen kann, wer der Übeltäter sein könnte. Kurzerhand schaltet die Wuchtbrumme eine Kontaktanzeige im Stuttgarter Stadtmagazin und trifft sich mit den Männern, die auch schon ein Date mit Alex hatten. Und wie immer, wenn sich die Wuchtbrumme in die Angelegenheiten anderer Leute einmischt, lassen die Katastrophen nicht lange auf sich warten …

Autorin

Tatjana Kruse, Jahrgang 1960, seit nunmehr vier Jahren das Alter Ego der *Wuchtbrumme*, lebt und arbeitet in Stuttgart. Seit 1995 veröffentlicht sie Kriminalgeschichten und *Wuchtbrummen*-Bände und erhielt neben einigen anderen Auszeichnungen 1996 den Marlowe-Preis der Raymond-Chandler-Gesellschaft für den besten deutschen Kurzkrimi. Sie ist Mitglied im *Syndikat* und bei den *Sisters in Crime*.

Tatjana Kruse im Internet: *www.tatjana-kruse.de.vu*

Von Tatjana Kruse
außerdem als Goldmann Taschenbuch erschienen:

Achtung: Wuchtbrumme! (44994)
Die Wuchtbrumme kehrt zurück (45266)

Tatjana Kruse

Wuchtbrummen-alarm

Roman

GOLDMANN

Umwelthinweis:
Alle bedruckten Materialien dieses Taschenbuches
sind chlorfrei und umweltschonend.

Originalausgabe Juli 2003

Umschlaggestaltung: Design Team München
Umschlagillustration: Zefa/Maga
Satz: Uhl + Massopust, Aalen
Druck: Elsnerdruck, Berlin
Verlagsnummer: 45528
JE · Herstellung: Katharina Storz/HN
Made in Germany
ISBN 3-442-45528-6
www.goldmann-verlag.de

1 3 5 7 9 10 8 6 4 2

Dieses Buch ist den darin genannten
Gastronomiebetrieben Stuttgarts gewidmet:
Seid heiß bedankt – ohne euch wäre ich schon
längst elend verhungert!

INHALT

VORWORT

Es gibt Spiegel, die lieben einen. Oder auch Schaufensterscheiben. Ungelogen!

Mein Ganzkörperspiegel zum Beispiel, den ich völlig überteuert auf dem Flohmarkt erstanden habe, liebt mich heiß und innig: In ihm spiegeln sich nicht nur meine herrlich prallen einhundert Kilo und meine wilde Lockenmähne, sondern auch meine schöne Seele.

Quasi.

Will sagen, in ihm würde Claudia Schiffer neben mir ganz blass aussehen.

Wohingegen mich die Spiegelwand bei unserem Stammitaliener *Bombay Tiger*, zu dem ich nach dem Yoga immer mit meiner Freundin Alex pilgere, hasst. Tief und aus ganzem Spiegelherzen. Ich schwöre, das Ding zeigt mir sogar Pickel, die gar nicht existieren!

Warum ich Ihnen das erzähle? Damit Sie etwas fürs Leben lernen.

Und um zu erhellen, warum mein Ganzkörperspiegel – Barockdesign, unputzbar verdreckt, stark müffelnd – unbedingt mit in die neue Wohnung musste.

Ja genau, ich bin umgezogen. Knall auf Fall habe ich meinen neuen Lover Uri wegen seelischer Grausamkeit entsorgt – er hatte sich, ohne mich vorher zu konsultieren, einen Bart stehen lassen! – und mich mit meinem alten Lover Urs versöhnt. Und nicht nur versöhnt, sondern leidenschaftlich neu verliebt, weshalb Urs und ich eine Wohnung in Stuttgarts Hanglage angemietet haben und jetzt auf »Paar« machen.

Ob Sie es glauben oder nicht: Die Wuchtbrumme wird sesshaft!

1

Um in der Männererziehung erfolgreich zu sein,
muss man den Mann als das behandeln,
was er ist: ein Hund auf zwei Beinen.

frei nach Carl Spitz,
Filmhundetrainer in Hollywood

Wie erziehe ich den besten Freund der Frau

Lektion 1: Schritt für Schritt zum idealen Begleiter

Sich einen Mann anzuschaffen ist vergleichsweise easy. Sich einen Mann zu halten und täglich so mit ihm zu leben, dass richtig Freude aufkommt, weitaus schwieriger.

Wie sagte Oma Nölle immer: »Nur eine kluge Frau hat einen guten Ehemann!« Anders ausgedrückt: Der ideale Partner wird einem nicht von der Göttin geschenkt, den idealen Partner bastelt frau sich selbst – durch konsequente Erziehung.

Wer eine vollkommene Beziehung führen will, muss seinen Mann wie ein kleines Hündchen behandeln. Und kommen Sie mir jetzt nicht mit ethischen Bedenken, von wegen »Männer sind auch Menschen«. Wir behandeln unsere Haustiere doch durch die Bank weg besser als unsere Mitmenschen – Ihr Partner wird von dieser Methode also nur profitieren.

Gute Erziehung ist schlichtweg das Wichtigste überhaupt: Der Hund – pardon: der Mann – fühlt sich dann wohl und ist allzeit ein froher, heiterer Kamerad!
Achten Sie darauf, mit der Erziehung schon im Welpenstadium Ihrer Beziehung zu beginnen – wenn Sie jetzt nichts schleifen lassen, sind die Weichen für eine glückselige Partnerschaft dauerhaft gestellt.

»Du Zuckermäulchen! Du Knuddelpüppchen! Du Sonnenschein!«

Urs, dieser Gott von einem Schweizer, bedachte mich – mit derselben entzückenden Stimme, die immer für *Ricola Kräuterbonbons* wirbt – Abend für Abend vor dem Einschlafen mit neuen Kosenamen, während er jeden Zentimeter meines üppig-sinnlichen Körpers, sogar die Stelle mit dem tätowierten Monsternerz auf meiner Pobacke*, mit zarten Küssen eindeckte.

»Mein Herzallerliebster, mein furchtloser Tiger, mein Ein und Alles«, gurrte ich meinerseits.

Der ausladende Barockspiegel (von mir mit in die Wohnung gebracht) gegenüber dem minimalistischen Futon (von ihm mitgebracht) zeigte mich als sinnliche Mata Hari, die sich dem geliebten Mann wie eine indische Liebesgöttin um den Körper schlingt.

»Mein Schwabbelferkelchen, mein Orangenhäutchen, meine Pelzwurst.«

* Der Nerz, *mustela lutreola lutreola*, ein putziges, bepelztes Mardertier, das manche Uneinsichtige immer noch als Mantel tragen, war mir bei einem unglücklichen Zwischenfall in einem Tätowierstudio auf meiner Pobacke eingemeißelt worden. Siehe auch *Die Wuchtbrumme kehrt zurück* (Goldmann Taschenbuch 45266).

»Wie bitte?!«, donnerte ich.

Ratzfatz verwandelte ich mich in eine zornschnaubende Kali, wickelte mich von seinem stangenspargeligen Männerkörper ab und stemmte die Hände in meine üppig gerundeten Hüften.

Pelzwurst! Ja gut, ich hatte das mit dem Enthaaren in letzter Zeit ein wenig schleifen lassen, aber der Look *au naturel* war doch wieder stark im Kommen …

Urs, der klassische Spätbegreifer, wurde blass. »Wie? Was?«

»Wo hast du denn diese Begriffe her?«

Urs richtete sich ebenfalls auf. »Von Simon. Er hat da ein Buch. *1001 Liebesschwüre für den modernen Tantriker.*«

Simon war das Sackgesicht, das Urs seinen »besten Freund« nannte. Außerdem gehörte ihm die Werbeagentur, der Urs seine ersten wirklich satten Aufträge in Stuttgart zu verdanken hatte.

Man stelle sich vor, Urs war nach unserer Versöhnung extra meinetwegen von Köln nach Stuttgart gezogen. Er konnte ja nichts dafür, wenn ein grausames Schicksal ihn dabei mit einem Exemplar von Mann zusammenbrachte, das ebenso wie der Neandertaler und der Tyrannosaurus Rex schon längst hätte ausgestorben sein sollen. Von wegen, nur die Starken überleben. Darwin irrte! Die Deppen überleben nämlich auch.

»Urs, mein Liebster, dieser Simon ist nicht die maßgebliche Kapazität in Sachen *Frauen umgarnen*. Das nächste Mal, wenn dir dieser Simon diesbezüglich einen Rat gibt, dann tust du einfach genau das Gegenteil. Versprich es mir!«

Urs zierte sich. »Simon ist ein netter Kerl. Ehrlich. Auf seine Art echt witzig. Komm, lass uns weiterschmusen.«

Über seinem Kopf, genau zwischen dem röhrenden Hirsch und der Zigeunerin, Meisterwerke zeitgenössischer Kaufhauskunst, von Ursens Mutter zum Einzug geschickt, erschien mir Oma Nölle.

Oma Nölle war keineswegs verblichen, sie urlaubte nur gerade mit einem rüstigen Daimler-Chrysler-Manager im Ruhestand auf Malle, aber dennoch sah ich ihr Gorgonenhaupt, das mir zeigefingernd entgegenrief: *Denk an die erste Lektion der Männererziehung!*

Als ich sechs Jahre alt war, hatte mir Oma Nölle einen Rauhaardackel geschenkt. Ich taufte ihn Attila. Oma Nölle bestand auf einer strikten Erziehung. »Du wirst mir noch mal dankbar sein, Kind«, insistierte sie und schenkte mir ein Welpenerziehungsbuch. »Wenn du deinen kleinen Hund jetzt konsequent drillst, wirst du später auch deinen Mann dressieren können.« Ich verstand das damals noch nicht.

Attila ging schon drei Jahre später in den Hundehimmel ein, wo er auf ewig Katzen jagen durfte, wie meine Mutter mir erklärte. Der große rote Fleck in der Garage stammte – laut Aussage meines Vaters, eines Mannes, der das Rückwärts-Ausparken nie richtig beherrschen sollte – aus einem Farbkübel, den er versehentlich umgestoßen hatte.

Das Welpenerziehungsbuch besaß ich aber immer noch. Es lag seit dem Umzug in der obersten Schublade meines Nachttisches. Und nun, im überreifen Alter von fast vierzig, verstand ich auch, was Oma Nölle damals mit der Männerdressur gemeint hatte.

WIR MERKEN UNS:
Eine gedeihliche Erziehung beginnt schon im Welpenalter. Machen Sie Ihrem kleinen Liebling vom ersten Tag an nachdrücklich klar, wer in Ihrem Heim das Alpha-Tier ist!

»Ich kann nicht mit dir schmusen, solange dieser Simon zwischen uns steht.« Ostentativ verschränkte ich die Arme.

Urs fuhr mit dem Zeigefinger über das warme, weiche Fleisch meiner Oberarme. »Mein Schneckchen, mein Herzchen, mein Schnuckiputz.«

Bleiben Sie mal eisern, wenn Amor höchstselbst in seiner ganzen unverhüllten Pracht vor Ihnen liegt und Männchen macht. Aber ich dachte an unsere Zukunft – außerdem kann ich keinen Sex haben, solange mir meine Oma dabei zusieht. Und sei es auch nur in meiner Einbildung.

»Nein, nein und nochmals nein!«

Urs zog seine Hand zurück. War ich zu weit gegangen?

Ich zwinkerte und wackelte mit dem Holz vor meiner Hütte.

Sehr viel Holz.

»Nie wieder frage ich Simon in Frauensachen um Rat. Ich verspreche es. Ich gelobe es. Alles, was du willst!« Urs war halt auch nur ein Mann.

Oma Nölle zog sich zurück.

Und ich ließ mich fallen.

Ja gut, ich hatte etwa zwei Jahre zuvor irrigerweise angenommen, Urs hätte mich mit irgend so einer nach Chanel duftenden Hochglanzschönheit, die er für seinen damaligen

Hauptkunden ablichtete, betrogen. Woraufhin ich selbstredend – das verlangte schon mein Stolz als ungezähmte Amazone – seine Wohnung demoliert, ihn in einer Rundmail als schwul geoutet und seine geliebten Tropenfische dem Kater seiner Nachbarinnen ausgeliefert hatte.

Für einen geringeren Mann als Urs hätte das das finale Anti-Erotikum bedeutet, aber mein wackerer Bergvolk-Nachkomme begriff es als Herausforderung.

Nach kurzem Klinikaufenthalt (der Kater der Nachbarinnen hatte beim Katzenhaarallergiker Urs einen schweren Asthmaanfall ausgelöst) und längerer Regeneration im Walliser Chalet seiner Eltern stand er eines Tages mit Sack und Pack und dem letzten überlebenden Tropenfisch vor der Tür zu meinem Wohnklobüro.

Die Schicksalsgöttinnen wählten den Zeitpunkt seiner Rückkehr weise: Es war just der Morgen nach dem Abend, an dem ich Uri* erklärt hatte, dass mir sein frisch gesprossener Bart nicht gefiel, im Gegenteil, dass ich ihn nunmehr als ekliges, menschliches Stachelgewächs empfand, sich mir allein schon beim Gedanken, dieses Gestrüpp zu küssen, die Haut am ganzen Körper schuppte, und er dieses Ding an seinem Kinn oder sich selbst sofort aus meiner Wohnung entfernen solle, woraufhin er die Tür mit einem satten *Rumms!* hinter sich zugeschlagen hatte.

Jedenfalls dachte ich damals, als ich Urs unerwarteterweise vor mir sah, na toll, jetzt kriege ich eine Standpauke zu hören, aber nix da, mit seinem süßen Schweizer Akzent bat er mich

* Nein, ich stehe nicht grundsätzlich auf Männer, deren Vorname nur aus drei Buchstaben besteht und mit U anfängt, das ist nur einer dieser Zufälle, mit denen uns das Universum seinen Sinn für Humor verklickern will.

um Verzeihung für seine Unsensibilität, versicherte mir unter Tränen, dass er außer mir nie eine geliebt und neben mir niemals auch nur einen One-Night-Stand – neudeutsch: Pop-and-go – mit einer anderen gehabt habe, denn wie könne man eine Normalosterbliche Venus höchstselbst vorziehen, *odrr*?! Dann flehte er mich um eine zweite Chance an.

Und als ich gerade dachte, gar so unterwürfig mag ich meine Männer dann aber auch nicht, riss er mich Cary-Grant-reif in seine Arme und machte mir klar, worauf ich in all den Monaten ohne ihn hatte verzichten müssen.

Damit waren die Würfel gefallen.

Urs meldete schon am nächsten Tag sein Fotostudio von Köln nach Stuttgart um, suchte sich ein passendes Atelier und fand in der Werbeagentur seines Freundes Simon sofort einen neuen Auftraggeber.

Die Idee, auch gleich zusammenzuziehen, stammte natürlich nicht von mir. Aber Urs konnte wahnsinnig überzeugend sein und hatte auch treffliche Argumente parat, zum Beispiel, dass sich sein einziger noch verbliebener Tropenfisch einsam fühlte und sich über die Gesellschaft meiner beiden Wellensittiche bestimmt riesig freuen würde. Schuldgefühle mischten sich mit frisch erwachter Libido, und schon wohnte ich in einer Doppelhaushälfte in der Schottstraße mit Blick auf Stuttgart.

Eine Killesbergadresse, raunen nun Kenner der schwäbischen Metropole und denken, um meine mehr als angespannte Finanzlage wissend, dass ich mich von meinem reichen Werbefotografen offenbar aushalten lasse. Ich? Die Frau, die noch vor wenigen Jahren Emanzipationsparolen über die Pinkelbecken im Rathausmännerklo gesprüht hat? Jetzt aber mal halblang!

Die Doppelhaushälfte war eigentlich nur ein Doppelhausdrittel – knapp 65 Quadratmeter auf zwei Stockwerke verteilt – und gehörte Ursens Spezi Simon, der uns eine vergünstigte Miete einräumte, welche ich natürlich zur Hälfte übernahm.

Ja gut, dafür musste ich Sonderschichten als Aushilfsverkäuferin in der Eso-Buchhandlung *Kundalini* schieben und meinem besten Kumpel Jacques, der nach dem überraschenden Rauswurf aus der WG seiner Freundin dringend eine Bleibe gesucht und den ich in meiner alten Wohnung untergebracht hatte, mehr Miete abknöpfen, als ich selbst dafür zahlte, aber meine Würde blieb gewahrt!

Am Tag nach unserem Einzug stellten wir fest, warum Simon sich so generös gezeigt hatte: In dem Doppelhauszweidrittel neben uns wohnte sein arbeitsloser Bruder Gerry zusammen mit seinen beiden überlebensgroßen Rottweilern Zeus und Apollo, die erst dann aufhören würden, unschuldige Passanten anzufallen, wenn es Hundefutter in der Geschmacksrichtung Briefträgerwade gab.

Bis dahin warf der Postbote unsere Briefe einfach nur über den Gartenzaun, die Umzugsspediteure verlangten Gefahrenzulage, und Urs und ich trauten uns nur dann vor die Haustür, wenn die Bestien in der Küche ihres Meisters gefüttert wurden, was aufgrund ihrer immensen Größe mehrmals täglich geschah. Dann rannten wir im Schweinsgalopp durch den gemeinschaftlich geteilten Vorgarten und hechteten über den Elektrozaun.

Eine irgendwie unbefriedigende Gesamtlösung, aber dafür wohnten wir nun in Stuttgarts nobelster Hanglage!

2

Dem Hunde, wenn er gut erzogen,
wird selbst ein weises Weib gewogen.

frei nach Goethes *Faust*

Wie erziehe ich den besten Freund der Frau

Lektion 2: Anfangsgehorsam gegen Trennungsängste

Ob es mit der Erziehung Ihres kleinen Freundes etwas wird, hängt ganz von Ihnen ab: Sie brauchen Ruhe, Geduld, Konsequenz und ein erstklassiges Reaktionsvermögen, ganz besonders im Kampf gegen die Trennungsängste Ihres kleinen Lieblings.
Hunde sind Rudeltiere, deren Sinne ständig nach einer Stimulierung verlangen. Wenn Sie Ihr Hündchen einfach allein lassen, wird es vor lauter Langeweile und Einsamkeit in vorsätzlichen Eigentumsdelikten Zuflucht suchen: bohren, hämmern, die Küche mit Schmutzgeschirr überquellen lassen oder sich die Gewohnheit aneignen, dumpfbackig vor dem Fernsehgerät herumzuhängen.
Bevor Sie also Ihren kleinen Liebling allein lassen, sollten Sie ihn körperlich und geistig ausgiebig beschäftigen, denn im Zustand der Erschöpfung wird er keine Dummheiten anstellen.

Lassen Sie ihn anfangs nur kurz allein, am besten mit seinem Lieblingsspielzeug. Loben Sie ihn ausgiebig, sobald Sie zurückkommen. Wiederholen Sie diese Übung mit immer größeren Zeitspannen, bis er auch über längere Zeiträume hinweg – also beispielsweise einen ganzen Abend – allein bleiben kann, ohne sich zu fürchten. Nur in ganz seltenen Fällen wird es nötig sein, den Kleinen in ein altes Kinderställchen zu sperren – mit Wasser und Kauspielsachen –, wenn Sie das Haus allein verlassen wollen.

In dubio pro Yoga
(Alte römisch-indische Weisheit)

Er war überirdisch schön. Und seine Stimme ging mir bis ins Mark. Dennoch stürzte ich mich nicht auf ihn, sondern lag reglos schmachtend und ohne zu sabbern auf dem Boden.

Wie war das möglich?

Falsch, ich war nicht tot.

Richtig, der junge Mann war Swami Detlef, mein Yogalehrer, und um mich herum lagen zwanzig Frauen und ein Kerl, die ebenfalls Erleuchtung im Hier und Jetzt suchten, für zwölf Euro fünfzig pro Übungsstundeneinheit, im *Yogapalast Lotusdiamant.*

Von Anfang an hatte ich Urs klar gemacht, dass ich keineswegs brav im Haushalt werkeln würde, bis er von der Arbeit nach Hause kam, nur um meine Qualitäten als Versorgerin zu demonstrieren und ihn dann mit einem leckeren Mahl zu verköstigen, während er mir drei lang und drei breit erzählte, wie sein Tag so war.

Nix da! Ich würde weiter alles übersetzen, von philippinischen Jungfräulichkeitsbescheinigungen bis hin zu den

Männerbüchern bayrischer Kleinverlage, die die Welt nicht brauchte. Ich würde auch künftig aushilfsweise in der Eso-Buchhandlung *Kundalini* jobben. Ich würde mich auch fortan mit meinen Krimistammtischmädels treffen, wann immer mir der Sinn danach stand. Und ich würde zweimal die Woche yoginieren. Im Gegenzug durfte er das Gästezimmer unserer neuen Wohnung zum Schrein für seine Kameraklassikersammlung umfunktionieren und eigenhändig Regale für seine Rolleis und Leicas zimmern.

WIR MERKEN UNS:

Nur konsequenter Anfangsgehorsam hilft gegen Trennungsängste – mit *Laissez-faire*-Methoden kommen Sie bei der Männer-Erziehung nicht weit!

Ursprünglich war es natürlich ein Versehen gewesen. Ich hatte drei Hochschulzeugnisse übersetzt und wollte sie gegen Barzahlung in dem Übersetzungsbüro abliefern, für das ich den Auftrag erledigt hatte.

Ein Neukunde mit Sitz in einem Häuserkomplex im Stuttgarter Westen. Man trat durch ein Tor in einen Hinterhof mit Abfalltonnenkombo und einem riesigen Schild:

HEIMRAD MERTENS, HEILPRAKTIKER
BIBELSCHULE WEST
SPRACHEN INTERNATIONAL, ÜBERSETZUNGSBÜRO
YOGAPALAST LOTUSDIAMANT
KAMPFSPORTSTUDIO DANIEL PFISTERER
ÄNDERUNGSSCHNEIDEREI YILDERIM

Keine Stockwerkangabe. Nichts.

Das Erdgeschoss schloss ich aus, weil hinter der schwarz gestrichenen Tür markerschütternde Schreie zu hören waren. Das konnte nur der Heilpraktiker mit einer Urschreitherapie oder Kampfsportguru Daniel »schwarzer Gürtel« Pfisterer sein.

Im ersten Stock blätterte die Farbe von den Wänden, und hinter den Türen war es still. Gleich die erste Tür war nicht verschlossen, sondern nur angelehnt, also klopfte ich und trat ein.

Der alles durchdringende Gestank nach irgendwelchen Räucherstäbchen hätte mich warnen sollen, aber für eine Flucht war es zu spät. Ein goldgelockter, hermaphroditisch anmutender Engel trat lächelnd auf mich zu, rief »Schuhe bitte ausziehen« und zog mich dann einen kilometerlangen Flur entlang.

»Zum Umziehen sind Sie leider zu spät dran. Wir haben nur noch auf Sie gewartet. Pssst.«

Er legte einen Finger über die gespitzten Lippen und schubste mich in einen mittelgroßen Saal, in dem vom CD-Gerät eine Altfrauenstimme dissonant ein Wort sang, das wie *Agatanayi* klang, wozu zwanzig Menschen in Embryonalstellung auf Wolldecken lagen und »Ooooommmmm« murmelten.

»Nein, nein…«, hob ich an, aber der Engel schüttelte seine Locken.

»Keine Angst. Machen Sie einfach mit.«

Mir war damals schon klar, dass es sich wohl nicht um das Großraumbüro einer alternativen Übersetzungsagentur handelte und ich offensichtlich versehentlich für eine Yoga-Interessentin gehalten wurde.

Aber der ätherische Jüngling hatte eine erstaunliche Kraft in seinen schmächtigen Händchen, mit denen er mich auf eine nach Schweiß riechende Schafswolldecke hinunterpresste.

»Nun fängt die Stunde an!«, blökte er sonnig, und die Embryos rollten sich erst auf, um sich dann in den Lotussitz zu verwursteln.

Die Frau neben mir, eine zierliche Brünette in einer weißen Leinenkombination mit Bügelfalte, streckte mir ihre Hand entgegen und flüsterte: »Dr. Alex Drombowsky. Keine Sorge, ich war am Anfang auch skeptisch.«

»Bitte keine Unterhaltungen!«, rief der Engel.

Was dann folgte, kann ich nur als Gehirnwäsche bezeichnen. Warum sonst sollte ausgerechnet ich von da an brav jede Woche zum Yoga pilgern?

Wo ich doch Yoga immer mit grauslichen Körperverrenkungen und lustfeindlich-asketischer Lebenseinstellung verbunden hatte? Und ich Sport ganz allgemein so hasste, dass sich meine körperliche Betätigung grundsätzlich auf das Schieben von Einkaufswägen durch den Supermarkt beschränkte. Ob in den Räucherstäbchen ein Suchtmittel eingearbeitet war, das einen immer wieder wie in Trance ins Yogastudio trieb? Hm …

Swami Detlef, der im richtigen Leben Detlef Kowalski hieß, nahm seine Berufung ernst und begann jede Stunde damit, gegen Superstars wie Madonna zu wettern, die im trendy Sportdress Power-Yoga für die willenlosen Massen zelebrierten. Ihm ging es natürlich um Höheres – was genau dieses Höhere war, wurde mir nie ganz klar: das Nirwana oder die Buddhaschaft oder beides, jedenfalls irgendwas total Abgehobenes mit null Realitätsbezug.

Okay, da Yoga von Männern erfunden wurde – von sehr *hageren* Männern –, waren die meisten Übungen für meinen rubenesken Körper eine physikalische Unmöglichkeit. Und die so genannte Umkehrübung *viparita karani*, bei der meine zwei Zentner laut Vorschrift kurze Zeit auf Hals und Schultern lasten sollten und die mir erst nach Monaten eisernen Übens gelang, war schon keine Entspannungsübung mehr, sondern gefährlicher Grenzsport. Aber irgendwie fühlte ich mich nach den neunzig Minuten jedes Mal gelöst und frisch.

Alex nahm mich von Anfang an unter ihre Fittiche. Sie schleppte mich gleich nach der ersten Stunde zum Italiener um die Ecke, Pizzeria *Bombay Tiger*, ein versifftes Loch, in das wir von da an immer nach dem Yogaunterricht gingen, auch wenn es dort kein Ambiente und kein gastronomisches Konzept gab.

Es gehörte einer untersetzten Inderin aus Kalkutta, die Mama Amritanandamayi hieß, immer sehr gut duftete und einen riesigen Totenschädel an einer Kette um den Hals trug – ein Talisman, der von Lepra bis hin zur gewöhnlichen Erkältung alles Böse von ihr fern halten sollte. Mama Amritanandamayi gehörten so gut wie alle Pizza-Lieferdienste im Großraum Stuttgart. In diesem Laden bediente sie persönlich, eine Ehre, die wir uns nie richtig erklären konnten, aber sehr zu schätzen wussten. Auch wenn sie im Servieren immer rekordverdächtig langsam war – die Kontinentalplatten bewegten sich schneller als sie – und sie sich die Namen der italienischen Pizzen nie merken konnte. Statt einer *Quattro formaggi* servierte sie auch schon mal eine Pizza *alla Calabrese*, wogegen man nicht aufmucken durfte, sonst rief sie einen riesigen Sikh mit buschigen Augenbrauen, festgezurrtem Turban und Pranken wie ein Eisenbieger, der einen dann unsanft nach draußen beförderte. Das erfinde ich nicht, das haben zwei englische Touristen am Nebentisch genau so erlebt. Ich war Zeugin. Und Alex auch.

Mit der ich mich schon deshalb rasch anfreundete, weil sie ebenfalls Star-Trek-Fan war und wir während unserer Ritualpizza nach jeder Yogastunde immer etwas zu reden hatten: über die taffe Seven-of-Nine, den brillanten Data oder den schmucken Sisko*.

Langer Vorrede kurzer Sinn, es war ein Freitagabend Mitte Oktober, tierisch heiß, weil sich der Herbst mal wieder für den Sommer hielt, und während Swami Detlef vorn auf seiner Ehrenmatte irgendein Mantra von sich gab, zu dem wir einatmen oder ausatmen oder beides gleichzeitig machen sollten, fiel mir plötzlich auf, dass Alex an diesem Abend irgendwie noch zierlicher wirkte als sonst. Beinahe schon eingefallen.

Mit den anderen Frauen des Kurses wurde ich nie so richtig warm. In der viel zu kleinen Umkleidekabine kam es regelmäßig zu hässlichen Szenen um die wenigen Kleiderbügel und die besten Schließfächer. Szenen, die Swami Detlef, wenn er sie denn gesehen hätte, sehr an den Fortschritten unserer Erleuchtung hätten zweifeln lassen, aber er sah sie nie, weil die Damenumkleide für ihn als asketisch Erleuchteten von Vischnus Gnaden natürlich tabu war. Dabei sage ich immer, wenn die Göttin gewollt hätte, dass wir kei-

* Das erkläre ich jetzt nicht. Gehen Sie sofort in Ihre nächste Videothek und leihen Sie sich zu Recherchezwecken alle *Star-Trek*-Folgen aus!

nen Spaß an Essen, Sex und gelegentlichem Spechten in gegengeschlechtliche Umkleidekabinen haben, dann hätte sie uns als formlose Gaswesen erschaffen.

Der einzige Mann im Kurs erwies sich sowieso als Totalausfall – ein radikaler Deo-Verweigerer mit nur einem Ziel im Leben: sich eines Tages mehr verknoten zu können als unser erhabener Lehrer, Swami Detlef. Neben ihm wollte aus gutem Grund nie jemand liegen, weswegen wir Frauen geschlossen immer viel zu früh kamen, um uns die guten Plätze – weit weg von seiner Stammmatte – zu sichern.

An diesem Abend waren Alex und ich als Letzte eingetrudelt. Wir trafen uns immer an der S-Bahnhaltestelle Schwabstraße und gingen die zweihundert Meter zum *Lotusdiamant* zu Fuß. Alex hatte sich verspätet und als Entschuldigung nur »Wir reden später« gemurmelt. Ihre Niedergeschlagenheit übertrug sich auf mich.

Dass an diesem heißen Oktobertag der Rekordschwitzer, der sich uns nie namentlich vorgestellt hatte, besonders heftig transpirierte, machte es nicht besser. Swami Detlef, in seliger Unkenntnis unserer prekären Lage, übte dreimal den schnellen Durchlauf des Sonnengrußes, was unseren Mattennachbarn noch mehr ins Schwitzen brachte. Ich stand kurz vor einer Ohnmacht.

Meine Rettung war eine wütende Greisin, die mit den Worten »Wer von Ihnen fährt einen roten Golf mit Waiblinger Kennzeichen? Sofort runter von meinem Stellplatz!« in unsere erhabene Versenkung platzte.

Mehr Anstoß, um fluchtartig die Stunde abzubrechen und den Raum zu verlassen, brauchten Alex und ich nicht. Leicht grünlich im Gesicht riefen wir unisono »Der Golf gehört mir« – und weg waren wir.

Keine zehn Minuten später saßen Alex und ich in unserer Stammecke in der Pizzeria *Bombay Tiger*.

»Also, spuck es aus!«, forderte ich sie auf. »Was ist los?«

Und da passierte es.

Alex weinte.

Mir ist wohl der Unterkiefer entgleist. Alex war zwar ein zierliches Persönchen, aber in dem großen Stuttgarter Konzern, in dem sie als Personalchefin arbeitete, lautete ihr Spitzname »Die Eisenfresserin«. Eine solche Frau weint nicht. In ihrem Kummer pflaumt sie Unschuldige an, entlässt altbewährte Mitarbeiter fristlos oder tritt einen Hund. Aber sie weint nicht. Niemals.

Ich machte mir echte Sorgen.

»Zwei Lambrusco!«, rief ich dem Sikh mit dem Turban zu, der für die Getränke verantwortlich war, wenn er nicht gerade unliebsame Gäste an die Luft beförderte. »Schnell!«

Mama Amritanandamayi parkte zwei (nicht bestellte) Pizzen und eine Schüssel mit Knoblauchsoße vor unserer Nase. »Was los?«, wollte sie wissen. »Ärger mit Mann?«

Alex brach in hemmungsloses Schluchzen aus. Wie Sturzbäche ergossen sich ihre Tränen. Ich wollte ihr ein Taschentuch reichen, aber sie hätte eher einen Schwamm gebraucht.

Mama Amritanandamayi nickte. »Ja, ich schon sehen, Ärger mit Mann!« Sie nahm die Suppenkelle aus der Schüssel und häufte uns reichlich sämige Knoblauchsoße auf die Pizzen. Dann entschwand sie mitsamt Schüssel und Kelle.

Alex ließ ihre Stirn auf die Tischdecke sinken. Nicht ganz ungefährlich: Brandlöcher und Wachsflecken waren noch das Harmloseste auf diesem Teil, das seit der Gründung des Etablissements im Spätherbst 1986 zweifelsohne niemals gewaschen worden war.

»Es ist ja so peinlich!«, schluchzte Alex. Sie klang wie ein mutterloser Heuler. Hätte ich Heringe zur Hand gehabt, ich hätte ihr einen zugeworfen.

Das schwule Pärchen am Nebentisch, außer uns die einzigen Gäste, reckte hinter der Wand aus Plastikefeuranken, die uns voneinander trennte, interessiert die Hälse. Ihr kleiner Westie kam auf mich zugelaufen und leckte mir hingebungsvoll die mangelhaft pedikürten Zehen.

Alex schluchzte noch heftiger.

Leider reagiere ich auf Gefühlsdiarrhö nicht sehr gut, sicher ein Defekt aus der Zeit meiner frühkindlichen Prägung. Was sagt man einer Frau, die ihre Pizza mit Tränen überschwemmt?

»Wo bleibt der Lambrusco?«, bellte ich.

Der Sikh knallte die Gläser auf den Tisch. Der Wein schwappte großzügig in alle Richtungen, vornehmlich aber auf den kleinen West Highland Terrier.

»Kein Problem«, sagte ich und hielt den beiden Schwulen ihren Hund entgegen, »träufeln Sie schnell Salz drauf, dann gibt es keine Flecken.«

»Mein Leben ist ruiniert. Meine Karriere ist im Eimer.« Alex hörte auf zu weinen. In so ein kleines Persönchen passt ja auch nicht wirklich viel Tränenflüssigkeit. Sie kippte den Rest aus ihrem Lambruscoglas in einem Zug hinunter.

»Was ist denn los? Komm schon, kotz es aus.«

Die beiden Schwulen setzten sich an unseren Tisch. »Ja genau, Sie müssen es sich von der Seele reden. Das befreit. Ich bin übrigens der Knud. Das ist der Matze. Lassen Sie alles raus. Das gibt sonst nur Pickel.«

Der Westie, der jetzt auf Matzes Schoß saß, leckte sich den Rotwein aus dem Fell.

Mama Amritanandamayi kam mit einer Literflasche Lambrusco angerauscht und setzte sich ebenfalls zu uns. Der Sikh befestigte ein Schild mit der Aufschrift WEGEN TRAUERFALL IN DER FAMILIE GESCHLOSSEN an der Eingangstür, dann stellte er sich mit verschränkten Armen und grimmigem Gesichtsausdruck hinter seine Chefin.

»Jetzt los, erzählen alles«, befahl Mama Amritanandamayi.

Der Westie rutschte mit glasigem Blick von Matzes Schoß.

Alex hickste.

»Aber ich bitte, das vertraulich zu behandeln.«

»Unsere Lippen sind versiegelt!«, versprach Knud.

Wir nickten alle. Na ja, die anderen nickten alle, ich kannte mich und wollte nicht lügen, auch nicht in der Körpersprache. Aber Alex bekam das nicht mit.

Sie schluckte schwer. »Ich habe eine Anzeige geschaltet. Unter *Sie sucht ihn*.«

Knud klatschte in die Hände. »Wie süüüß! Genau so haben Matze und ich uns kennen gelernt.« Matze und er küssten sich, ausdauernd und nicht jugendfrei. Dann hoben sie den Hund vom Boden und küssten auch ihn.

»Alex, es ist keine Schande, per Anzeige einen Mann zu suchen. Anzeigen sind ein modernes Kommunikationstool.« Ich füllte unsere Gläser reihum großzügig mit Lambrusco auf. Zack, war die Flasche leer.

Alex hickste neuerlich.

»Das ist mir auch klar!«, fauchte sie. Langsam kehrte die Eisenfresserin zurück. »Das Problem ist … nein, die große Katastrophe ist …«

»Ja?« Wir beugten uns kollektiv nach vorn.

»Ich bin an einen Perversen geraten!«

Wir lehnten uns kollektiv zurück und hauchten begeistert »Nein!«.

»Ich hole noch eine Flasche Lambrusco!«, rief der Sikh fröhlich und wackelte mit seinen buschigen Augenbrauen, dass es so aussah, als ob zwei Raupen über seinen Augen Salsa tanzten.

Tja, danach ging Alex die Schilderung ihrer Erlebnisse ganz locker von der Zunge.

GRAZILE FISCHE-TRAUMFRAU
(45, 157, nicht schön, aber einzigartig, unabhängig,
aber romantisch und hoffnungslos optimistisch)
SUCHT STARKEN LÖWE-MANN (gelassen und
humorvoll, mit beiden Beinen im Leben stehend)
FÜR KUSCHELIGE ABENDE VOR DEM
OFFENEN KAMIN. Trau dich! BmB
Chiffre

Alex kramte in ihrem Aktenkoffer, der im Nebenberuf als Sporttasche jobbte, und schob uns eine Seite aus dem *S-Trip* entgegen, der Beilage der beiden großen Stuttgarter Tageszeitungen, die jeweils zum Monatsende erschien. Ihre Anzeige hatte sie mit rotem Füllstift umkringelt.

Grazile Fische-Frau? Starker Löwe-Mann? Kuschelige Abende? Wäre ich ein Kerl gewesen, hätte ich aus dem Text sofort eines geschlossen: Eine knochige *Lore*-Romanleserin sucht einen Großverdiener, vorzugsweise mit eigener Jacht, bietet dafür aber Sex nur unter der Prämisse eines Ehegelöbnisses. Klar waren darauf nur Spinner angesprungen…

»Mein erster Mann, er auch abartig. Er Dinge von mir

verlangen...« Mama Amritanandamayi spitzte die Lippen.

Mir war, als ob der Sikh hinter ihr ausspuckte, ganz sicher war ich mir da aber nicht.

Knud und Matze starrten Mama Amritanandamayi mit offenen Mündern an. Der Westie lag rücklings und mit offenem Maul auf Matzes Schoß und schnarchte.

»Er seine gerechte Strafe bekommen«, schloss Mama Amritanandamayi dieses unschöne Thema ab. Der Sikh knurrte. Und spuckte. Diesmal war ich mir sicher.

Wir anderen tauschten furchtsame Blicke. Ich schob meine Fleischpizza mit spitzen Fingern von mir – man weiß ja nie, wo der unselige Gatte geendet war.

»Also, ich finde, man sollte für ungewöhnliche Sexualpraktiken immer aufgeschlossen sein«, meldete sich Knud zu Wort. Matze stieß ihn mit dem Ellbogen an. »Was denn? Das denkst du doch auch!«, empörte sich Knud.

Mama Amritanandamayi spitzte wieder den Mund, und der Sikh knurrte.

»Hier geht es doch nicht um Sex!«, fauchte Alex.

»Ach nein?«

Wir blickten alle verblüfft. Nur Alex nicht. Die blickte echauffiert.

»Natürlich nicht! Sehe ich vielleicht aus wie ein frigider Blaustrumpf ohne horizontale Fantasie? Es geht darum, dass einer dieser Wichser mich erpresst!«

Der Sikh holte noch eine Flasche Lambrusco, goss allen reichlich ein und postierte sich dann wieder hinter dem üppigen Rücken von Mama Amritanandamayi.

»Womit denn erpresst? Dass du einen Mann per Anzeige

suchst? Das ist doch nicht illegal.« Ich glaube, ich lallte. Auf leeren Magen steigt mir Lambrusco immer schnell zu Kopf.

Auch Knud und Matze saßen mit hochroten Köpfen auf der Eckbank und knöpften ihre knallbunten Retro-Rüschenhemden auf. Der Westie war wieder aufgewacht und versuchte, an Matzes Lambruscoglas zu kommen.

»Sie jetzt sagen, wo Problem!«, verlangte Mama Amritanandamayi zu wissen.

Ich nickte dazu.

Alex sperrte sich. »Es ist ein wenig heikel …«

Der Sikh goss ihr Glas noch mal auf. Alex trank hastig. Es war nur noch eine Frage von Sekunden, bis die Eisenfresserin in ihrem angeheiterten Zustand ihr Intimstes preisgeben würde.

Da klopfte jemand von draußen an die Glastür.

Ich hätte wetten können, es waren die beiden halbwüchsigen Söhne von Mama Amritanandamayi, aber die winkte nur ungnädig ab. Der Sikh ging zur Tür und zog das Rollo herunter.

»Jetzt sag schon, Alex. Womit wirst du erpresst?«

»Ja, Sie jetzt sagen. Sofort!«, befahl Mama Amritanandamayi.

Alex schluckte. »Ein Ex-Freund – der Oswald, du weißt schon – also, der hat mal Fotos von mir gemacht. Ziemlich … entblößte Fotos.«

Zur Beruhigung parkte ich meine fleischige Rechte auf ihrer knochigen Linken. »He, das ist allenfalls peinlich. Aber Nacktfotos sind wirklich kein Grund zur Panik.«

»Für dich vielleicht nicht«, muckte Alex auf. »Du bist ja auch nicht als Personalchefin in einem international tätigen Konzern tätig. Mein Ruf muss makellos sein!«

Das implizierte, dass mein Ruf es nicht war, woraufhin mich Knud und Matze bewundernd anstarrten.

Ich schmollte. »Wenn es ästhetisch ansprechende Fotos sind, brauchst du dir um deinen Ruf keine Sorgen zu machen.«

Was implizierte, dass die Fotos nicht ästhetisch ansprechend waren. Alex trat mir gegen das Schienbein.

»Aua!«

»Jetzt nicht streiten!«, herrschte Mama Amritanandamayi. »Da noch sein mehr, stimmt?«

Alex bekam wieder feuchte Augen. »Mein Tagebuch ist auch verschwunden. Und da stehen einige … ziemlich … offenherzige Sachen drin.«

»Aus deinem nicht vorhandenen Intimleben?«, spottete ich, immer noch sauer.

»Nein, über meinen Arbeitgeber. Sachen, die rechtliche Konsequenzen haben könnten. Preisabsprachen. Und natürlich auch ein paar doofe Kommentare zu unserem Vorstandsvorsitzenden, diesem Depp. Wenn das rauskommt, bin ich meinen Job los. Und lande wahrscheinlich noch im Knast.«

Alex hickste.

»Oh Scheiße«, meinte Knud mitfühlend.

»Wirklich Scheiße«, bestätigte der Sikh.

Der Westie hing sabbernd über Matzes Lambruscoglas.

Ich stellte die einzig logische Frage.

»Woher wusste denn der Täter, wo du wohnst? Und wie ist er in deine Wohnung gelangt?«

Alex wurde rot. »Ich habe sie alle zu mir eingeladen.«

»Du – hast – was???«, bellte ich.

»Natürlich einzeln und nacheinander«, stellte Alex klar.

Mama Amritanandamayi schüttelte den Kopf, der Sikh schüttelte den Turban, Knud und Matze tauschten ungläubige Blicke. Der Westie rülpste.

»Zu Hause ist es doch viel gemütlicher. Und keiner von denen klang, als sei er ein Psychopath. Außerdem ist es bei mir daheim unglaublich hellhörig. Ich hätte nur schreien müssen, und Herr Wollenschläger von gegenüber wäre mir zu Hilfe geeilt.«

Alex guckte trotzig. »Herr Wollenschläger ist Profi-Boxer!«

Ich war immer noch fassungslos.

»Und wer hat es nun getan? Welcher deiner Anzeigenlöwen hat deine Dummheit schnöde ausgenutzt?«

Alex hickste neuerlich. »Keinen blassen Schimmer.«

»Du musst doch wissen, nach wessen Besuch die Fotos und das Tagebuch fehlten, verdammt und zugenäht!«

»Nein, weiß ich nicht. Das Tagebuchschreiben habe ich schon vor Monaten aufgegeben, als das Buch voll war, und ich schau auch nicht jeden Abend vor dem Zubettgehen nach, ob noch alle Fotos in der Schublade liegen oder nicht. Und schrei mich nicht so an! Du willst wissen, wer es war?« Alex klappte ihren Aktenkoffer auf und zog einen marineblauen Ordner heraus. »Da bitte«, bäffte sie und schlug den Ordner auf. »Such dir einen aus!«

Sie hatte die Jungs fein säuberlich alphabetisch sortiert. Jeder Brief, einige mit dazugehörigem Foto, in einer extra Klarsichthülle. Es ging los mit AZZO und endete bei TORBEN. Insgesamt acht. Auf gelben Klebezetteln hatte Alex ihre Kommentare vermerkt: spricht näselnd, fährt mintgrünen Polo!, hat Schmutzränder unter den Fingernägeln, kann kochen.

»He klasse«, jubilierte ich. »Da sind ja die Männer.«

»Es gibt keine Männer, nur Blödmänner«, konstatierte Alex rülpsend.

»Dann suchen wir die Kerle jetzt einfach auf und verlangen deine Sachen zurück. Zur Unterstützung nehmen wir meinen Zweimetercousin Henning mit. Der schiebt zwar schon Panik, wenn er nur eine Maus sieht, aber das merkt man ihm äußerlich nicht an – ein echter Klitschko-Verschnitt!«

Knud und Matze sahen mich sabbernd an. Ich schob ihnen verstohlen Hennings Visitenkarte zu, die ich für solch ausgewählte Gelegenheiten immer bei mir trug. Mein Cousin ist zwar eine Hete, aber auch ein Idiot und hatte nichts Besseres verdient.

»Ich weiß aber nicht, wo sie wohnen«, jammerte Alex und machte noch ein undamenhaftes Bäuerchen.

»Wie? Du weißt nicht, wo sie wohnen? Sie haben dir doch geschrieben.«

»Schau doch selbst nach!«

Ich zog den Ordner näher zu mir rüber. Die reinste Verbrecherkartei. Kaum einer hatte ein richtiges Foto beigelegt, es gab fast nur unscharfe Billigfotokopien – das war offensichtlich rationeller, wenn man Anzeigenbeantworten im großen Stil als Hobby betrieb. Nur einer hatte seinen vollen Namen im Brief genannt, kein Einziger hatte dagegen seine Adresse angegeben. Handynummern, mehr gab es nicht.

»Über die Handynummern kann die Polizei aber doch lässig die Handybesitzer herauskriegen«, meldete sich Knud zu Wort.

»KEINE POLIZEI«, kreischte Alex daraufhin so laut, dass

der Westie das Lambruscoglas umstieß, dessen Inhalt sich sintflutartig über meine dottergelbe Yogahose ergoss.

Na bravo!

3

Wer mit Hunden zu Bett geht,
steht mit Flöhen auf.

Alte HundebesitzerInnen-Weisheit

Wie erziehe ich den besten Freund der Frau

Lektion 3: Der Problemhund

Scheuen Sie sich nicht zuzugeben, wenn Sie einen Problemhund haben. Einen Problemhund erkennen Sie unter anderem daran, dass er seine Trennungsängste durch Heulen, Graben, Zerstören und stereotypes Hin-und-her-Rennen zum Ausdruck bringt. Meist liegt es aber nur daran, dass Ihr Hund sich langweilt.

Einem solchen Problemhund kommt man auch mit Gehorsamsübungen nicht bei. Sie müssten ihn beim Verlassen der Wohnung schon in eine Drahtbox sperren, aber das widerspricht allen Regeln der artgerechten Haltung.

Also sorgen Sie für Aufsicht. Diese Aufgaben können verlässliche Freunde übernehmen. Oder schicken Sie Ihren Liebling während Ihrer Abwesenheit hinaus in die Welt: Als Rudeltier fühlt er sich in Gesellschaft einfach am wohlsten. Wohlorganisierte Hundefreizeiten unter fachmännischer Leitung nehmen

Ihnen die Angst, bei der Heimkehr eine verwüstete Wohnung vorzufinden.
Sollten Sie diese Regel einmal missachten, weil Sie glauben, Ihr Kleiner hätte genügend Kauspielzeug, um sich sinnvoll während Ihres Fernseins zu beschäftigen, dann haben Sie sich die Folgen ausnahmslos selbst zuzuschreiben.

Man denkt ja immer, das passiert nur anderen Frauen. Man selbst würde frühzeitig genug Hinweise entdecken, um niemals in eine solche Situation zu geraten.

Aber dann passierte es mir auch: Als ich nach der Lebensbeichte von Alex an diesem Freitagabend – unserem einmonatigen Zusammenwohn-Jubiläum! – nach Hause kam, war Urs nicht alleine.

Ich ertappte ihn mit einer anderen Frau im Arm!

Na gut, zu seiner Rechtfertigung sollte gesagt werden: Es war kein billiges, Männer verschlingendes Flittchen, es war seine Mutter…

WIR MERKEN UNS:
Problemhunde nie unbeaufsichtigt lassen!

Ich hatte mir wirklich fest vorgenommen, diese Beziehung funktionieren zu lassen. Okay, vielleicht schob ich Torschlusspanik: Ich stand kurz vor der großen Vier-Null und hatte noch nie mit einem Mann zusammengelebt.*

* Mal abgesehen von meinem Vater, aber das kann man nicht Zusammenleben nennen: Er werkelte meist in der Garage, und ich bekam ihn nur an

Ich war total unsicher.

Also las ich anfangs alle Frauenratgeber, derer ich habhaft werden konnte, und befolgte buchstabengetreu jeden Ratschlag: Ich memorierte Ursens Lieblingsgericht, bügelte seine Hemden und übte an unzähligen Bananen die »Staubsauger«-Lutschtechnik.

Nach fünf total verkokelten Rösti, zwei wegen Brandflecken ausgemisteten Karo-Hemden (von Urs heiß geliebt und schmerzlichst vermisst) und einem üblen Bluterguss an seinem wertvollsten Teil warf Urs die Ratgeberbücher in den Papiermüll und nahm mir das Versprechen ab, nie wieder im Haushalt tätig zu werden und auch sonst alles zu lassen, was an Hausfrauliches erinnerte.

Fortan übte ich die sanfte »Schmetterlings«-Blastechnik und räkelte mich ansonsten augenfällig auf der Wohnzimmercouch, während Urs mit gekonnten Griffen und blitzschnell den Haushalt managte.

Allerdings managte er nur gekonnt und blitzschnell, wenn er Bock darauf hatte, was eher selten der Fall war. Weshalb unsere gemeinsame Wohnung sehr an eine Studentenbude erinnerte: Halbgegessenes auf dem Couchtisch, Stinkesocken und BHs rund um den Futon, blickdichte Fenster.

Und in diese Wohnung trat ich an diesem Oktoberfreitag gegen 21 Uhr, mit einer rotweinbefleckten, ehemals eidottergelben Yogahose, einem Riesen-Bigshirt mit der Auf-

Weihnachten mit roter Zipfelmütze und in den großen Ferien als Nordseestrandanimateur zu Gesicht. Als Kind glaubte ich lange, dieser Mann würde gegen Bezahlung für unser Entertainment an schulfreien Tagen sorgen, und steckte ihm daher regelmäßig einen Teil meines Taschengeldes als Trinkgeld zu …

schrift »Der Weg zur Erleuchtung ist hier« sowie einem aufgedruckten Pfeil, der in meine unteren Körperregionen zeigte, ungeschminkt und mit wirren Haaren. Und einer Magnumflasche Schampus in der Hand, mit der ich Urs betrunken machen und ihn dann zu sündigen Spielchen in der Horizontalen verleiten wollte.

Ich selbst war ja schon heftig durch den Lambrusco angeheitert, aber wie sagte Dean Martin immer: Man ist nicht betrunken, solange man noch auf dem Boden liegen kann, ohne sich festzuhalten.

Verglichen damit war ich nüchtern. Und der Anblick von Chantal Sturzenegger, Ursens Mutter, machte mich darüber hinaus schlagartig stocknüchtern.

Chantals Blick glitt von meinen billigen, ausgelatschten Turnschuhen bis hinauf zu meinen unverkennbar selbst gefärbten Haaren und war eindeutig: HIMMLISCHE MÄCHTE, RETTET MEINEN SOHN VOR DIESER VERSOFFENEN PROLL-WALKÜRE!

Sie war aber wohlerzogen genug, um mir die schmale Hand zu reichen.

»*Enchantée*«, knurrte sie grimmig. Ihre Stimme war bemerkenswert fest für so eine zierliche, ältere Dame. Vermutlich war es ihr rechter Haken auch.

»Hallo!«, flötete ich, weitaus fröhlicher, als ich war. »Urs, mein Schatz, kann ich dich kurz sprechen?«

Urs lächelte beseelt. Die beiden Frauen, die er mehr als alles andere auf dieser Welt liebte, vereint in seinem Wohnzimmer.

Ich packte ihn am karierten Hemdsärmel und zog ihn ins Badezimmer.

»Was soll denn das? Was macht deine Mutter hier?«

»Sie bleibt übers Wochenende, ist das nicht toll?«

»Toll? Ob das toll ist? Einfach unangemeldet vorbeizuschneien? Ich sage dir, was das ist, das ist…«

»Grüezi!«, rief es da aus der Dusche.

Ich schnellte herum.

Vor mir stand Ursens Vater, wie Gott ihn geschaffen hatte. Mein erster Gedanke war: Urs muss nach seinem Großvater geraten sein. Mein zweiter Gedanke: Oder schrumpeln die Dinger im Alter wirklich so enorm?

Was wäre es jetzt schön, wenn ich sagen könnte, »dann schwanden mir die Sinne«, aber ich versank vor Scham nur bis zur Halskrause im Fliesenboden und bekam noch glasklar mit, wie Ursens Vater sich mit meinem rosa Lieblingsbadetuch den Schaum vom hageren Körper wischte und Ursens Mutter die Badezimmertür aufriss und bellte: »Ich würde uns ja gern meine mitgebrachten Rösti zubereiten, wenn ich in diesem Haushalt eine saubere Pfanne finden könnte!«

»Warum hast du denn nichts gesagt?«

Ich saß auf Ursens Schoß, der wiederum auf dem zugeklappten Klo saß. Seine Brille war in der feuchtheißen Duschluft angelaufen.

»Ich hab's doch selbst nicht gewusst. Sie wollten uns überraschen. Freust du dich denn gar nicht, endlich meine Eltern kennen zu lernen?«

In der rosa Phase der Verliebtheit gehört Lügen einfach dazu.

»Doch, natürlich«, log ich folglich. »Aber ich hätte mir gewünscht, einen besseren ersten Eindruck zu machen.«

Urs küsste mich hinter dem rechten Ohr. »Du siehst bezaubernd aus! Niemand könnte einen besseren ersten Eindruck machen.«

Er sah mir in die Augen. Seine Stimme klang echt. Und aufrichtig. Urs war einfach zuuu süß!

»Ich sehe scheiße aus. Und ganz bestimmt nicht wie eine geeignete Schwiegertochter in spe. Du hättest mich doch wenigstens auf dem Handy vorwarnen können! Und außerdem wollten wir doch heute unser Einmonatiges feiern!«

Wenn ich schon nörgelte wie eine alte Ehefrau, wollte ich ihm wenigstens nicht die Blutzufuhr abschneiden: Ich wechselte von seinem linken Bein auf das rechte und drückte ihm einen Kuss auf die Stirn.

»Ich habe mich doch auch auf unser Einmonatiges gefreut. Und ich hätte dich auch bestimmt noch angerufen«, schwindelte er mich seinerseits frech an. »Aber sie sind gerade eben erst zur Tür herein. Paps wollte sich gleich den Reisestaub wegduschen, und Mams hat die Koffer ausgepackt, damit die Kleider nicht knittern.«

»Die Koffer ausgepackt? Schlafen sie denn nicht im Hotel?«

»Du willst meine Eltern in ein Hotel abschieben?«

Gut, dass seine Brille immer noch angelaufen war, so konnte Urs hoffentlich nicht sehen, wie ich rot wurde.

»Nein, natürlich nicht. Nur wäre es im Hotel doch bequemer für sie.«

Es klopfte an die Tür. »Seid ihr fertig da drin? Das Essen steht auf dem Tisch.«

Urs drückte mir einen unerotischen Schmatz auf die Wange. »Unser Einmonatiges holen wir nach. Versprochen!«

Meine Eltern stammen aus dem hohen Norden Deutschlands, folglich wurde ich einigermaßen prüde erzogen. Nackte Fremdmänner unter der Dusche verkrafte ich nur schwer, darum konnte ich Amadeo Sturzenegger – ein Name, den man sich auf der Zunge zergehen lassen musste und der zu einem pensionierten Banker so gar nicht zu passen schien – beim Essen auch nicht in die Augen schauen. Es war mir einfach peinlich.

Ich selbst hatte mich im Schlafzimmer rasch in mein kleines Schwarzes gezwängt, das seit dem Zusammenleben mit Urs noch kleiner geworden zu sein schien. Ursens Fertigpizzen waren aber auch wirklich zu köstlich.

Das Rösti seiner Mutter auch. Chantal Sturzenegger saß mir gegenüber, in einem beigefarbenen Twinset, mit frisch gefärbten und ondulierten weißen Haaren, die wie eine Kugel Vanille-Softeis auf ihrem vogelähnlichen Schädel saßen. Es umgab sie die Ausstrahlung einer Dame von Welt.

Ich dagegen wirkte wie eine Presswurst, die auf Dame macht.

Eins zu Null für Chantal.

»Endlich lerne ich einmal die kleine Freundin von meinem Urs kennen«, zwitscherte Chantal mit entzückendem französischen Akzent, stammte sie doch ursprünglich aus Genf.

Die Männer strahlten stolz, aber ich als Frau hörte den Vorwurf zwischen den Zeilen heraus: Wurde aber auch Zeit!

»Meine Gratulation, mein Sohn«, warf Amadeo Sturzenegger ein, »da hast du dir wirklich ein wunderbares Weibsstück geangelt! Ich meine das durch und durch als Kompliment!«

Ich glaube, Papa Sturzenegger stierte bei diesen Worten

bewundernd in meine Richtung, sicher bin ich mir nicht, weil ich ihm, wie gesagt, einfach nicht mehr in die Augen sehen konnte.

Urs gab mit dicken Hamsterbacken einen schmatzenden Laut von sich. Ich wertete das als Bestätigung.

»Wir hatten längst schon einmal vor, Sie in Zürich zu besuchen, Chantal«, flunkerte ich frech und total unglaubwürdig.

Chantal würdigte mich eines Blickes, den ich angesichts dieses mickrigen Versuchs verdient hatte.

»Meine Eltern wollen dieses Jahr Urlaub im Tessin machen. Wir begleiten sie eventuell ein paar Tage und würden dann sehr gern bei Ihnen in Zürich vorbeischauen.« Ich ließ mich nicht bremsen.

Urs schmatzte zustimmend.

Meine Wellensittiche piepsten fröhlich. Ursens Tropenfisch zog seine Runden durchs übergroße Aquarium.

»Deine Eltern würden wir in der Tat schrecklich gern kennen lernen«, erwiderte Chantal. Wahrscheinlich war sie nur neugierig darauf, wer die Megäre ausgebrütet hatte, die ihrem geliebten Urs den Weg zu den richtig guten Partien versperrte: zu Frauen aus bestem Stall, mit makellosen Manieren und einem Kleidergeschmack, für den sie sich als Schwiegermutter in spe nicht diesseits wie jenseits der Alpen schämen musste.

Dieser Elternabend war einfach schrecklich. Ich wünschte mir von Herzen, wir wären auf hoher See auf einem Kreuzfahrtschiff und eine für alle verbindliche Evakuierungsübung würde gleich stattfinden …

Unwillkürlich rückte ich die buntgescheckte Bartnelke zurecht, die ich mir hinter das rechte Ohr gesteckt hatte. Zusammen mit der überlangen Kette aus falschen Perlen, den neuerdings schwarz gefärbten Locken und dem megaengen schwarzen Kleid sollte sie das Bild einer aufregenden südamerikanischen Schönheit vermitteln, die jeden Moment einen sinnlichen Tango aufs Parkett legen konnte.

Doch in den Augen meiner Lebensabschnittsschwiegermutter sah ich ein anderes, sehr viel weniger schmeichelhaftes Spiegelbild. Dasselbe Bild sah ich auch immer, wenn ich meiner Mutter – der »Admiralin«, wie sie von allen, die sie kannten, hinter vorgehaltener Hand genannt wurde – ins Blauauge blickte. Wenn ich nicht irre, besaß meine Mutter auch genau so ein beigefarbenes Twinset wie Chantal Sturzenegger. Offenbar wurde ich weder als Tochter noch als Schwiegertochter den hehren Erwartungen gerecht.

»Und meine Eltern würden *Sie* zu gern kennen lernen, Chantal«, flötete ich schon eine Spur mehr in Moll.

»He, da habe ich eine Idee«, meldete sich Urs plötzlich zu Wort.

Mir schwante Schlimmes. Wenn Männer schon mal eine Idee haben …

»Deine Eltern kommen doch übermorgen Abend nach Stuttgart, zur Premiere vom *Fliegenden Holländer* in der Alten Oper. Wir bitten sie einfach, schon etwas früher zu fahren und mit uns vorab einen Cocktail zu trinken. Paps, Mams, warum bleibt ihr nicht so lange hier bei uns? Dann machen wir ein spontanes Familientreffen! Ihr seid doch unabhängig und könnt auch Montag früh nach Hause fahren.«

Urs strahlte.

Amadeo strahlte.

Chantal grinste mich triumphierend an.

Ich manschte mit der Gabel meine Rösti zu Brei. Das konnte ja heiter werden.

Aber falls ich geglaubt hatte, dass der Tiefpunkt des Abends damit schon erreicht wäre, sah ich mich getäuscht.

Keine Droge knallt so gut wie Schweizer Hausmannskost. Und Urs war voll auf dem Rösti-Trip.

»Da wäre noch etwas!«, rief er mit einer Fröhlichkeit, vor der ich mich allmählich fürchtete. Er griff in seine karierte Hemdtasche – ich musste ihn dringend mal rundum sanieren und neu einkleiden – und zog ein nachtblaues Kästchen heraus.

Chantal legte Gabel und Messer ab und wurde bleich. Amadeo wedelte heiter mit seiner Serviette. Meine Wellensittiche verstummten. Ursens Tropenfisch drückte sich die bunte Schnauze am Aquariumsglas platt.

Urs stand auf und kam um den Tisch herum. Er kniete nieder.

»Liebste, willst du meine Frau werden?«

Aber nicht ich sank ohnmächtig vom Stuhl, sondern Chantal.

Gegen halb eins hatte Chantal unser Schlafzimmer so weit sauber geschrubbt, dass sie sich ohne Angst vor Ansteckung mit ihrem Gatten auf unserem Futon zur Ruhe betten konnte. Offenbar war Hausputz ihre Form des Aggressionsabbaus.

Ich hatte nach meinem verblüfft gehauchten »Ja, also, ich weiß nicht recht, ich denke schon, was soll ich sagen, danke« kein Wort mehr herausgebracht. Sagen Sie zu einem hinreißenden Dackelblick doch mal schnöde »Nö!«.

Urs und sein Vater beendeten den Abend mit einem formidablen Cognacgelage.

Da wir kein Gästebett besaßen und sich unsere Wohnzimmercouch nicht ausklappen ließ, lag ich unter der karierten Autodecke aus Ursens Saab Kombi auf der Couch, und Urs schlummerte in seinem himalayaerprobten Thermoschlafsack auf dem Teppich neben der Couch.

Urs gab kleine, blubbernde Laute von sich. Richtig süß. Beinahe verzieh ich ihm, dass er mir seine Eltern volle drei Tage auf die Pelle gehetzt hatte. Und mir in ihrem Beisein einen Antrag gemacht hatte.

Beinahe.

4

Weiberart ist's, allzu schnell entflammt zu sein.
Hunde stehen den Weibern diesbezüglich übrigens
in nichts nach.

Frei nach Äschylos in »Die Orestie«

Wie erziehe ich den besten Freund der Frau

Lektion 4: Maßnahmen gegen Übererregtheit

Übermäßige Erregung kann bei manchen Hunden der Auslöser für hektische Verhaltensweisen sein: Sie bellen hysterisch, jagen ihrem Schwanz nach, kratzen sich zwanghaft oder wollen unbedingt in den Arm genommen werden. Wenn das bei Ihrem kleinen Liebling auch der Fall sein sollte, ist es an der Zeit, seinen Wortschatz zu erweitern – und zwar um die beiden Worte LASS DAS!

Wiederholen Sie dieses Kommando niemals endlos wie eine kaputte Schallplatte, sondern bellen Sie es nur ein einziges Mal militärisch präzise und ziehen Sie dabei kurz und ruckartig an der Leine.

Sobald Ihr Hündchen die Worte LASS DAS! kapiert hat, können Sie diesen Befehl fabelhaft erweitern – bellen Sie ihn schon dann lautstark, wenn Ihr Liebling auch nur daran denkt, etwas Verbotenes (sprich: von Ihnen nicht Gewünschtes) zu tun. Dann sind die Weichen für eine erfolgreiche Umerziehung gelegt.

Am nächsten Morgen wachte ich auf, weil ich mich beobachtet fühlte. Mein erster Gedanke galt meinen Schwiegerleuten, aber die schliefen noch selig. Ich hörte sie in unserem Schlafzimmer im Duett schnarchen.

Nein, es waren Zeus und Apollo und noch so ein Köter. Sie hatten durch das große Panoramafenster, von dem aus man ganz Stuttgart sehen konnte, einen herrlichen Blick auf meinen linken Busen, der in unruhigem Schlaf offenbar aus meinem schokobraunen Satinnachtkleid gerutscht war. Ich justierte meine Weichteile, zog die müffelnde Autodecke höher und warf den Tölen einen bösen Blick zu.

Erst da merkte ich, dass der dritte Köter gar kein Hund war, sondern Gerry, der arbeitslose Bruder unseres Vermieters, mit dem wir uns dieses Reihenhaus teilten.

Mit den Lippen formte ich die Worte *Blöder Spanner* und streckte ihm meinen Mittelfinger entgegen. Er grinste und trollte sich mit seinem Viehzeug vom Acker.

Ein Blick auf die Uhr bestätigte mir, dass unsere übliche Samstagaufstehzeit noch Stunden entfernt lag. Für gewöhnlich brauchten wir an unseren freien Tagen einen echt guten Grund, um vormittags überhaupt das Bett zu verlassen, und mit »echt gut« meine ich Überzeugenderes als drohendes Wundliegen.

Aber wo ich nun schon wach war…

Ich ließ meine Haare, die im letzten Jahr beglückend schnell nachgewachsen waren, nachdem ich durch eine kleine Meinungsverschiedenheit mit einer Friseuse meine einstige Wallemähne verloren hatte, über den Rand der Couch fallen. Mit den Spitzen kitzelte ich Ursens Nase.

Dann schlängelte ich auch noch mein pralles linkes Bein unter der Decke hervor und glitt mit den Zehen sirenenhaft seinen Schlafsack entlang.

Urs atmete weiterhin gleichmäßig, aber unter dem Schlafsack rührte sich eindeutig etwas.

Ich schnurrte raubkatzenhaft.

Und – schawupp! – schnellte eine feste Männerhand nach oben und zog mich zu sich auf den Schlafsack.

»Morgen, Schatz«, gurrte ich leise in sein Ohr.

Urs öffnete die Augen, noch verklebt, aber lustvoll. Er drückte mich an sich. »Mein künftig Weib.«

Urs strahlte. Der kleine Urs drängte sich zum ungestümen Morgengruße an mich.

Eine volle Sekunde lang – und eine Sekunde kann endlos lange sein – genoss ich meine Dressurmethode. Dann erhob ich mich ruckartig: »Nicht doch, Schatz, deine Eltern könnten etwas mitbekommen.«

Ich stand auf und ging ins Badezimmer. Das Letzte, was ich sah, war das enttäuschte Gesicht von Urs, der in einer Mischung aus Unwillen und Unbefriedigtheit in Richtung Schlafzimmer starrte. Hoffentlich hatte er seine Lektion gelernt.

WIR MERKEN UNS:

Bei intelligenten Dreibeinern kann der Befehl LASS DAS! durchaus kreativ variiert werden – verbal und körpersprachlich.

Die Badezimmertür verriegelte ich fest, man weiß ja nie. Und bevor ich aus meinem sündigen Satinnachthemd schlüpfte, sah ich vorsichtshalber auch erst noch in der Dusche nach. Aber die Luft war rein.

Da unser Kühlschrank gähnend leer war – was mir einen weiteren tadelnden Blick von Chantal einbrachte, sah sie doch den unmittelbar bevorstehenden Hungertod ihres kleinen Buben voraus –, beschlossen Urs und seine Eltern kurz darauf, ins *Grand Café Planie* zu gehen und dort zu schlemmen. Ich seilte mich mit den Worten ab, dass ich einer Freundin beistehen müsse. Ich deutete Düsteres an, ließ Alex quasi suizidgefährdet wirken, erhielt dafür aber dann auch den Segen meines künftigen Schwiegervaters.

»Freunden in Not muss man immer helfen«, erklärte Amadeo. »Was für ein herzlicher Zug an dir, meine liebe Tochter.«

Ich winkte bescheiden ab.

Urs küsste mich zu Tränen gerührt auf beide Wangen. »Steh ihr nur bei. Und wenn du Hilfe brauchst, dann ruf mich.«

Nur Chantal beäugte mich misstrauisch.

Vor der Frau musste ich mich vorsehen …

Alex wollte mich erst gar nicht in ihre Wohnung lassen. Es war halb zehn an ihrem freien Samstag, und sie sperrte sich. Nach Optik und Geruch zu schließen, hatte sie gestern nach dem Lambrusco noch weiter getrunken. »Was willst du denn hier?«

»Asyl. Los, lass mich rein.« Ich schubste sie beiseite, was mich ungefähr so viel Kraft kostete wie einen Ozeanriesen, der ein Kanu aus dem Weg rammt.

Alex wohnte im sechsten Stock eines Jugendstilgebäudes hinter dem *Bollwerk*-Kino. Es gab keinen Aufzug, und die Zimmer waren alle irgendwie feucht und klamm, aber dafür hatte sie einen berückenden Ausblick auf die Dächer der Stadt und konnte mühelos in ihren Ferragamo-Pumps ins edle *Fellini* staksen, um sich dort von den italienischen Edelkellnern ignorieren zu lassen.

Früher hatte ich sie um die Wohnung beneidet, aber nun wohnte ich ja mit meinem »Verlobten« – ächz, daran musste ich mich erst noch gewöhnen – auf dem Killesberg, und dagegen konnte eine schnöde Innenstadteigentumswohnung nicht anstinken.

»Ich bin todmüde!«, beschwerte sich Alex.

»Ich mach dir einen Kaffee, der wird helfen.«

»Es würde mehr helfen, wenn du wieder gehst und mich weiterschlafen lässt.«

Was sich liebt, das neckt sich. Alex liebte mich offenbar sehr.

Ihr Kater Mikesch liebte mich dagegen null. Genüsslich rammte er mir seine Krallen in die linke Wade. Er war eine Wildkatze und verhielt sich nur zahm, wenn dabei eine milchgefüllte Untertasse für ihn heraussprang. Aber als überzeugte Vogelmutter würde ich niemals den Erzfeind meiner beiden süßen Federträger verköstigen. Meine Wade musste diese konsequente Haltung regelmäßig ausbaden.

»Hör zu, ich bin hier, um herauszufinden, wer der diebeslustige Anzeigenkerl ist, der dich mit deinen Nacktfotos und deinen lästerlichen Tagebuchnotizen erpresst. Also nöl mich nicht an, sondern sag mir, wo ich das Filterpapier finde.«

»Wer braucht heute noch Filterpapier? Da, drück auf den Knopf meiner Superduperluxuskaffeemaschine.«

Ich drückte.

»Er hat schon wieder geschrieben.«

»Wie bitte?«

»Das da lag in meinem Briefkasten, als ich gestern Abend nach Hause kam.«

Und mit diesen Worten drückte sie mir einen nach *Uhu* riechenden Wisch in die Hände und torkelte zurück in ihr Schlafzimmer.

Wenn du **nicht** *zahlst*, stelle ich **das da ins INTERNET.** Kannst dich ***darauf*** verlassen.
Ich melde mich *wieder.*

Er hatte sich nicht die Mühe gemacht, die Buchstaben einzeln auszuschneiden, sondern die Worte im Ganzen zusammengesucht. Weitaus frappanter war jedoch die Kopie eines Fotos, die direkt unter den ausgeschnittenen und aufgeklebten Worten prangte – ein Foto von einer Frau mit einer Gummimaske über dem Kopf, die in Plüschhandschellen an eine Duschstange gefesselt war. Vom Rand des Fotos ragte etwas ins Bild, das wie eine neunschwänzige Katze aussah. Ich hätte die Frau nie und nimmer erkannt, aber die Vermutung lag nahe, dass es sich um Alex handelte.

Meine Güte!

Wobei mich nicht die Fesselspielchen verwunderten, auch nicht der birnenförmige Leberfleck auf der linken Pobacke, sondern die Tatsache, dass ihre Brüste seit dieser Aufnahme offenbar in die Breite und in die Höhe gewachsen waren. Da ich das in ihrem Alter für biologisch unmöglich hielt und ich aus eigener Erfahrung wusste, dass Brüste mit zunehmenden Jahren eher in die Länge und in die Tiefe wuchern, musste ich mich mit dem Gedanken anfreunden, dass sie sich hatte operieren lassen.

Ich trat vor die Tür zum Schlafzimmer. Da lag sie: mager, schutzlos und wegen indiskreter Fotos und Tagebucheinträgen womöglich kurz vor dem Karriereaus. Aber ich konnte nur an eines denken.

Ich ging zum Bett und drückte ihre rechte Brust.

Alex fuhr wie eine Geschosskugel hoch und schlug mit dem Kopfkissen nach mir. »Hast du sie noch alle? Was soll denn das?«

»Ich wollte nur mal wissen, wie sich das anfühlt.«

»Und? Bist du jetzt zufrieden?«

Ich nickte. »Sag mal, deine glatte Stirn … verdankst du die eventuell einer Botox-Spritze?«

»Blöde Kuh!« Alex zog die Decke über ihren Kopf.

»Na gut, dann wollen wir uns jetzt mal daranmachen, diesen Kerl zu überführen, bevor er Schlimmeres anrichten kann.«

Alex lugte unter dem Kopfkissen hervor. »Ehrlich? Du willst mir helfen?«

»Ja klar, was hast du denn gedacht?«

»Und du verlangst nichts als Gegenleistung? Ich muss dir nicht meinen Erstgeborenen opfern?«

Ich knuffte sie. »Nein, Dummi. Ich helfe dir gern. Wir sind doch schließlich Freundinnen!«

Alex strahlte.

Dann erbrach sie sich mit voller Wucht auf den weißen Flokati neben ihrem Bett.

Ich fand den Ordner mit den Tatverdächtigen auf dem Küchentisch. Neben einer ganzen Batterie leerer Flaschen – vom derzeit angesagten Absinth bis hin zum altbewährten Wodka. Hoffentlich hatte Alex die nicht alle in der vergangenen Nacht gekippt: *Den* Kater würde nicht mal mein Spezialrezept vertreiben.

Ich verwehre mich gegen Ihre Vermutung, als allein stehende Maid hätte ich öfter mal zur Flasche gegriffen. Aber als Singlefrau muss man einfach eine gewisse Cocktailresistenz entwickeln, sonst ist man hoffnungslos verloren. Leider vertrage ich nicht viel. Mein derzeitiges Limit sind zwei *Sex on the Beach* plus ein Glas Prosecco. Nur ein Cocktail mehr, und ich reiße mir die Kleider vom Leib und bauchtanze auf den Tischen. Und nein, das ist nicht nur so ein bildlicher Ausdruck. Deswegen habe ich in der Cocktailbar des *Fontana* ja auch Hausverbot.

Ich mixte also unter den abfälligen Blicken von Kater Mikesch mein berühmtes Anti-Kater-Heilmittel, das aus Tomatensaft, rohen Eiern und einer geheimen Mischung aus Pfeffer, Olivenöl und Curry besteht, und flößte die Mixtur der sich heftig wehrenden Alex ein.

Die halbe Stunde, die sie danach im Badezimmer über die Kloschüssel gebeugt verbrachte und um einen schnellen Tod betete, saß ich an ihrem Küchentisch, probierte reihum alle Knöpfe an ihrer todschicken Kaffeemaschine aus und kippte mir die Ergebnisse hinter die Binde, was mich in einen koffeininduzierten Rauschzustand versetzte.

Dabei studierte ich die »Verbrecherkartei«.

Acht Klarsichtfolien, acht Köpfe. Die meisten Jungs sahen ja ganz durchschnittlich aus. Keiner hatte eine Schurkenvisage. Alle gingen sie, laut eigenen Angaben, einem geregelten Job nach, waren tierlieb, liebten Kino- und Konzertbesuche und taten in ihrer Freizeit Gutes für hungernde Kinder in Afrika oder Aidskranke um die Ecke.

Wie konnte man nur herausfinden, welcher von denen durchgeknallt war?

Genauer gesagt: Wie konnte *ich* es herausfinden?

Würde es wirklich etwas bringen, wenn man sie auf ihrer Handynummer anrief und sie höflich fragte: Du, sag mal, hast du bei Alex zufällig ein paar Aktfotos und ein Tagebuch mitgehen lassen und drohst jetzt damit, sie zu erpressen?

Ich grübelte und nippte Kaffee.

Alex kam in die Küche geschlurft und ließ sich wortlos auf einen Küchenstuhl fallen. »Ich habe die Jungs gestern Nacht alle der Reihe nach auf ihrem Handy angerufen und gefragt, ob sie mich beklaut haben und jetzt erpressen«, stieß sie hinter zusammengebissenen Lippen hervor. »Die haben es alle geleugnet, diese Schweine!«

Äh, wusste ich es doch.

Und in diesem Augenblick küsste mich plötzlich die Muse der Erleuchtung.

Es lag doch auf der Hand: Ich würde eine ganz ähnliche Anzeige schalten, in der Hoffnung, dass dieselben Jungs anbissen. Jeder weiß doch, dass Anzeigenschalten und Anzeigenbeantworten suchtmachend sind. Es musste einfach Überlappungen geben!

Und dann würde ich die Wahrheit aus den Jungs herauskitzeln. Aus jedem Einzelnen von ihnen!

»Was grinst du so?«, wollte Alex wissen.

»Ich habe die Lösung für all deine Probleme! Reich mir mal das *S-Trip* rüber.«

5

Schlafende Hunde soll man nicht wecken.
Und ahnungslose Hunde soll man ahnungslos lassen.

Altes germanisch-angelsächsisches Sprichwort

Wie erziehe ich den besten Freund der Frau

Lektion 5: Der folgsame Hund

Ihr kleiner Liebling muss nicht wissen, warum Sie ihm in einer bestimmten Situation gerade diesen und keinen anderen Befehl erteilen. Er muss es auch nicht begreifen. Er muss nur fügsam folgen. Das macht ihn glücklich, denn das ist seine Hundenatur.

Etablieren Sie sich als Rudelführerin. Entscheiden Sie – und nur Sie allein –, wo Ihr kleiner Liebling schläft, welches Spielzeug er bekommt und wann seine Fütterungszeiten sind. Sobald er gelernt hat, welchen Rang er im Rudel einnimmt, wird er seinen Platz glücklich ausfüllen. Und dann werden Sie feststellen, dass es keinen aktiveren, angenehmeren und freudebringenderen Gefährten gibt als Ihren kleinen, wohlerzogenen Liebling.

Ich hatte die Anzeige nur wenig abgeändert:

ZARTE TRAUMFRAU (40, 160, nicht schön, aber einzigartig, unabhängig, aber romantisch und hoffnungslos optimistisch) SUCHT STARKEN BÄREN (gelassen und humorvoll, mit breiten Schultern zum Anlehnen) FÜR EXPERIMENTE AM OFFENEN HERZEN. Trau dich! BmB Chiffre

Okay, ich war alles andere als zart und gut einen Kopf größer, dafür aber noch unter vierzig. Aber logen in solchen Anzeigen nicht alle? Es war einfach wichtig, möglichst nah an das Original – sprich: an Alex – heranzureichen, um die richtigen Kandidaten anzusprechen.

Die zwanzig Euro, die die Anzeige kosten würde, steuerte Alex bei. Dafür wollte ich die Briefmarke spendieren. Auf dem Weg von Alex' schicker Eigentumswohnung in der Nähe des *Bollwerk*-Kinos zur Innenstadt kam ich am Rotebühlplatz ohnehin an einem Automaten vorbei.

Beim Kampf mit der Technik kamen mir leichte Gewissensbisse.

Wie sollte ich das Urs erklären? Seit dem »großen Streit« war er tierisch eifersüchtig. Ob er begreifen würde, dass ich mich nur im Dienste der Freundschaft auf dem Altar der Unbeflecktheit opfern wollte? Oder würde er argwöhnen, ich wolle nur mal wieder Frischfleisch auftun, um ihn im Erfolgsfalle erneut zu entsorgen?

Urs war ein Schatz, aber bisweilen doch recht bodenständig. Wenn ich ihm alles erzählte, würde er streng vorschlagen, den Fall der Polizei zu übergeben und mich da rauszuhalten. Was ja korrekt wäre, aber auch total langweilig.

Nein, jede Frau braucht ihr kleines Geheimnis, und dieser Fall würde meines sein. Urs musste davon nichts erfahren.

Das Briefmarkenheftchen plumpste heraus, ich klebte eine Marke auf den Brief ans *S-Trip* und warf ihn in den Lokalschlitz des Briefkastens.

Na bitte, dachte ich, *geht doch. Alles im grünen Bereich.*

In diesem Augenblick legte sich eine Hand schwer auf meine Schulter.

Ich muss wohl aufgeschrien haben. Das schlechte Gewissen lässt grüßen! Jedenfalls fuhren die Passanten allesamt erschreckt herum, und sogar die Fahrgäste, die in dem Bus der Linie 43 saßen, guckten erschreckt durch die Scheiben zu mir.

»Großer Gott, Kind, was machst du denn für einen Aufstand?«, zirpte hinter mir, etwa in Höhe meines Kreuzes, Chantal Sturzenegger.

»Ich bin… einfach nur sehr schreckhaft. Tut mir Leid.« Mühsam rang ich um Fassung. »Wo kommst du denn her?«

Diese Frage hätte eigentlich nicht so vorwurfsvoll klingen sollen, wie sie dann meinen Mund verließ.

Chantal zog eine Augenbraue hoch. »Ich wollte mir bei *Mollenkopf* ein Opernglas kaufen, während Amadeo und Urs drüben bei *Interio* nach ein paar passenden Stücken für euer neues Heim suchen. Wenn wir morgen Abend mit deinen Eltern dem *Fliegenden Holländer* beiwohnen, will ich nicht blind wie ein Maulwurf im Parkett sitzen.«

War ja klar, dass die Sturzeneggers zu jenen vom Glück

verwöhnten Gestalten gehörten, die auf den letzten Drücker noch Karten für die Staatsoper bekamen.

»Neue Möbel? Dann lauf ich mal schnell rüber, da will ich nämlich mitreden.«

»Ich würde es begrüßen, wenn du mit mir eine Tasse Kaffee trinken würdest, meine Liebe. Ich denke, wir haben noch einiges zu bereden.«

Was denn? Wie viele Enkel sie sich wünschte? Oder wie peinlich ihr meine Outfits waren? Es war Samstagmorgen, Shopping-Primetime, da braucht man in der Großstadt Kampfanzug, Ellbogenschützer und Suspensorium, keine hochhackigen Pumps und nicht-reißfeste Designerfetzen, also trug ich meine heiß geliebte Latzhose in den Regenbogenfarben und die übergroße rosa Ballonmütze.

Aber vielleicht ging es ja auch nur darum, dass ich ihr als Schwiegertochter nicht geeignet erschien und sie mich auffordern wollte, ihren einzigen Sohn freizugeben. Sofort. Und bedingungslos.

»Kaffee? Natürlich, gern.« Ich wagte nicht, ihr zu widersprechen, auch wenn mittlerweile mehr Kaffee als Blut in meinem Körper zirkulierte.

Gleich auf der anderen Seite des Rotebühlplatzes befand sich das *Nescafé*. Ich lief voraus, mit gesenktem Kopf wie ein Opferlamm zur Schlachtbank, Chantal schritt damenhaft hinter mir her.

Ich liebe das *Nescafé*. Allerdings sind die Sitze im Café etwas arg abgeflacht und die Gänge zwischen den Tischen reichlich schmal. Ich nehme mal an, dass sich der Innenarchitekt etwas dabei gedacht hat. Zum Beispiel, dass die Kundenfrequenz höher wird, wenn sich angesichts der halb stehenden Sitzhaltung nach spätestens fünfzehn Minuten die Pobacken verkrampfen, und man fluchtartig das Café verlassen muss, um auf der Calwer Straße möglichst unauffällig besagte eingeschlafene Backen durch rhythmische Zuckungen im Gesäßbereich wieder zum Leben zu erwecken.

Darauf verließ ich mich auch in diesem Fall: Mehr als fünfzehn Minuten allein mit Chantal könnten weiß Gott was mit mir anrichten.

Ich bugsierte sie an den Katzentisch vorn bei der Tür, an dem immer Zugluft herrschte. Ich wollte nichts dem Zufall überlassen.

Dann besorgte ich an der Theke zwei Latte Macchiato für uns.

Die ersten fünf Minuten erinnerten mich stark an meine Kindergartenzeit. Ich löffelte den Schaum von meinem Latte, während Chantal mich streng mit ihren grauen Augen fixierte. Jeden Augenblick erwartete ich Anweisungen wie »Sitz aufrecht!« oder »Zappel nicht so mit den Beinen!«.

Aber das Erste, was Chantal sagte, war: »Ich hoffe, du tust meinem Urs nie wieder so weh wie damals vor zwei Jahren.«

Aua, das saß. Ich schluckte.

»Ich bitte dich, Chantal. Was hättest du denn getan? Er kam abendelang spät in der Nacht nach Hause, roch nach fremdem Frauenparfüm und wich allen Fragen aus. Was lag da näher als der Gedanke an eine Affäre? Und da ich fest an die absolute Treue in einer Zweierbeziehung glaube, habe ich selbstverständlich die Konsequenzen gezogen.«

Chantals Röntgenblick bohrte sich in meine Gehirnwindungen. Woran biss er sich fest? Daran, dass ich soeben per Anzeige Kontakt zu bärigen Junggesellen gesucht hatte, was für eine Anhängerin absoluter Beziehungstreue ein eher untypischer Schritt war? Oder daran, dass die mitleidslose Zerstörung von Ursens Loft, Ursens Leben und Ursens Tropenfischen als Reaktion auf eine nur vermutete Affäre eventuell doch ein wenig überzogen war?

»Urs hat mir verziehen. Und ich ihm auch. Wir sind glücklich«, verteidigte ich mich.

Chantal versuchte sich an einem Lächeln. »Nun, Urs liebt dich wirklich. Liebst du ihn auch? Von ganzem Herzen?«

Ob ich diesen hemdsärmeligen, bohnenstangeligen, Schwyzerdütsch sprechenden Mann liebte? Immerhin hatte ich für ihn mein Singleleben aufgegeben. So gut wie. Und ihn trotz größter Bedenken nicht vor seinen Eltern blamiert, indem ich seinen Antrag ablehnte. Aber war das wirklich die große Liebe, wie sie mittelalterliche Minnesänger und moderne Hollywoodschnulzen propagierten? Und würde diese Liebe halten, bis dass der Tod uns schied?

Das Schicksal war an diesem Tag gnädig gestimmt. Ich wurde durch ein fröhliches Trällern einer Antwort enthoben.

»Hach, was für ein Zufall! So sieht man sich wieder!« Knud, Matze und der Westie tauchten vor uns auf, schwer beladen mit Einkaufstüten aus allen angesagten Läden Stuttgarts. Stuttgart ist und bleibt eben ein Dorf.

Die beiden Jungs küssten mich, als seien wir alte Freunde und hätten uns nicht erst gestern Abend über der Lebensbeichte meiner Yogafreundin kennen gelernt. Der Westie leckte abwechselnd meine Wange und mein Latte-Glas.

»Und wer ist diese hübsche Frau?«, rief Knud und küsste Chantal.

Chantal sah völlig entgeistert aus der Wäsche.

»Ich weiß, ich weiß«, fuhr Knud fort. »Das ist deine Lebensgefährtin. Ich hab doch gleich zu Matze gesagt, die Frau ist eine Lesbe. Hab ich mal wieder Recht gehabt: Regenbogenlatzhosen lügen nicht!«

Chantal rutschte von der Lederbank.

An diesem Samstagnachmittag wollte Urs mit seinen Eltern und mir einen Ausflug aufs Land machen, in den Untertürkheimer Weinbergen wandern oder das Ludwigsburger Schloss besichtigen, aber ich wehrte mich tapfer.

»Ich bin eine Stadtratte, ich brauche harten Asphalt unter den Füßen und Luft, an der ich zu beißen habe. Wenn ich mich über die Innenstadtgrenze von Stuttgart wage, fange ich an zu zittern!«

Urs wollte mich spielerisch packen, verfehlte mich aber.

»Hiyaaa!«, schrie ich, wedelte in Kung-Fu-ähnlichen Bewegungen mit den Armen und trat zu. Leider traf ich dabei seine Mutter, die in diesem Augenblick durch die Tür trat. Der blaue Fleck auf ihrem Oberschenkel verwandelte sich rasch in tiefes Schwarz.

Daraufhin zog sich Chantal mit Migräne in unser Schlafzimmer zurück, Urs und sein Vater zimmerten eine Art Sichtschutzparavent um unsere Veranda, und ich saß an dem neu erstandenen Küchentisch von *Interio* und überlegte, warum das Schicksal ausgerechnet mir mit schöner Regelmäßigkeit saftige Ohrfeigen austeilte.

»Sagen Sie, ist Ihre Tochter eigentlich bisexuell?«

Wir saßen zu sechst vor dem Restaurant *Plenum* im Oberen Stadtgarten und schlürften unseren Champagner: mein Schatz und ich, seine Eltern und meine Eltern.

Der Abendhimmel schillerte in den herrlichsten Rot-Tönen, und jeder Singvogel im Umkreis von drei Kilometern um die Alte Oper zwitscherte sich vor Verzückung angesichts dieser Pracht die Lunge aus dem Leib. Daneben hörte man das Lachen der Kinder, die mit ihren Eltern einen Spaziergang im Park machten, um die nötige Bettschwere zu bekommen. Doch all das täuschte mich nicht: Es war ein Abend in der Hölle.

»Wie kommen Sie nur auf diese abstruse Idee, meine Liebe!«, giftete meine Mutter in Richtung meiner Schwiegermutter in spe, die diese provokante Frage gestellt hatte.

»Ich habe meine Gründe«, verkündete Chantal ominös.

Meine Mutter, die sich zum Zwecke des Opernbesuchs und der ersten Begegnung mit ihren künftigen Gegenschwiegern in ein Abendkleid aus Goldlamé geworfen hatte und darin wie eine Operetten-Admiralin auf Landurlaub aussah, schürzte die ungeschminkten Lippen.

»Vielleicht kommt Ihnen, die Sie aus der konservativen Schweiz stammen, das Leben meiner Tochter etwas freizügiger vor, als Sie es gewohnt sind, aber glauben Sie mir, meine Kleine hat niemals gegen die Regeln von Anstand und Moral verstoßen.«

Genau das warf mir meine Mutter zwar ständig vor, wobei sie das sittenstrenge Leben meiner todlangweiligen Schwester Inka immer als leuchtendes Beispiel in gloriosen Farben hervorhob, aber gegenüber Chantal verteidigte sie mich wie eine Löwenmutter ihr Junges.

»Sie sind sicher keine Kosmopolitin, sonst wüssten Sie, dass wir in der Schweiz enorm fortschrittlich sind, auch in gesellschaftlichen Dingen.«

Chantal Sturzenegger trug ein bodenlanges silbernes *Versace*-Ensemble mit Perlenstickerei.

Ich will ja nicht respektlos klingen, aber wie sie so nebeneinander saßen, erinnerten meine Mutter und Chantal sehr an Dick und Doof im Glitzerfummel.

Die beiden Väter guckten derweil – peinlich berührt ob des Hahnenkampfes ihrer Gattinnen – angestrengt in ihre Gläser.

Urs und ich hielten uns an den Händen.

»Wissen Sie«, bellte meine Mutter in ihrem verschärften Befehlston, »auch wenn man weit reist, man bleibt doch immer man selbst – wohin man auch geht, man nimmt sich selbst stets mit. Sagte das nicht schon Ralph Waldo Emerson?« Sie stieß meinen Vater um Bestätigung heischend mit dem Ellbogen an. Der verschüttete daraufhin großflächig seinen Champagner auf die Smokinghose von Amadeo Sturzenegger.

»Ach herrje«, rief Papi.

»Mit Wasser geht das wieder raus«, rief Amadeo.

Die beiden alten Herren sprangen zeitgleich auf und eilten mit glücklichem Gesichtsausdruck ins Innere des Restaurants und zur Herrentoilette.

Ihnen war der Abgang sauber geglückt.

Und wo war meine fluchttaugliche Zeitmaschine mit dem Flux-Kompensator, wenn ich sie brauchte?

»Warte, Paps, ich helfe dir«, rief Urs und eilte hinterher.

Elender Verräter! Mich hier mit den beiden Streithennen allein zu lassen.

»Soll ich euch nachgießen?«, bot ich den Damen ablenkenderweise an.

Sie musterten mich finster.

Chantal, weil sie ihren Goldschatz nicht an jemand wie mich verlieren wollte, und meine Mutter, weil sie stinksauer war, dass Urs und ich uns hinter ihrem Rücken und ohne ihr Beisein, dafür in Anwesenheit der Sturzeneggers, verlobt hatten.*

»Danke, Liebes, ich habe noch. Und zu viel Alkohol ist auch nicht die feine Art«, meinte meine Mutter und blickte süffisant in Richtung Chantal, die schon ihr zweites Glas zur Hälfte leer hatte.

Chantal lief rot an. »Ich frage mich, was man in Ihrer Familie von der feinen Art weiß.«

Jetzt wurde auch meine Mutter rot. »Unser Stammbaum lässt sich bis ins Jahr 1789 zurückverfolgen!«

»Ha!«, trumpfte Chantal auf. »Da würde ich nicht von Stamm*baum* sprechen, höchstens von Stamm*ast.* Meine Familie reicht bis auf Reformator Zwingli zurück!«

Die Gäste an den Nebentischen verstummten nach und nach. Wenn ich mich nicht sehr täusche, hörten auch die Enten auf zu quaken und gaben sich ganz dem Anblick der beiden geifernden Mütter hin. Allesamt Freunde der gepflegten Abendunterhaltung, die ihnen hier kostenlos, live und in Farbe geboten wurde.

»Mami… Chantal«, fing ich an, aber das Stadium zivilisierter Beschwichtigungslösungen war längst vorüber, jetzt hätten nur noch ein Eimer mit eiskaltem Wasser oder zwei Schläge mit dem Holzhammer geholfen.

»Nun, vielleicht braucht man ein Wappen und staubige Ahnentafeln, wenn man es in der Jetzt-Zeit zu nichts gebracht hat«, erklärte meine Mutter brüsk.

* Die Jumbo-Flasche *Asbach Uralt,* bis an den Rand mit Pfennigen für meine Brautschuhe gefüllt, hatte sie mir bei ihrer Ankunft in Stuttgart mit fest zusammengepressten Lippen in die Hand gedrückt. »Da – und kauf dir bequemes Schuhwerk, der Weg zum Altar ist lang.« Ich sagte ihr weder, dass ich gar nicht die Absicht hatte zu heiraten, noch, dass man Pfennige schon längst nicht mehr in Cent umtauschen konnte.

Ein gewagter Vorstoß, hatte Amadeo Sturzenegger doch einst eine Schweizer Großbank geleitet, wohingegen mein geliebter Vater als schlichter kaufmännischer Angestellter bei der Bausparkasse Schwäbisch Hall sein bescheidenes Auskommen gefunden hatte.

Chantal glühte mittlerweile krebsrot.

Ich wartete ihre Entgegnung gar nicht erst ab, sondern hechtete zur Herrentoilette und riss die Tür auf. Ein mir fremder Mann vor einem Urinal sah mich entsetzt an.

»Papi, wo bist du?«

»Engelchen.«

Mein Vater trat mit einem Flachmann in der Hand aus dem Behindertenklo. Hinter ihm sah ich Urs und seinen Vater in der Kabine, die mir fröhlich zuwinkten. Etwas zu fröhlich. Als ich meinem Vater den Flachmann aus der Hand nahm und daran schnupperte, war alles klar: hochprozentig und fast leer.

»Würden sich die beiden Herren mal bitte um ihre Ehefrauen kümmern«, fauchte ich. »Da oben gibt es gleich ein Blondinen-Schlammcatchen.«

»Blondinen-Schlammcatchen?« Der mir fremde Mann ratschte seinen Hosenschlitz zu und lief – ohne sich die Hände zu waschen – aus der Toilette.

»Urs, tu etwas. Ich kriege Kopfschmerzen«, drohte ich.

Urs schluckte. Meine Migräneschübe waren berüchtigt – im Zweifel konnte das wochenlange Enthaltsamkeit für ihn bedeuten.

Er stieß seinen Vater an. »Paps, nun werd doch mal aktiv!«

WIR MERKEN UNS:
Ihr kleiner Liebling soll Ihnen folgen, nicht umgekehrt. Wie er das jedoch *en détail* anstellt, dürfen Sie ruhig auch einmal ihm überlassen.

»Ja, wir sollten wohl wirklich einmal nach unseren Frauen sehen, *odrr*?«, meinte Amadeo. Er klang nicht überzeugt.

»Durchaus, durchaus«, pflichtete ihm mein Vater bei.

»Auf! Schnell!«, trieb ich die beiden an. »Ich will nicht zur Halbwaise werden!«

Eigentlich befürchtete ich angesichts der unterschiedlichen Größenverhältnisse eher, dass meine Mutter die arme Chantal platt walzen würde – eine Tat, die der Romantik zwischen Urs und mir womöglich abträglich wäre.

»Urs!«, herrschte ich meinen Verlobten an.

»Erst mal Hände waschen«, erwiderte er. Ich hatte ihn einfach zu gut erzogen.

Erst Stunden später, so schien es mir zumindest, traten wir wieder auf die Terrasse des Restaurants. Ich hatte eine Menschentraube erwartet, die sich um zwei am Boden rangelnde Seniorinnen scharte, aber ich sah nur zivilisiert plaudernde Restaurantbesucher an den Tischen und hörte die Enten auf dem Teich quaken.

Chantal und meine Mutter saßen in schönster Einhelligkeit am Tisch und teilten sich die letzten Reste aus der Schampusflasche.

»Und da sagt sie zu mir, Kind, sagt sie zu mir, Kind, die schönsten drei Worte in unserer Sprache sind nicht *Ich liebe dich*, sondern *Er ist gutartig*!«

»Sie haben ja so Recht, teure Chantal.« Meine Mutter nickte.

Wie sich herausstellte, sprachen sie nicht über Kampfhunde, sondern über Tumore. Beide hatten erst vor wenigen Monaten Eingriffe am Unterleib über sich ergehen lassen müssen. Offenbar hatten sie diese Gemeinsamkeit noch rechtzeitig entdeckt, bevor ihre Haarteile, Zuchtperlen und dritten Zähne auf dem Altar der Rechthaberei blutig geopfert worden waren.

Mütter!

Spontan beschlossen meine Eltern – das heißt, meine Mutter beschloss und mein Vater nickte nur –, über Nacht in Stuttgart zu bleiben. Am nächsten Morgen frühstückten wir zu sechst im *Grand Café Planie*. Es wurde viel gelacht, vornehmlich über peinliche Geschichten aus der Kindheit von Urs und mir, in einer solchen Lautstärke vorgetragen, dass auch die Umsitzenden und die gesamte Kellnerschaft mitlachen konnten. Urs nahm es mit Gleichmut hin.

Unter großem Hallo verabschiedeten sich unsere Eltern am frühen Montagnachmittag voneinander und von uns.

Arm in Arm standen Urs und ich auf dem Gehweg vor unserem Heim und winkten dem VW Passat mit Schwäbisch Haller Kennzeichen und dem Jaguar mit Züricher Kennzeichen nach.

»Ist es nicht toll, wie gut sich unsere Eltern verstehen?«, seufzte Urs wohlig auf.

Der Ärmste ahnte nichts. Aber mir war sehr wohl bewusst, was es für unsere Zukunft bedeutete, wenn sich unsere Mütter zu einer einheitlichen Front zusammenschlossen.

Tja, Alte, irgendwann musst du allen kundtun, dass du Urs nicht heiraten wirst.

Urs küsste mich innig.

Aber nicht heute!

6

Der Baum des Wissens
ist nicht der Baum des Lebens.
Trotzdem pinkeln Hunde daran.

Frei nach Lord Byron

Wie erziehe ich den besten Freund der Frau

Lektion 6: Sie als Alpha-Hündin

Es liegt in der Natur des Hundes – gerade in den ersten Monaten Ihres Beisammenseins –, immer wieder auszuprobieren, ob er nicht an Ihrer Stelle »Alpha« sein kann. Wenn Sie Ihren Sinn für Humor nicht verlieren und sich immer wieder klar machen, warum Sie sich ursprünglich einen kleinen Liebling gewünscht haben, überstehen Sie auch diese Phase.

Lassen Sie nur nie in Ihrer Konsequenz nach, Ihrem Kleinen zu verdeutlichen, wer hier der »Alpha« ist. Es folgen ein paar Tipps:

Bedienen Sie sich der Körpersprache aller HerrscherInnen – machen Sie sich groß und strahlen Sie Selbstbewusstsein aus. Setzen Sie all Ihre Befehle sofort durch. Korrigieren Sie Fehlverhalten unverzüglich, indem Sie in angemessenem Maße loben und strafen.

Futterbelohnungen sind erlaubt. Sorgen Sie auch dafür, dass Ihr kleiner Liebling immer in Bewegung ist. Ein müder Hund ist ein braver Hund. Geben Sie ihm kleine Aufgaben, und loben Sie ihn anschließend mit warmer Stimme.
Fürchten Sie sich nicht davor, Ihrem Hündchen klare Grenzen zu setzen. Lassen Sie sich nichts gefallen. In der richtigen Stimmlage gesprochen, tief und fest, ist ein kurzes »Nein!« das Äquivalent zu einem Knurren. Bockt Ihr kleiner Liebling trotzdem noch, dann werfen Sie ihn aus Ihrem Bett. Im selben Bett zu schlafen wie Sie lässt Ihren Hund glauben, er habe praktisch dieselbe Stellung wie Sie. Dies ist jedoch ein Irrglaube – Sie und nur Sie allein sind das unangefochtene Alphatier. Ihr kleiner Liebling braucht für solche Fälle seinen eigenen Korb, weit weg vom Bett der Herrscherin. Kaufen Sie also eine ausreichend große Schlafcouch fürs Gäste- oder Wohnzimmer!

Der König der karierten Flanellhemden heißt Urs Sturzenegger. Ungelogen. Wo Al Borland aus der *Heimwerker*-Serie aufhört, fängt Urs gerade erst an. Und sollte er doch mal repräsentieren müssen, hat er ja noch seinen guten Anzug in petto.

Früher, vor unserem »großen Streit«, war das ein rauchgrauer *Armani*. Dummerweise hatte ich während unserer Meinungsverschiedenheit »Holt es euch hier« mit schwarzem Filzstift in den Schritt der *Armani*-Hose geschrieben und mit einer Nagelschere einen Pfeil herausgeschnitten, der auf die entsprechende Stelle wies. Danach war der Anzug einfach nicht mehr derselbe.

Während unserer Trennungszeit hatte Urs sich einen dunkelbraunen *Brioni*-Anzug zugelegt. Sehr edel. Aber dazwischen gab es einfach nichts. Kariertes Flanellhemd oder kostbarer *Brioni*-Zwirn. Beides eignete sich nicht für den Brunch bei Silke vom Krimistammtisch. Und auf diesem Brunch wollte ich es tun: Ich wollte meinen niegelnagelneuen Lebensabschnittsgefährten meinen Freundinnen vom Stammtisch vorstellen!

Ergo musste Urs neu eingekleidet werden.

»Was soll ich denn hier? Ich brauche nix!« Urs bockte.

Geschickt hatte ich ihn am darauf folgenden Mittwochnachmittag zu *Breuninger* gelockt, dem größten und edelsten Stuttgarter Kaufhaus.

Wie in Trance ließ er sich durch die Damenoberbekleidung und das Stockwerk mit den Schuhen führen, taute in der Sportabteilung kurz auf und machte sich in der Golferecke breit, trank dann mit mir einen frisch gepressten O-Saft an einer der Food-Stationen des Kaufpalastes und fand sich unversehens in der Herrenoberbekleidung *de lüx* wieder.

»Doch, du brauchst was«, insistierte ich. »Vorzeigbare Kleidung.«

»Ich bin vorzeigbar!«

»Du trägst ein Flanellhemd!«, erwiderte ich, als sei das schon Beweis genug.

»Das ist nicht nur einfach Flanell. Das ist Flanell aus Portugal!«, bellte Urs.

»Ah, Portugal. Bekanntermaßen kommt von dort der feinste Flanell der Welt«, erklärte eine Männerstimme.

Es war der Verkäufer. Aus der Nelke im Knopfloch schloss ich, dass es sich um den Oberverkäufer dieser Abteilung handeln musste. Er musterte Urs. »Buttondown-

Kragen, Rückenfalte, abgerundete Hemdschöße, Farbe *Eiche Glen Plaid* – zweifelsohne ein Werk aus Meisterhand.«

Urs strahlte ihn an. Er hatte eine verwandte Seele gefunden.

Ich strahlte den Verkäufer an. Er hatte Urs am Haken. Von da bis zu dem olivfarbenen Oxfordhemd und den klassischen sandfarbenen Chinos war es nur noch ein winziger Schritt.

Während sich Urs mit dem Verkäufer in der Umkleidekabine vergnügte, zog ich heimlich das druckfrische *S-Trip* aus der Handtasche. Ja, da war sie: meine Anzeige. Zwischen der *Mädchenhaften Hausfrau, Ende vierzig,* die *einen gepflegten Gentleman mit Tagesfreizeit als Toyboy* suchte (*Diskretion zugesichert!*) und der *Blonden Powerfrau, die die Lyrik von Rilke* ebenso zu schätzen wusste *wie Frauenboxen und Freeclimbing in der Schwäbischen Alb*.

Der Vorhang an der Umkleidekabine bewegte sich. Ich steckte das *S-Trip* rasch wieder weg.

Mein Urs sah in seinen neuen Sachen erstaunlich vorzeigbar aus.

Ich ließ ihn auf der Damentoilette im zweiten Stock des Mittelbaus wissen, wie dankbar ich spontan und an verbotenem Ort zu sein vermochte …

Gegen 18 Uhr liefen wir zu Hause ein. Der Himmel hing voller Geigen, und die ganze Welt war rosarot. Bis ich den Anrufbeantworter abhörte.

Urs, mein Schatz, hier spricht deine Mutter. Wir sind bei deiner Tante am Lago Maggiore. Sie hat heute Geburtstag. Denk daran, anzurufen und ihr zu gratulieren. Ich verlasse mich auf dich!

Hai Leute, hier ist Sophie. Wollte mich nur kurz melden und sagen, dass wir zum Geburtstag von Urs auf jeden Fall nach Stuttgart kommen. Aber jetzt mal ehrlich, eure tri-tra-trallala Bandansage im gesülzten Duett nervt. Und musstet ihr als Hintergrundmusik ausgerechnet Julio Iglesias wählen? Bäh, wie ich verliebte Paare hasse. Wenn ihr im Vögeln mal 'ne Pause einlegt, dann ruft mich an.

Ja, hallo, ich bin's. Alex. Gib doch mal Laut! Ich halte es bald nicht mehr aus! Du musst mir helfen! Zur Polizei kann ich doch nicht gehen. Bitte melde dich! Hilf mir!

»Helfen? Wobei?«

Eigentlich war Urs, ein bekennender Sitzpinkler, im Bad gewesen, aber natürlich hatte er ausgerechnet den Spruch von Alex mitbekommen.

»Och …«

»Und was war das mit der Polizei? Spielst du schon wieder Schnüffelschwester?«

»Ach …«

»Du weißt doch, wie gefährlich das ist!« Urs gehörte zu den Gefühlskontrolltypen, die nie laut werden, aber in ihrem Leisesein unglaublich böse wirken.

»Schatz …«, fing ich an.

»Wir haben uns wieder gefunden. Unsere Liebe ist neu entflammt. Wir sind glücklich. Und verlobt. Und all das willst du aufs Spiel setzen, indem du schon wieder auf Mörderjagd gehst?«

Früher war Urs ein stillschweigender Nicker und Lächler gewesen, der seinem Ärger die gerunzelte Stirn bot und dann einfach ins Bett ging. Doch seit wir zusammengezogen waren, machte er seinem Unmut zunehmend wortintensiv Luft. Ob es an mir lag?

»Es geht doch überhaupt nicht um Mord, sondern um …«

»Ich will nichts davon hören. Wenn es eigentlich ein Fall für die Polizei wäre, dann ist es gefährlich. Du lässt das bleiben! Für mich! Für uns!«

Hätte er mich in seine Arme gerissen und mit liebem Dackelblick gefleht, ich wäre eventuell schwach geworden, aber vorschreiben ließ ich mir nichts.

»Diese Art von Ultimatum gefällt mir nicht!«, erklärte ich kühl und schaltete den Wasserkocher ein. »Es ist immer noch mein Leben, um das es hier geht.«

»Es geht auch um unser gemeinsames Leben!« Urs klopfte mit den Fingerknöcheln auf den neuen Küchentisch.

Er hatte ja nicht ganz Unrecht, aber ich hasse Fingerknöchelklopfer.

»Wir sind nicht nur Teile einer Beziehung, wir sind auch Individuen – mit eigenen Interessen und eigenen Hobbys«, dozierte ich kühn.

»Du willst Verbrecherjagd doch wohl nicht als Hobby bezeichnen?« Urs war fuchsteufelswild. In seinem Zorn schrie er zwar immer noch nicht, aber seine Ohren liefen hummerrot an. »Das ist nichts weiter als dumme Dickschädeligkeit. Und naiv noch dazu.«

Ich spülte die Teekanne heiß aus, äußerlich ganz cool, innerlich auf zweihundertzehn.

»Willst du damit sagen, dass ich dickköpfig, dumm und naiv bin?«

»Allerdings.«

»Na, dann ist ja alles klar.«

»Jawohl. Du lässt die Finger davon!«

»Das träumst du nur. Allerdings nicht in unserem Bett.

Ich habe Kopfschmerzen. Du darfst heute Nacht auf der Wohnzimmercouch nächtigen.«

Was Urs dann auch tat. Aber als ich am nächsten Morgen aufwachte, bereit, ihn um Verzeihung anzuflehen und ihm alles zu versprechen, was er wollte, war er schon weg.

WIR MERKEN UNS:

Eine Alpha-Hündin hat immer Recht, auch wenn sie Unrecht hat! Verhalten Sie sich entsprechend.

Auf dem Zettel an der Pinnwand stand, dass er zum Golfspielen gefahren sei, ich solle nicht vor dem Abend mit ihm rechnen. Also tigerte ich allein zum Brunch von Silke. Meine Rache bestand darin, dass ich Urs nicht daran erinnerte, seiner Tante zum Geburtstag zu gratulieren, was er natürlich prompt vergaß.

An diesem Abend hielt ihm seine Mutter eine dreiviertelstündige Standpauke am Telefon. Woraufhin Urs unter Migräne litt. Der kalte Krieg zwischen uns erreichte arktische Tiefsttemperaturen.

Diesmal musste *ich* auf der Wohnzimmercouch schlafen.

Am Donnerstag traf ich Alex zum Mittagessen im *Fai Sushi*, dem japanischen Kaiten-Restaurant am Stuttgarter Rotebühlplatz. Okay, es waren weit und breit keine Japaner zu sehen, dafür aber viel roher Fisch, der auf schmalen Fließbändern durch den Raum transportiert wurde und mich verlockend anlächelte.

Ich griff mir einen Teller mit gelbem Rand. Bezahlt wurde

nach einem Farbleitsystem, und Gelb war die teuerste Farbe. Was immer das für ein Fisch sein mochte, er war edel. Und ich wollte mir etwas Gutes tun.

Die Magermieze, die auf der anderen Seite des Fließbandes saß, hatte den gelben Teller auch im Visier. Natürlich waren meine prallen Pranken schneller als ihre hageren Knochenpatscher.

»Entschuldigen Sie, ich glaube, ich wollte diesen Teller zuerst«, krähte sie über das Fließband hinweg und krallte sich in den Tellerrand.

Ich lächelte ihr verzeihend zu. Wie ein Blauwal einem Planktonpartikel zulächelt – bevor er es verschluckt.

Mit einem leichten Ruck zog ich den Teller auf meine Seite. Die Magermieze – deren *Shalimar*-Duftwolke bis zu mir herüberwaberte – ließ nicht rechtzeitig los, wurde vom Stuhl gerissen und stieß mit den Ellbogen zwei grüne Teller vom Fließband. Zweimal Grün ergibt einmal Gelb, finanztechnisch gesehen. Na also.

Alex bekam von all dem nichts mit. Sie stierte in ihr *Asahi* (was, wie Sie zweifelsfrei wissen, japanisches Bier ist).

»Na, was ist denn los? Erzähl doch mal«, forderte ich sie mit vollem Mund auf. Kurz bevor ich merkte, dass ich zu viel von dem grünen Meerrettich auf meine zartrosa Frischfischleiche gekleckst hatte und röchelnd dem Kellner winkte, der mir unaufgefordert meinen Grünteebecher neu auffüllte. Ich trank gierig.

»Es ist noch ein Brief gekommen. Mit einem Foto…« Alex stockte. Sie hob ihren obligatorischen Aktenkoffer vom Boden und zog aus einem Seitenfach einen roten Umschlag.

In dem Umschlag steckte ein Blatt Papier, die Fotokopie

eines Fotos der splitterfasernackten Alex in einer sehr ungünstigen Stellung auf ihrem Bett.

Mit *ungünstig* meine ich nicht, dass sie optisch-ästhetisch ungut rübergekommen wäre, im Gegenteil, sie machte eine extrem gute Figur. Ich gelobte auf der Stelle, ebenso regelmäßig zu yoginieren wie Alex.

Das *ungünstig* bezog sich mehr auf die Fesselung besagten splitterfasernackten Körpers, die – meiner unbedarften Laien-Meinung nach – jedweden Verkehr unmöglich machte. Obwohl … ich drehte das Bild nach links, dann nach rechts, dann hielt ich es gegen das Licht … nun ja, vielleicht, mit ein wenig kamasutrischer Verrenkung eines willigen schlangenmenschgeschulten Gespielen?

Alex riss mir das Blatt aus der Hand. »Pinn es doch gleich an die Eingangstür«, fauchte sie.

Sie legte das Blatt mit der Bildseite nach unten. Jetzt erst entdeckte ich, dass auf der Rückseite ein paar Worte aufgeklebt waren:

Dieses Foto verschicke ich als Nächstes.

»Wie? Als Nächstes?«

Alex fischte eine Packung Zigaretten aus dem Aktenkoffer.

»Würde es Ihnen etwas ausmachen, hier nicht zu rauchen?«, nölte die Magermieze von gegenüber. Alex hatte ihre Zigarette noch gar nicht angezündet. »Sie zwingen mich dadurch zum Passivrauchen, und Passivrauchen ist ungesund.«

»Quark!«, nölte ich zurück. »Wenn neben Ihnen zwei poppen, werden Sie davon ja auch nicht schwanger!«

Eigentlich rauche ich ja nicht, aber nun schnorrte ich doch eine Kippe von Alex und blies den Rauch demonstrativ über das Fließband.

Die Magermieze stand auf, schnappte sich ihr *Louis-Vuitton*-Beutelchen und stakste echauffiert aus dem *Fai Sushi.* Da sie in ihrem Zorn allerdings vergessen hatte, die Zeche zu begleichen, stürzten die beiden Kellner hinterher. Das nachfolgende lautstarke Spektakel auf der Calwer Straße diente der Belustigung zahlreicher angereister Touristen und einheimischer Mittagspausenshopper.

Währenddessen drückte ich die Zigarette aus und widmete mich meiner Freundin Alex. Die an diesem Tag zwar ihr obligatorisches Powerkostüm trug, aber irgendwie anders aussah. Es musste an der mangelnden Farbkoordination liegen: zum grauen Kostüm eine pinke Bluse und grüne Pumps. Die Sache setzte ihr offenbar mehr zu, als ich gedacht hatte.

Über eine Woche war seit ihrer Beichte vergangen. Vor lauter Beziehungsstress hatte ich die prekäre Lage von Alex irgendwie verdrängt. Die Ärmste – natürlich saß sie wie auf glühenden Kohlen und erwartete sekündlich den finalen Schlag des bösen Buben. Zum Glück erwies sich Alex' Erpresser als Schnecke: Er hatte mehr Vergnügen daran, sie zu quälen, als schnell Ergebnisse – sprich: Knete – zu sehen.

»Er hat meinem Chef ein Foto von mir geschickt.«

»Ach herrje.« Mehr fiel mir dazu nicht ein.

Alex kippte ihr Bier. »Es war das Foto mit der Gummimaske, man konnte mich darauf nicht erkennen.«

»Was ist mit dem Leberfleck auf deiner linken Pobacke?«, warf ich ein.

Alex runzelte die Stirn. »Ja, was glaubst du wohl, wie viele Leute in meinem Büro diesen Leberfleck schon mal gesehen haben?«

Früher wäre mir die Antwort darauf leicht gefallen, da hätte ich sogar kühn behauptet, kein lebender Mensch habe je diesen Leberfleck gesehen, außer vielleicht dem Arzt, der sie entbunden hatte, so steril hatte Alex immer auf mich gewirkt, aber seit ich die SM-Fotos von ihr kannte, war ich mir da nicht mehr so sicher.

»Keiner!«, bellte Alex angemifft. »Keiner kennt meinen Leberfleck!«

Ich winkte ab. »Ist ja gut. Nicht ganz so fortissimo, bitte.«

»Zum Glück traf das Foto am Geburtstag meines Chefs ein«, fuhr Alex flüsternd fort. »Er hielt es für einen gelungenen Scherz. Bei der Party nach Dienstende wurde ein Wettraten veranstaltet, um wen es sich auf dem Foto handeln könnte. Die meisten Punkte sackte unsere Büroschlampe Helga ein. Dicht gefolgt vom Oberbuchhalter. Auf mich kam natürlich keiner.«

Alex wollte dem Kellner winken und sich eine weitere Flasche Bier bestellen, aber der stand noch auf der Calwer Straße und hatte die Magermieze im Würgegriff, die mit ihren getigerten *Manolo-Blahnik*-Pumps heftig gegen zwei herbeigerufene Streifenbeamtinnenbeine trat und dabei ihr *Vuitton*-Beutelchen kräftig kreisen ließ. Endlich waren auch Japaner in Sicht, aber nicht im *Fai Sushi*, sondern davor – die Kameras verzückt auf die Straßenschlacht gerichtet. Was sind schon Neuschwanstein, die Lorelei und die Altstadt von Heidelberg gegen eine ordentliche Frauenkeilerei in Stuttgart? Gar nix!

Alex griff sich einfach die noch dreiviertelvolle Bierflasche, die die Magermieze hatte stehen lassen. Den Umweg über ein Glas sparte sie sich mittlerweile.

Ich nahm zwei Teller mit grauem Rand vom Fließband, laut Karte die Spezialität des Hauses. Sandmuschel auf Reis? Süßwasseraal auf Reis? Fatal-letaler Fugu auf Reis? Egal.

»Ich halte das nicht mehr lange aus!«, keuchte Alex.

»Das musst du ja auch nicht«, beruhigte ich sie. »Das neue *S-Trip* ist seit Mittwoch im Handel. Schon Ende der Woche habe ich womöglich die ersten Zuschriften.«

»Ehrlich?«

Alex sah mich an, als hätte ich ihr Instant-Erleuchtung und sofortigen Einzug ins Nirwana versprochen.

»Ehrlich!«

Die Zuschriften würden *en masse* eintrudeln, und ich würde gekonnt den fiesen Schurken ausfindig machen. Seit ich vor ein paar Jahren meinen allerersten Fall gelöst hatte, wusste ich tief in meinem Innern, dass ich mehr draufhatte, als all die anderen trüben Tassen, die meine Familie seit dem Bauernaufstand von 1618 produziert hatte. Diese Gabe durfte nicht brachliegen – sie war ein Geschenk des Universums, das mich als Instrument der karmischen Gerechtigkeit einsetzen wollte.

Verbrechensaufklärung war meine gottgewollte Berufung! Und von geringfügigen Hemmnissen wie dem strikten Verbot meines Lovers, meine Nase in diesen Fall zu stecken, ließ *ich* mich doch nicht abhalten!

7

Den Hund im Sack kaufen.

Alte, später fehlinterpretierte Redensart

Wie erziehe ich den besten Freund der Frau

Lektion 7: Der mobile Hund

Vielen Hunden verursacht das Mitfahren im Auto Übelkeit. Aber natürlich ist es unerlässlich, dass Ihr kleiner Liebling sich an das Autofahren gewöhnt.
Nehmen Sie ihn anfangs auf kurzen Strecken mit, auf denen er sich an den Wagen und die Fahrtgeräusche gewöhnen kann. Füttern Sie ihn vor Fahrtantritt nicht, sonst wird er womöglich reisekrank und erbricht sich. Legen Sie ihm sicherheitshalber alte Zeitungen oder Handtücher unter.
Lassen Sie den Kleinen nie lange allein im Wagen, sonst zerkaut er das Polstermaterial oder bekommt einen Hitzschlag.
Und wenn Sie ihn vor Reiseantritt mit einem Leckerli ins Wageninnere locken, wir er sich bald schon auf die Ausfahrten freuen!
Doch Vorsicht: Manche Hündchen verlieben sich derart ins Autofahren, dass man sie gar nicht mehr aus dem Wagen bekommt...

Urs und ich hatten so eine Art Waffenstillstand geschlossen, der darin bestand, dass Urs mit seinem Chef und Freund Simon übers verlängerte Wochenende, also von Freitag bis Montag, in die Berge fahren wollte, wo es schon heftig schneite, während ich zu Hause im immer noch warmen, aber zunehmend feuchten Stuttgart blieb und ihn vermissen würde. Schrecklich vermissen würde. Nicht nur die leckeren Fertigpizzen, mit denen er mich trotz Streit zu verwöhnen pflegte, nein, den ganzen Mann.

Mich persönlich kann man mit Skifahren jagen. Auch wenn ich mich immer gern an meinen ersten Skilehrer erinnere. Er hieß Sören, sah aus wie Viggo Mortensen und sprach Deutsch wie Vivi Bach. Eigentlich hatte ich keinen Dänen, sondern einen kernigen Alpenbewohner mit Namen Toni, Sepp oder Gustl erwartet, aber die waren allesamt Besitzer von Schnellrestaurants, in denen sie »Original-Alpenpasta« aus der Mikrowelle servierten (was man früher schlicht »Kässpätzle« nannte und noch von Hand schabte), jobbten nebenbei als Tourismusmanager des örtlichen Fremdenverkehrsverbandes und hatten es nicht mehr nötig, unbedarften Großstädtern die Basics auf zwei Brettern beizubringen.

Heutzutage fuhr man ja auch nicht mehr nur einfach Ski, man stand auf Carving-Skiern, Freeridern oder Snowboards und suchte geballten Fun, eingequetscht in 48 kurze Stunden, und seine Gaudi fand man nicht mehr beim gepflegten Après-Ski, sondern vorzugsweise angeheitert und im Beisein von hundert weiteren Besoffenen beim Mitternachtsrodeln, wo man bäuchlings auf einem minimal ausgeleuchteten Viehpfad zu Tal donnerte.

Außerdem hatte ich bei meinen Versuchen auf zwei Brettern zur Belustigung der Eingeborenen immer gefährliche und für meinen Hintern schmerzhafte Stunden damit verbracht, flache Hügel hinunterzurutschen, während mich massenweise Fünfjährige fröhlich wedelnd überholten.

Nein danke!

Ich blieb also zu Hause. Ich war ja auch nicht unbeschäftigt. Der übergroße Umschlag vom *S-Trip* traf an diesem Freitagmorgen ein.

Der Postbote, der sich – Apollo und Zeus sei Dank – nie bis zum Haus und zu den Briefkästen vorwagte, warf die gesamte Post einfach über den hüfthohen Elektrozaun in den Vorgarten. Dort wurde sie in aller Regel von Apollo und Zeus in Kleinstteile zerlegt. Oder wahlweise von Herbstschauern durchgeweicht. Der *S-Trip*-Umschlag war nass geregnet.

Das war ein Glück, denn durchgeweicht, wie er war, ließ er sich mühelos zusammenrollen und in meinen Ausschnitt stopfen – und das eine Millisekunde, bevor Urs auf dem Weg ins verlängerte Wochenende hinter mir aus dem Haus trat.

»Was für mich dabei?«, fragte er nur beiläufig.

Ich schüttelte den Kopf und küsste ihn züchtig zum Abschied auf die Wange. Eine kleine Geste, um die ich alte Ehepaare immer schon beneidet hatte. Bis zu dieser Woche, in der Urs dauerschmollte. Seine ehemals liebevollen Abschiedsküsse waren einer betonharten Männerwange gewichen, die mein züchtiges Küsschen rigoros abschmetterte.

Wir waren zwei sture Böcke.

Aber ich würde bestimmt nicht nachgeben! Eher würde die Hölle einfrieren, als dass ich einen Typen, der Frauen zu seiner Privatgaudi psychofolterte, ungeschoren davonkommen ließ.

WIR MERKEN UNS:

Ein mobiler Hund ist Fluch und Segen zugleich.

Ursens alter Saab Kombi war kaum die Schottstraße hinuntergerollt, als ich den *S-Trip*-Umschlag schon aufriss. Ein dickes Bündel Briefe ergoss sich über die Couch. Der Tropenfisch drückte sich wieder mal die Nase platt, und die Sittiche, die morgens immer eine Freifliegerstunde einlegen durften, kackten beseelt die Couchlehne voll.

Der erste Brief stammte vom Eheanbahnungsinstitut Alfons Pichl, spezialisiert auf »schwierige Fälle«. *Das Glück, nach dem Sie sich sehnen, sehnt sich auch nach Ihnen – ungeachtet körperlicher Makel oder bescheidener Herkunft*, hieß es da auf einem pinkfarbenen Flyer.

Schon verschissen: Seit wann war ich denn bitteschön ein »schwieriger Fall«? Dumpf erinnerte ich mich an die Formulierung »nicht schön, aber einzigartig«, verdrängte den Gedanken jedoch gleich wieder.

In dem zweiten Chiffreumschlag steckte eine schlichte Karte, darauf eine rote Rose und der Aufdruck ALLES GUTE ZUM GEBURTSTAG. Auf der Rückseite in blaugrünem Buntstift die Worte *Fluctuat nec mergitur*! Eine verschlüsselte Codekarte der Rosenkreuzer? Ein Irrläufer? Ein

Gag, den sich Alex erlaubt hatte? Die Karte würde auch in den Papierschredder kommen, der in meinem Büro stand.

Doch der nächste Umschlag brachte endlich erste greifbare Resultate.

Hallo Unbekannte!
Ihre Anzeige hat mir gefallen. Ich bin 62,
ehemaliger Geschichtslehrer (verbeamtet)
im Vorruhestand. Meine Vorlieben: Wandern,
klassische Musik, Gedichte schreiben.
Ich wohne bei meiner 40 Jahre alten unverheirateten
Tochter. Wenn Sie einen erfahrenen und charakterlich
gefestigten Mann suchen, rufen Sie an.

Die Schrift erinnerte auf den ersten Blick an zittriges Sütterlin, war dann aber doch lesbar. Ein Foto, wie ich es in der Anzeige verlangt hatte, war nicht dabei, dafür die obligatorische Handynummer.

Nicht, dass Senioren kein Anrecht auf ein spätes Glück hätten, aber war er mit 62 für eine über zwanzig Jahre jüngere Frau tatsächlich noch der starke Bär, der in der Horizontalen ausdauernd experimentieren konnte? Männliche Selbstüberschätzung verwächst sich nicht mit dem Alter, sondern verfestigt sich!

Hatte sich Alex wirklich mit einem Tattergreis verabredet? Und falls das Alter sie nicht schreckte: Würde sie sich mit jemandem treffen wollen, der lieber Gedichte schrieb, als Fesselspiele zu veranstalten? Aber was wusste ich schon: Vielleicht dichtete er gern beim Einschnüren und Zuknoten…

Immerhin war das Schreiben handschriftlich verfasst. Die

nächsten Briefe waren allesamt Formschreiben, nur die Chiffrenummer war jeweils von Hand eingetragen worden.

Ich nahm Witterung auf.

»Ja, ja, ja!«

Orgiastische Begeisterung bei Alex.

Es war wie jeden Freitagabend Yoga-Time, und wir saßen als Letzte in der zugigen Damenumkleide des Yogapalasts *Lotusdiamant*. Draußen läutete Swami Detlef mit der tibetischen Tempelglocke die Übungsstunde ein.

»Das sind sie! Mit denen habe ich mich getroffen! Die sieben Typen waren bei mir zu Hause.«

Gott, ich liebe es, wenn ich mal wieder Recht behalte! Von den zehn Umschlägen, die ich noch hatte, waren sieben Serienbeantworter: Frodo, Lars, Laurenz, Otto, Ronald, Siggi und Torben.

Die drei restlichen Briefe waren unergiebig: Einer stammte von einer Frau, die sich spannende Häkelabende und den Austausch von Hausmannsrezepten wünschte – sie hatte offenbar die falsche Chiffrenummer erwischt –, und die anderen beiden gehörten zu Singlestammtischen, bei denen sich die lustigsten Singles aus dem Großraum Stuttgart zusammenfanden – und gegen Überweisung von 50 Euro könne auch ich bald dazugehören und im Kreise Gleichgesinnter meinen Traumpartner finden.*

»Und der Rentner gehört nicht dazu?«

»Wofür hältst du mich?«, empörte sich Alex.

* Meine Freundin Marianne hatte das mal ausprobiert und für ihr Geld magere fünf Termine kultureller und lukullischer Art genannt bekommen: Ausnahmslos erschienen auf diesen Abenden nur Frauen mit akuter Torschlusspanik.

»Für eine Frau, die ungewöhnliche Sexpraktiken bevorzugt. Womöglich muss man da nehmen, was man kriegen kann.«

»Du bist echt eine Gans!« Alex gab mir die Umschläge zurück. »Aber vielleicht war es der Achte?«, fuhr sie fort.

»Wie? Was für ein Achter?«

»Na, der Typ, der bei deinen Briefen nicht dabei ist. Der hieß Azzo. Aus Südtirol. Wir haben uns am Döner-Stand seines Bruders getroffen, bevor wir dann zu mir nach Hause sind.«

»Hallo-o? Warum erzählst du mir dann, dass du von keinem mehr weißt als nur die Handynummer?«

Die Frage, wie ein Südtiroler an einen Döner-Stand kam, verkniff ich mir.

»Ach, nein, wenn ich so darüber nachdenke… der Azzo war es bestimmt nicht. Ein ganz lieber Kerl. Mit Vollbart. Vielleicht ein bisschen langsam. Und schlicht. Also überhaupt nicht mein Typ. Aber nett. Und er hätte mich ja wohl kaum seinem Bruder vorgestellt, wenn er mich erpressen wollte.«

Ich war sauer. Und ließ es an Alex aus. »Vielleicht war das gar nicht sein Bruder, sondern ein Komplize.«

»Meinst du?«

Die Frau fiel echt auf alles rein. Wie kam so jemand zu einem Außenbüro in Tokio und einem sechsstelligen Jahresgehalt?

»Nein, meine ich nicht. Dieser Azzo ist bestimmt harmlos. Kriminelle Verbrechergenies stammen nie aus Südtirol, das ist statistisch erwiesen. Also muss es einer von meinen sieben sein.« Ich breitete die Briefe auf meinem üppigen Schoß aus.

»Du willst mir doch immer noch helfen, oder?« Alex klang sehr klein und sehr verletzlich.

»Aber ja doch!«, rief ich enthusiastisch und hob die zur Faust geballte Rechte. »Es wird zur Jagd geblasen. Halali!«

»Ruhe in der Umkleide!«, donnerte der Swami.

8

RONALD

Liebe Inserentin,
Ihr Inserat mit der Chiffrenummer .... hat mein Interesse geweckt. Ich heiße Ronald, bin 33 Jahre alt und wohne in Stuttgart, habe braune Augen, braune Haare, besitze Geist und Herzensbildung, bin zärtlich, tolerant und musisch sehr begabt. Von Beruf bin ich Brückenbauer. Es wäre mir ein großes Vergnügen, wenn Sie mich anrufen würden.

Samstag früh nach dem Müsli machte ich mich ans Werk. Ich überlegte, ob ich alphabetisch oder sonst wie geordnet vorgehen sollte, griff dann aber einfach in den Papierwust und zog einen Umschlag heraus.

Ein Foto von sich hatte Ronald nicht beigelegt, dafür aber diverse Fotos von Brücken, die er offensichtlich gebaut hatte – von Oberbayern bis Südschweden, wie ich den Aufklebern auf der Rückseite entnahm.

Die Ausdrucksweise fand ich für einen 33-Jährigen ein wenig gestelzt, aber es ging hier ja nicht um meine Vorlieben, sondern um Gerechtigkeit und die gute Sache.

Ich rief ihn also an und vereinbarte spontan ein Treffen noch an diesem Nachmittag.

Das *Café Königsbau* am Stuttgarter Schlossplatz ist eine Institution.

Man erklimmt eine geschwungene Treppe bis in den ersten Stock, kämpft sich durch die Masse an Omas zur Fensterfront vor und hat dann – mit etwas Glück – einen herrlichen Blick auf den Schlossplatz und die flanierenden Einheimischen.

Die Kuchen sind allesamt köstlich, das Ambiente ist gediegen, der Genuss gewissermaßen vorprogrammiert. Und kein Einheimischer, den ich kenne, besucht jemals dieses Café – folglich durfte ich sicher sein, nicht erkannt und an Urs verraten zu werden.

Ich lief gegen 14 Uhr ein. Es war gerammelt voll, auch einige Herren waren anwesend. Die meisten in Begleitung, nur drei saßen allein an Zweiertischen im Raum verstreut.

Ich ging an allen dreien vorbei, mit meiner roten Rose in der Hand, unserem unoriginellen Erkennungszeichen.

Zwei der Herren schienen mir weitaus älter als 33 und der dritte – farblos, rosenlos und in einem Pullunder mit Siebzigerjahre-Design, sah mich nur kurz geistesabwesend an und stierte dann in seine Kaffeetasse. Neben ihm saß eine der zahllosen Omas, die das Café schon seit der Gründung frequentierten, und daneben war noch ein Zweiertisch frei.

Ich ließ mich fallen. Der Stuhl hielt. Danket den himmlischen Mächten für kleine Freuden.

Nachdem ich eine heiße Schokolade bestellt hatte, gab ich mich meinen Gedanken hin.

Wer mich kennt, weiß, dass ich gern einen auf taff mache. Und mit meinem Selbstbewusstsein kann man ja auch mühelos die gesamte Flaschenproduktion von *Coca Cola Deutschland* ein Jahr lang abfüllen, aber das heißt noch lange nicht, dass nicht auch in mir typische Frauenängste schlummern. Vor allem wenn man zum ersten Mal einem potenziellen Paarungspartner begegnet. Nicht, dass ich meinem Urs untreu werden wollte – es ging einfach ums Prinzip. Tief in mir hauste der absurde Wunsch, dass jeder Mann zwischen 18 und 88, der mir begegnete, sich nach mir verzehren sollte. Also, nicht wirklich *jeder* Mann – nur Typen, die wie George Clooney aussahen...

Und es lässt sich nun mal nicht leugnen: Dem typischen bundesdeutschen Schönheitsideal entspreche ich nicht. Meine Haare sind zu wild und zu offensichtlich selbst gefärbt, mein Modegeschmack erinnert an den eines farbenblinden Zirkusclowns, und mit meiner Kleidergröße 52/54 und einem Gewicht von zwei Zentnern war ich mehr, als so mancher verdauen konnte – und wollte.

Dennoch fand ich mich schön, auf eine urtümliche Art, wie die Venus von Willendorf – ein sinnliches Prachtweib mit Verve und Esprit!

Aber würde das der *Brückenbauer, 33, tolerant und musisch*, auch so sehen?

Und war es mir wirklich wichtig, ob dieser Typ das so sah?

Ich bestellte noch eine heiße Schokolade!

Das dampfende Gebräu traf im selben Augenblick ein, als der farblose, rosenlose Pullunderträger an meinen Tisch trat.

»Hallo, ich bin der Ronald.« Er streckte mir fischgleich seine hängende Rechte entgegen. Entfernt erinnerte er mich an den jungen Fernandel.

»Wo ist denn deine Rose?«, zischelte ich.

Die braunen Augen unter dem Mittelscheitel blickten mich unsicher an.

»Ich dachte, es reicht, wenn du eine hast.«

»Und warum lässt du mich dann an deinem Tisch vorüberwackeln und stundenlang hier warten, ohne ein Wort zu sagen?«, giftete ich weiter.

Er hielt mir immer noch seine Hand hin und sah aus, als wolle er gleich in Tränen ausbrechen.

»Du siehst ein wenig anders aus, als ich erwartet hatte. Ein wenig arg anders.«

»Du bist auch kein Adonis!«

Eine Rotzblase bildete sich an seinem linken Nasenloch. Sein rechtes Auge zuckte.

»Ist ja gut. Setz dich.« Ich packte seine Hand und zog ihn auf den Stuhl neben mir.

»Du bist also der Ronald«, fing ich an, um die Atmosphäre etwas zu entspannen.

Ronald spielte hektisch mit seinen langen Fingern. Sein Gesicht war fleckig, sein Haarschnitt war schon satte zwanzig Jahre nicht mehr in Mode, und, ich muss es leider sagen, er roch.

»Und du bist Brückenbauer. Das klingt echt interessant«, fuhr ich fort.

Ronald nickte.

»Musisch?«

Ronald nickte neuerlich.

Langsam gingen mir die Platitüden aus. »Und in deiner Freizeit machst du Musik?«

Endlich hatte ich die Schnecke aus ihrem Haus gelockt.

»Ja.« Ronald strahlte. Er sah mir aber nicht in die Augen, sondern über meine linke Schulter in Richtung Kuchentheke.

»Möchtest du vielleicht ein Stück Kuchen?«, fragte ich.

»Gern.« Er nickte, machte aber keine Anstalten, der Kellnerin zu winken oder sich zur Kuchentheke zu bewegen. Ich verlor allmählich die Geduld. War diese Null zu einer Erpressung fähig?

»Ein Stück Käsekuchen für mich, bitte«, bat Ronald mit leicht angeschrägtem Kopf die Tischdecke.

War der Mann echt?

Ich stand auf, ging zur Kuchentheke, orderte ihm ein Stück Käsekuchen und entschied mich meinerseits für ein Stück Zitronentorte.

Als ich an den Tisch zurückkehrte, strich sich Ronald gerade unsichtbare Fussel vom Pullunder.

»Kuchen kommt gleich«, sagte ich. »Dann erzähl doch mal, singst du? Oder spielst du ein Instrument?«

»Ich bin Instrumentalist, aber ich möchte lieber nicht sagen, welches Instrument ich spiele.« Ronald klang – für seine Verhältnisse – unglaublich energisch. »Ich habe oft die Erfahrung machen müssen, dass Frauen meine Vorliebe für gerade dieses klassische Instrument nicht nachvollziehen können. Und ich ertrage es nicht, wenn man sich über dieses Instrument lustig macht!«

Wenn er erregt war, spuckte er. Der Spuckeregen ergoss sich auf die beiden Kuchenstücke, die die Kellnerin in diesem Moment vor uns abstellte.

Adios, Zitronentorte ...

»Ich mache mich bestimmt nicht über deine Instrumentenwahl lustig«, versprach ich.

Was, um alles in der Welt, spielte er nur? Triangel? Maultrommel? Nasenflöte?

Ronald schüttelte den Kopf. Dann beugte er sich vor, bis sein Mund ungefähr auf der Höhe der Tischplatte war, packte die Gabel wie einen Schaschlikspieß und schaufelte seinen Käsekuchen weg. Eins, zwei, finito.

Dann richtete Ronald sich wieder auf und machte Bäuerchen.

Braver Bub, hätte ich am liebsten gesagt, ihm einen Klaps auf den Rücken gegeben und ihm die widerborstige Haarsträhne über dem linken Ohr geglättet.

»Du kannst auch gern meine Zitronentorte haben«, bot ich ihm an.

»Ehrlich?« Begeistert beugte er sich wieder nach unten und schaufelte auch noch die Zitronentorte in sich hinein.

Ich beobachtete ihn verzückt.

Die Faszination des Grauens. Als Mann kam er natürlich nicht in Frage, aber als Studienobjekt war er eine wahre Fundgrube. Krafft-Ebing hätte zweifelsfrei ein psychosexuelles Leiden diagnostiziert, hervorgerufen durch einen traumatischen Schaden, den Ronalds *Es* während seiner Kindheit genommen hatte, wobei ein durch jahrelanges unfreiwilliges Zölibat aufgrund permanenter Triebunterdrückung erworbener Schwachsinn erschwerend hinzukam.

»Singst du auch dazu, wenn du dein Instrument spielst?«, fachte ich unsere Unterhaltung erneut an, als er in Sekundenschnelle auch das Tortenstück verspachtelt hatte.

»Zu Blockflöte kann man nicht selbst singen«, erklärte Ronald. Womit er nicht ganz Unrecht hatte.

Blockflöte.

Wiewohl, mache man mir die Blockflöte nicht schlecht! Hatte nicht sogar der begnadete Georg Philipp Telemann, der für die rhythmische Prägnanz seiner Werke berühmt war, neben Orchesterwerken, Opern und Kirchenmusik auch Stücke für Blockflöte komponiert?

Blockflöte.

Ich konzentrierte mich auf die Stützstrümpfe der Oma am Nebentisch, um auch ja keinen einzigen Muskel in meinem Gesicht zu verziehen.

»Und bevorzugst du eher klassische Musik? Oder spielst du auch Modernes?«

Ronald zog etwas hervor, das ich zuvor noch gar nicht bemerkt hatte und das offenbar die ganze Zeit über unauffällig an seiner Stuhllehne gebaumelt haben musste: eine bordeauxrote Herrenhandtasche.

Ihr entnahm er ein Notenheft: *Sinatra Classics*, stand darauf. Alte Frank-Sinatra-Songs, auf der Blockflöte neu interpretiert?

»Entschuldige mich kurz«, röchelte ich und eilte zur Damentoilette.

Früher gab es da noch eine leibhaftige Klofrau, jetzt war alles leer, und ich konnte in Ruhe ablachen. Meine Güte!

Aber natürlich durchschaute ich diese billige Schmierenkomödie. In Wirklichkeit handelte es sich bei Ronald um einen impotenten Frauenhasser, der sich durch geheuchelte Unschuld an seine Opfer heranmachte. Mit seiner Art wollte er Häme provozieren, und kaum war ihm das gelungen, hatte er die Rechtfertigung für sein schnödes Tun. Ich konnte mir sehr gut vorstellen, wie Alex ihm beim ersten Treffen ins Gesicht gelacht hatte.

Kein Zweifel, in Ronalds Heim würde ich die Nacktfotos und Tagebuchnotizen von Alex finden! Ich musste mich nur zu ihm nach Hause einladen – und voilà – Fall gelöst!

Als ich zurückkam, hatte Ronald aus Zuckerstücken die große Pyramide von Gizeh nachgebaut und versuchte gerade, aus den Blütenblättern meiner langstieligen Rose mit Hilfe von Spucke die Sphinx zu modellieren.

Ich setzte mich zu ihm. »Ronald, ich finde dich supernett. Wollen wir nicht zu dir gehen?«

Er verschluckte sich.

»Zu mir gehen?« Ronald sah mich mit riesengroßen Augen an. »Und was machen wir da?«

Ihn entjungfern?

Ich wollte ihm gerade versichern, dass ich mir zu gern seine Version von »New York, New York« vorflöten lassen würde oder mir seine *Märklin*-Eisenbahn ansehen wollte, als sich die Oma am Nebentisch energisch erhob.

»Ronald, wir gehen!«, kommandierte sie.

»Ja, Mami.« Ronald stand auf.

»Was? Wie?« Ich war wohl etwas verblüfft.

»Junge Frau«, verkündete die Oma mit einer Stimme wie ein Nebelhorn, »ich halte Sie keineswegs für geeignet, meinem Ronald eine gute Ehefrau zu sein. Sie sind schnippisch, grobschlächtig und wenig manierlich.«

Wenig manierlich? Und was waren, bitte, die Essgewohnheiten ihres Sprösslings?

»Für meinen Ronald kommt nur ein wohlerzogenes junges Mädchen in Frage, das seinen Kindern auch eine gute Mutter sein kann. Sie taugen als Vorbild nicht. Ronald, wir gehen!«

Abgang Mutter und Sohn.

Und einer der wenigen Augenblicke, in denen ich sprachlos war.

Bis mir die Kellnerin die Rechnung vorlegte.

»45 Euro 90?«

»Zweimal heiße Schokolade, ein Käsekuchen, eine Zitronentorte und eine Flasche *Heidsieck*.«

Und so durfte ich für den talentierten Mittelscheitel und seine Schluckspechtmutter löhnen …

9

SIGGI

Verehrte Frau,
Kompliment, Sie wählten eine ansprechende Ausdrucksweise in Ihrer Anzeige. Bitte gestatten Sie mir, zwei Takte über mich loswerden zu dürfen! Mein Leben findet überwiegend in der Toscana statt, wo ich mich auf meinem kleinen Weingut ganz der Malerei hingebe. In Stuttgart bin ich nur noch zu Ausstellungseröffnungen – und hoffentlich bald wieder, um Sie kennen zu lernen. Rufen Sie mich an, und lassen Sie uns gemeinsam in einem Rausch der Sinne schwelgen.

Endlich einer, der ein Bild von sich beigefügt hatte, allerdings ein selbst gemaltes: Zwei graue Augäpfel schwammen in einem grünen Klecks, der auf zwei muskulösen Ohrmuscheln ruhte. Wenn der Mann wirklich so aussah, gehörte er in ein Raritätenkabinett. Da der grüne Klecks keinerlei Gliedmaßen aufwies, fragte ich mich, womit er denn eigentlich malte – mit den Ohren?

Es war Samstagabend, kurz nach acht. »Wetten, dass...« lief gerade. Meine Sittiche schliefen schon, nur der Tropenfisch quetschte sich wieder mal die Schnauze am Aquariumglas platt. Wenn das so weiterging, würde er zum Plattschnauzenfisch mutieren.

Ich hatte das skurrile Erlebnis vom Nachmittag innerlich

ad acta gelegt. Ronald war bestimmt nicht der Erpresser – seine Mami und ihre Stützstrümpfe würden ihm das nie und nimmer erlauben.

Vor mir lag der Brief des nächsten Anwärters. Er hieß Siggi. Spontan griff ich zum Telefon.

»Das passt jetzt aber gar nicht!«, krähte eine hohe Näselstimme, noch bevor ich mich gemeldet, geschweige denn mein Anliegen vorgebracht hatte.

»Ich will nicht stören. Du hast auf meine Anzeige geschrieben.«

»Anzeige? Welche Anzeige?«

Ich rollte mit den Augen. Künstlernaturen. Andererseits ... waren diese Künstler nicht genau die Menschen, die sich am realen Leid anderer ergötzten, um daraus hehre Kunst zu schöpfen? Ideales Erpresserpotenzial. Ich widerstand also meinem Drang, einfach aufzulegen.

»*Zarte Traumfrau sucht starken Bären*«, zitierte ich.

»Hach, ich erinnere mich«, freute sich mein unsichtbares Gegenüber. »*Nicht schön, aber einzigartig*. Das gefällt mir. Ja, das gefällt mir. Diese geleckten Schönheiten gehen mir so was von auf die Eier.«

»Hör zu, wenn es dir jetzt nicht passt, wie wäre es mit morgen?«, schlug ich vor.

»Fa-bel-haft!«, entzückte sich Siggi.

Ich wollte ja nicht unken, aber für mich klang er irgendwie tuntig.

»Komm doch in meinem Atelier vorbei. Am Eugensplatz.«

Ich weiß, was Sie jetzt denken: Man – oder besser gesagt: frau – sollte sich nie schon beim ersten Date in die Höhle des Löwen wagen. Aber ich hatte erst im März des vergangenen Jahres einen Selbstverteidigungskurs an der Volkshochschule belegt und mit Auszeichnung bestanden. Gut, seinerzeit hatte ich nur mit verhuschten Hausmutti-Hühnern geübt, dennoch war ich eine ausgebildete Killermaschine, die im Ernstfall einen Mann blenden, sein Trommelfell platzen lassen, Atemstillstand herbeiführen und mit gezielter Kniegymnastik seine Stimmlage schlagartig erhöhen konnte. Würgen am Boden hatte mir ehemals am besten gefallen, obwohl am Schluss keine mehr mit mir üben wollte. Dabei sollten die doch froh sein, wenn eine mal den Ernstfall lebensecht nachstellte. Jedenfalls war ich gerüstet.

Außerdem hatte ich immer etwas von dem Weihnachtsschmalzgebäck meiner Tante Beke in der Handtasche, das prima als Wurfgeschoss zweckentfremdet werden konnte, zum Essen jedoch nur für hartgesottene Steinbeißer geeignet war.

Und darüber hinaus hatte ich noch nie das Atelier eines Künstlers gesehen!

»Ja, gern«, erwiderte ich folglich voll echter Begeisterung. »Morgen Nachmittag, zum Kaffee?«

»Super Idee! Du bringst den Kuchen mit!«

Ich fuhr mit dem Bus in die Innenstadt, holte im *Grand Café Planie* – in dem es, wie jeden Sonntag, vor Menschen nur so wimmelte – zwei kleine Erdbeertörtchen (lecker!), zwei Stück Rhabarberkuchen (mit extra Sahne, noch leckerer) und zweimal Schwarzwälder Kirsch (der Klassiker, passt immer). Dann fuhr ich vom Charlottenplatz zwei Haltestellen mit der Stadtbahn bis zum Eugensplatz.

Ich hatte lange überlegt, was man zu einem Rendezvous mit einem Künstler trägt. Nichts Fades, versteht sich, sondern peppig, fetzig, schick. Am Schluss entschied ich mich für Blue Jeans, eine geblümte Rüschenbluse mit Gummizug am Dekolletee, einen Häkelbeutel mit Fransen und ein Kopftuch mit psychedelischem Muster, mit dem ich meine Wallemähne zähmte. Ich erinnerte stark an die gute, alte Hippiezeit. Peace! Make love not war! Und ich roch auch so, nämlich nach Patchouli. Die Kleider würde ich am Abend auskochen müssen, um den Gestank wieder loszuwerden.

»Hach, du siehst himmlisch aus!«, flötete Siggi mit seiner hohen Stimme, in einem farbbekleckten Overall und mit rosa lackierten Fingernägeln. »Aber *zarte* Traumfrau? Da war wohl der Wunsch der Vater des Gedankens, was? Egal, komm rein! Hach, und wie du duftest!«

Im Gegensatz zu mir entsprach Siggi der Anzeigenbeschreibung: Er war mindestens zwei Kopf größer als ich, besaß einen kantigen Quadratschädel und wirkte enorm *bärig*, ja grizzlymäßig, beinahe Schwarzeneggerhaft, als er mich mit riesiger Pranke über die Schwelle zog.

»Du, ich bin mitten in einem Bild, das bis morgen fertig sein muss. Bist du so lieb und kochst schon mal Kaffee? Die Küche ist da gleich links.«

Es war die Fleisch gewordene Landhaus-Küche aus dem neuen *Neckermann*-Katalog: Kiefer geölt, kompletter Küchenblock mit zwei Unterschränken und Spülschrank, dazu Esstisch aus massiver Kiefer mit sechs schaumstoffgepolsterten Stühlen, für nur 1769 Euro. Oder anders ausgedrückt: Die Küche eines Künstlers hätte ich mir irgendwie fetziger vorgestellt, nicht so bieder und beige. Dafür war sie porentief rein: keine Fettspritzer am Herd, keine braunen Teereste in der Spüle, keine zertretenen Lebensmittelreste auf dem Steinfußboden. Ich darf das sagen, ich habe es nämlich überprüft: minutiös, während die Kaffeemaschine blubbernd ihr Werk versah. Zu meiner Rechtfertigung darf ich anmerken, dass Siggi die Küche ja womöglich als Bunker für Erpressergut zweckentfremdete.

»Kommst du zurecht?«, rief es durch den Flur.

»Ja-a!«

Na gut, vielleicht hatte Siggi die Küche mit der Wohnung übernommen. Und hatte er nicht auch geschrieben, dass er eigentlich in der Toscana wohnte? Möglicherweise hatte seit seinem Einzug niemand mehr in dieser Küche gekocht. Genau, das musste es sein. Die einzige Alternative war der beunruhigende Gedanke, dass Küchen einfach so aussahen und meine schlampig-schlunzige Küche die unrühmliche Ausnahme bildete.

Ich trug das Tablett mit dem Kaffeegeschirr und der Tortenauswahl ins Atelier. Dabei ließ ich mir Zeit, machte einen klitzekleinen Umweg und durchsuchte lautlos das Wohnzimmer, das Bad und den Garderobenschrank im Flur. Keine Fotos, kein Tagebuch. Ob er die Sachen in seinem Atelier hortete? Ich trat ein.

»Bin gleich so weit, stell das Tablett einfach dort auf den Tisch.« Von Siggi, der sich über etwas am Boden Liegendes beugte, war nur der überbreite Hintern zu sehen.

Jetzt mal ehrlich, unter einem Atelier hätten Sie sich doch auch einen riesigen Raum mit gewaltigen Fensterfronten nach Süden vorgestellt, hell, ein wenig unordentlich bis total chaotisch, nach Farbe riechend, mit Staffelei und enorm vielen Pinseln aus Hermelinschwanzhaaren, für die sich Vincent van Gogh gern noch sein zweites Ohr abgeschnippelt haben würde. Oder etwa nicht? Na also.

Dann hätten Sie genauso enttäuscht aus der Hippiebluse geguckt wie ich in diesem Moment: Es war ein Raum, den der Architekt bei der Planung zweifelsohne als Kinderzimmer visualisiert hatte. Nicht besonders groß, dafür schön dunkel. Siggi hatte die Deckenbeleuchtung eingeschaltet: zwei unschöne Neonröhren.

Links neben der Tür stand ein Nierentisch mit zwei Sesseln vom Sperrmüll, rechts neben der Tür befand sich eine altmodische Anrichte mit Glastüren, auf der diverse Tuben lagen. Ansonsten war der Raum unmöbliert. Nirgends eine Möglichkeit, belastendes Beweismaterial zu verstecken. Blieb nur noch das Schlafzimmer.

Mitten auf dem Boden lag jedoch eine überlebensgroße Leinwand, bunt beschmiert. Siggi stand über sie gebeugt, eine riesengroße Tube in der Hand, und quetschte. Senffarbene Schlieren hangelten sich aus der Tubenöffnung hinunter auf die Leinwand. Die Tube sah aus wie eine Familientube *Löwensenf extra scharf*. Und die Schlieren rochen auch senfig.

»Du, Siggi?«

»Ja?«

»Ist das Senf?«

Er nickte. »Stör jetzt nicht meine Konzentration. Ich verleihe meinem Werk den *finishing touch*.«

Den was? Egal. Er senfte sein Bild ein. Das war eben Kunst.

Ich setzte mich in einen der Sessel und goss mir Kaffee ein.

»Abstrakt ist also wieder in?«, sagte ich, nur um irgendwas zu sagen.

»Abstrakt war nie out! Nur abstrakt ist Kunst, gegenständlich ist immer Kaufhaus«, erklärte Siggi. »Die Fuzzis, die heute noch gegenständlich malen, haben das einfach nicht geschnallt, die armen Schweine.«

Ich musste an den röhrenden Hirsch und die Zigeunerin über Ursens und meinem Futon denken. Vielleicht nicht hübsch und ganz sicher keine Kunst, aber dafür rochen sie nicht nach Imbissbude.

»Ich fang schon mal an.« Mit Appetit vertilgte ich die beiden Erdbeertörtchen.

Siggi zog mit der leeren Tube noch ein paar eckige Muster in die Senfschlieren, dann richtete er sich zu seiner ganzen Größe auf und rief fröhlich: »Fertig!«

»Toll!«, mümmelte ich mit vollem Mund.

Siggi entsorgte die leere Tube, kam mit einer Dose Raumspray zurück und tauchte das Zimmer in die Duftnote »Alpenfrühling«. Woraufhin mir der Appetit verging.

Wohlig aufseufzend ließ sich Siggi auf den zweiten Sessel plumpsen.

»Ist das Bild für eine Ausstellung?«, erkundigte ich mich.

»Ja. Morgen. In der Sparkasse Waldenbuch.«

»Toll!«, heuchelte ich.

Siggi nickte stolz und lächelte. Vielleicht lächelte er aber auch gar nicht, und es sah nur so aus, weil er sich ein Stück Schwarzwälder Kirschtorte im Ganzen in den Mund geschoben hatte und seine Mundwinkel durch die Füllung einfach in die Höhe gezogen wurden.

»Köstlich!«, spuckte Siggi.

Ich tänzelte mit dem Oberkörper wie der junge Skywalker, wenn er einem Laserschwertangriff auswich. Trotzdem traf mich eine halb zerkaute Kirsche am linken Ohrläppchen.

»Huch, das tut mir Leid!«, spuckte Siggi neuerlich, beugte sich über den Nierentisch und versuchte, mit seinem Overallärmel die Kirsche aus meiner Schulterbeuge zu wischen.

»Siggi, darf ich dich was fragen?«

»Was immer du willst, Schätzchen«, erwiderte er und schluckte.

»Siggi, bist du schwul?«

Eine Sekunde lang herrschte Totenstille in der Wohnung. Man hätte eine Fliege husten hören können. In der Tat hörte ich auch eine Fliege husten. Und ich vernahm das Bimmeln der Stadtbahn auf dem Eugensplatz und eine Krähe, die in der Ferne krähte.

Dann prustete Siggi lauthals los. Göttinseidank war sein Mund inzwischen wieder leer.

»Schwul? Herrlich! Wenn du wüsstest!« Er schlug sich auf die baumstammbreiten Oberschenkel.

»Entschuldige, aber die ordentliche Wohnung, das Raumspray, der Nagellack, dein ›hach‹ und dein ›huch‹ und dein ›Schätzchen‹…«

Ich wand mich wie ein Aal.

»Hör mal, ich bin eine Künstlerseele. Wir sind so.« Siggi zuckte mit den Schultern, dann stellte er seinen Teller beiseite. »He, du gehst ganz schön ran. Ich find's klasse, dass du dich für meine Sexualität interessierst. Normalerweise fängt das erst mit dem dritten Date an.«

»Nein, nein, die Frage drängte sich mir völlig unschuldig auf«, wehrte ich ab.

Siggi stand schon auf den Beinen und trat vor mich. Plötzlich wusste ich ganz genau, wie es Rotkäppchen beim Anblick des Wolfes zu Mute gewesen war.

»Du musst dich nicht entschuldigen, Schätzchen. Ich

stehe auf dich und deine prallen Formen. Irgendwann möchte ich dich nackt malen.«

»Aber nicht heute.«

Ich schoss wie eine Rakete hoch. Ich wollte nicht als bunter Farbklecks, nach Senf riechend, in irgendeiner Sparkassenlobby enden.

»Nein, heute vergnügen wir uns anders. Richtig?« Siggi zog spielerisch an dem Gummizug meiner Bluse.

Ich schlug ihm auf die Hand. »Nicht so schnell, junger Mann. Nur zu deiner Information: Ich biete meinen Körper normalerweise nicht wie eine Schnittchenplatte feil!«

»Komm schon, du willst es doch auch.«

»Nein, ich will es nicht!«, erklärte ich mit fester Stimme und rannte in den Flur. Dummerweise ließ Siggi den Gummizug meiner Bluse nicht los. Besagter Gummizug war nicht mehr der Jüngste und hatte einem solchen Tauziehen der Giganten nichts entgegenzusetzen. Mit einem lauten *ratsch!* entschied sich mein Schicksal: Ich stand – oberkörpertechnisch nur mit einem grün-gelb-karierten BH bekleidet – im Flur, Siggi stand mit den Überresten meiner Bluse in der Tür zu seinem Atelier. Und grinste.

»He, das macht Spaß!«, rief er.

»Wage es nicht, mit mir Spaß haben zu wollen!«, drohte ich.

Aber Siggi sah das nur als Aufforderung zum Spiel. Wie ein übergroßer Labradorwelpe. Mit ebenso sabbernd heraushängender Zunge.

Ich stolperte rückwärts in einen Raum. Das Schlafzimmer. Ausgerechnet!

Es hatte aber auch sein Gutes: Ich sah auf einen Blick, dass sich in diesem Raum nie etwas Perverseres als die Missionarsstellung ereignet hatte und auch nie ereignen würde: Das Doppelbett mit Ritze, rustikale Kiefer natur, die Jungfrau Maria mit dem Kinde als Holzplastik auf dem Nachttisch und das Jesuskind in Öl über dem Kopfende des Bettes erlaubten das nicht.

»Siggi, ich warne dich zum letzten Mal: Lass den Scheiß!«

»He, ich tue nichts, was du nicht auch willst.«

Krampfhaft versuchte ich, mich an meinen Selbstverteidigungskurs zu erinnern. Irgendwie war es doch etwas anderes, wenn man einem durchgeknallten Zweimetergorilla gegenüberstand, als wenn man einer einmeterfünfzig großen Sportlehrerin auf der Matte einen Tritt versetzte.

Ich stieß mit den Kniekehlen gegen das Bett.

»Siggi, nein!«, krakeelte ich, aber Siggi hatte offenbar noch nie eine Welpenerziehung bekommen und gehorchte folglich auch nicht. Schwer ließ er sich auf mich fallen, und gemeinsam sanken wir auf die weiße Daunendecke.

Die Jungfrau Maria sah mich einfach an und sagte nichts. Sie erlebte das offenbar nicht zum ersten Mal.

Ich stemmte meine prallen Fäuste gegen Siggis Brustkasten und.... und stutzte.

»Küsschen, Küsschen«, bettelte Siggi mit seiner Fistelstimme.

»Siggi?«

»Ja?«

»Sind das Brüste?«

»Ja, Schätzchen.«

Ich zog beide Knie an, während Siggi in meine Halsbeuge biss. Mit den Fersen stützte ich mich auf dem Bett ab, dann holte ich tief Luft und rollte Siggi mit Schmackes zur Seite. Er plumpste auf den Orientläufer neben dem Bett.

»Brüste?«, rief ich. »Du bist kein Kerl?«

»Nö.« Siggi rappelte sich auf die Ellbogen. »Du hast mich gefragt, ob ich schwul bin. Das bin ich nicht. Ich bin lesbisch.«

»Warum antwortest du dann auf eine *Sie sucht ihn*-Anzeige?«

»Weil ich keine Lesben mag. Ich mag nur Hetera-Frauen. Ich sehe mich als sapphische Missionarin, die das Heil der Frauenliebe verbreitet.«

Ich muss Siggi wohl mit offenem Mund angestarrt haben. »Bist du wirklich eine Frau?«

Okay, sie hatte also kaum Bartwuchs – selbst ich sah mich morgens vor dem Spiegel mehr Haaren auf dem Kinn ausgesetzt –, aber dieser massige Körperbau, diese breiten Pranken, diese ruppige Art?

»Schätzchen, ich bin eine Frau. Darauf kannst du einen lassen.«

Mit diesen Worten sprang Siggi auf, zog den Reißverschluss herunter und stieg aus ihrem Overall. Ich muss ja nicht erst sagen, dass sie darunter nackt war. Nackt, wie die Göttin sie in einem zweifelsohne umnachteten Augenblick erschaffen hatte. Eine Schwester. Mit einem Doppelaxt-Tattoo im kahl rasierten Schambereich.

Ich war perplex, gelinde gesagt. Diese Schwäche nützte Siggi aus. Sie nestelte an dem Seitenreißverschluss meiner Stretchjeans und riss mir mit gekonntem Schwung die Hose vom Leib.

Langsam kam wieder Bewegung in meine perplexen Knochen.

»Siggi!«, schimpfte ich, wie man mit einer Mitschwester schimpft.

Aber auf dem Ohr war Siggi taub. Sie stürzte sich auf

mich. Doch ich rollte agiler denn je zur Seite, und Siggi plumpste schwer auf die Federkernmatratze.

Diesen Vorsprung nützte ich, um vom Bett zu springen und aus dem Zimmer zu hasten.

Siggi allerdings dicht hinter mir.

»Schätzchen, lass es uns doch wenigstens mal ausprobieren. Ich bin auch ganz zärtlich.«

Ja klar, und ich bin der Osterhase.

Auf dem Flur warf ich den Garderobenständer um. Siggi stolperte. Mit einem rettenden Hechtsprung hüpfte ich auf die Eingangstür zu, und – zack – war ich im Treppenhaus und in Sicherheit.

Ich flog die Stufen förmlich hinunter.

»Schätzchen, komm zurück!«, hörte ich Siggi noch rufen. Doch das war das Letzte, was ich tun wollte. Sekundenbruchteile später stand ich auf dem Eugensplatz.

Allerdings nur mit BH und Stringtanga bekleidet.

Die Schicksalsgöttinnen sind einer Maid in echter Not immer hilfreich gesinnt, da glaube ich fest dran. Beweis: Just in diesem Augenblick kam ein Taxi vorbei. Der Fahrer hielt abrupt, was beinahe zu einem Auffahrunfall geführt hätte. Ich sprang in den Wagen.

»Schnell! Zur Schottstraße!«

Bewundernd blickte der Mann, offenbar türkischer Abstammung, auf meine reichlich vorhandenen weiblichen Formen, die sich über den Rücksitz ergossen. Sosehr ich sonst das Faible südländischer Männer für rubeneske Frauen zu schätzen wusste, in diesem Moment war es unopportun: Jede Sekunde konnte die splitterfasernackte Siggi die Verfolgung aufnehmen!

»Worauf warten Sie noch? Los schon!«

»Und womit wollen Sie mich bezahlen? Falls Sie aus Ihrem Schlüpfer eine VISA-Card ziehen, wie in diesem Fernsehwerbespot, dann will ich Ihnen lieber gleich sagen, dass ich nur Bares akzeptiere.«

»Sie kriegen Ihr Geld, versprochen! Aber jetzt los.«

»Na gut.« Er zwinkerte mir zu. »Stress mit dem Lover, was?«

»Geht Sie gar nichts an«, fauchte ich.

Bestimmt hätte er mich noch weiter gelöchert, aber hinter uns erhob sich ein Hupkonzert, also musste er notgedrungen weiter. Eine Viertelstunde später fuhren wir vor meinem Heim vor.

»Ich hole nur schnell meinen Sparstrumpf. Sie können mitkommen, wenn Sie wollen.«

»Ach nein, ich vertraue Ihnen.«

Natürlich lagen Gerry und seine Rottweilerbestien Apollo und Zeus auf den gestreiften Gartenliegen im Vorgarten (ja, bevor Sie fragen, Zeus und Apollo hatten ihre eigenen Liegen – mit Messingnamensschildern darauf). Gerry pfiff anerkennend. Der türkische Taxifahrer stieg aus und pfiff mir über das Wagendach ebenfalls anerkennend hinterher.

Ein klein wenig freute mich das jetzt doch. Mit einem bezaubernden Lächeln schob ich meinen prallen Hintern wackelnd wie eine tahitianische Bauchtänzerin in Richtung Haustür.

Die in diesem Augenblick aufgerissen wurde.

Von Urs.

10

Der Zorn gehört wohl zu den größten Sünden,
doch ist kein Hund, der nie gezürnt, zu finden.

Frei nach Shakespeares *Timon*

Wie erziehe ich den besten Freund der Frau

Lektion 8: Der aggressive Hund

Die meisten Hunde sind vollauf damit zufrieden, als untergeordnetes Rudelmitglied behandelt zu werden und bereitwillig alles hinzunehmen, was ihr Alphatier – sprich: ihr Mensch – ihnen abverlangt.
Doch Hunde sind Individuen, wie wir Menschen auch, und manche werden einfach dominant-aggressiv geboren. Aber auch diesen aufbrausenden Hitzköpfen kann man, wie ihren unterwürfigeren Artgenossen, Gehorsam beibringen, wenn man die Erziehung vom Welpenalter an konsequent durchzieht.
Hier einige Tipps: Gehen Sie immer als Erste durch eine Tür, während Ihr kleiner Liebling die Tür aufhält. Der Wunsch nach Behaglichkeit und Zuwendung wird nur bei Ihnen sofort erfüllt, er muss immer darauf warten. Gehorcht er nicht, antworten Sie darauf mit Zuwendungsverweigerung. Erst wenn er sein forderndes Benehmen aufgibt, streicheln Sie ihn wieder. Und

bestehen Sie darauf, dass sich Ihr Kleiner im Tempo immer an Ihre Schritte anpasst, nie umgekehrt.
Wenn Sie diese Hinweise getreulich beachten, benötigen Sie weder Beruhigungskapseln noch die Hilfe eines professionellen Hunde-Ausbilders.

»Was machst du denn hier schon zurück?«, entfuhr es mir unwillkürlich.

»Und was machst du in diesem Aufzug auf der Straße?«

»Krieg ich jetzt mein Geld?«, rief der Türke.

»Titten raus, Titten raus!«, gröhlte Gerry.

Wuff, wuff, bellten Zeus und Apollo.

»Ich habe dich vermisst«, sagte Urs.

Mir wurde ganz anders. »Ich habe dich auch vermisst. Und wie!«

Wir fielen uns in die Arme.

Aber natürlich ist es an dieser Stelle für ein Häppi-End noch viel zu früh …

Eine Stunde später fläzten wir uns auf der Couch im Wohnzimmer. Weil im Fernsehen mal wieder nichts kam, hatten wir uns die DVD vom *Skorpionkönig* reingeschoben. Urs mochte die Kampfszenen, und ich schmachtete The Rock an – im Breitwandformat.

»Was hechelst du denn so?«, unterbrach Urs meine unzüchtigen Fantasien.

»Ich hechele nicht.«

»Du atmest aber heftig.«

»Unsinn. Dein Kopf in meinem Schoß ist nur so schwer.«

Urs richtete sich auf. »Ich bin dafür, dass wir uns einen anderen Film ansehen. Ohne eingeölte Muskelpakete.«

»Bist du etwa eifersüchtig auf eine Filmfigur?«

»Unsinn.«

»Na gut, dann schieb was anderes rein.«

»Schieb du doch was anderes rein.«

»Das ist Männersache.«

»Ich bin noch ganz steif vom Skifahren.«

»Und ich liege gerade so bequem.«

»Dann reich mir wenigstens die Fernbedienung.«

»Krall sie dir doch selbst.«

»Sie liegt aber näher bei dir.«

»Und da liegt sie auch gut.«

Schweigen.

Unsere leidenschaftliche Versöhnung hielt offenbar nicht lange vor.

Aber bevor jetzt alle mit dem Finger auf mich zeigen, möchte ich klarstellen, dass Urs keineswegs vor lauter Sehnsucht früher nach Hause gekommen war, sondern nur deshalb, weil Sonntag früh überraschend ein Eilauftrag auf Simons Handy eingegangen war. Durch die Erkrankung eines Kollegen sollte nun Urs am Montagmorgen ein paar heiße Bräute auf schweren Motorrädern fotografieren. Der arme Urs – musste für eine Hand voll Busenwunder seinen Skiausflug abkürzen. Mein Mitgefühl hielt sich in Grenzen.

»Sagst du's mir jetzt?«

»Sag ich dir was?«, fragte ich.

Wobei mir natürlich klar war, was Urs wissen wollte. Wieso kam seine Lebensabschnittsgefährtin an einem Sonntagspätnachmittag nur in der Unterwäsche bekleidet in einem Taxi nach Hause?

Mist.

Während unseres Versöhnungsliebesspiels auf dem Wohnzimmerteppich hatte ich mir natürlich keine Ausrede überlegen können, aber hinterher, beim Duschen oder bei der Auswahl des Videos oder beim Zusammensuchen des fernsehtauglichen Naschwerks, da hätte ich mir schon ein oder zwei Gedanken machen können.

»Wieso läufst du in Unterwäsche herum?«

»Weil … ich mich mit Alex gestritten habe.«

»In Unterwäsche?«

Ich schluckte. »Klar. Wir haben so Mädelszeug bei ihr gemacht – Beine enthaart, Augenbrauen gezupft, du weißt schon. Und da sagt sie plötzlich … etwas Abfälliges über dich. Also ehrlich. Ich bin selbstredend sofort aufgesprungen und gegangen. So wie ich war. Meine Sachen kann sie mir ruhig per Post zuschicken. Blöde Kuh!«

Alex, vergib mir.

»Du hast dich also mit Alex beim Beinenthaaren verkracht. Wegen mir.«

Klang Urs nun ungläubig oder geschmeichelt? Ich hoffte auf geschmeichelt.

»Wiederhole es nicht auch noch. Sonst bricht die Wunde wieder auf.«

Auf dem Breitbildfernsehschirm metzelte The Rock gerade ein Dutzend ebenfalls eingeölter Komparsen nieder.

»Du hast mich quasi wie eine Grizzlybärmutter verteidigt«, fuhr Urs unerschüttert fort.

Muss er ausgerechnet von »Bär« sprechen?

»Ja, genau. Du bist mein Ein und Alles, mein Schatz. Ich lasse nichts auf dich kommen.«

Urs legte seinen Arm um meine Schultern und drückte mir einen feuchten Schmatz auf die Wange.

»Danke, du wilde Amazone!«

Ich kuschelte mich an ihn.

Paar sein kann so schön sein.

»Du hast da beim Enthaaren ein paar Borsten übersehen«, erklärte Urs gleich darauf und drückte mir seinen Finger in das linke Grübchen. »Da, ein ganzes Büschel.«

Paar sein kann auch total nervig sein.

»Weißt du, ich habe diese Alex nie leiden können«, fuhr Urs fort. »Und da sie mich offenbar auch nicht leiden kann, brauchen wir sie auch gar nicht zu meiner Geburtstagsparty nächsten Monat einzuladen.«

Ich erstarrte. Wie sollte ich Alex nur verklickern, dass sie als meine uralte Yogaschwester nicht zur Party eingeladen war?

»Vielleicht versöhne ich mich auch wieder mit ihr«, räumte ich ein. »Du weißt doch, wie ich bin – heißblütig, aber mit einem großen Herzen.«

Urs schüttelte den Kopf. »Nein, nein, diese Eisenfresserin kommt mir hier nicht ins Haus. Und damit basta. So eine eiskalte Karrierefrau ist ohnehin keine gute Freundin für dich. Such dir lieber jemand Warmherziges.«

Jetzt war nicht der Moment, ihm zu erklären, dass ich mir von einem Mann – auch nicht von meinem Mann – niemals vorschreiben lassen würde, wen ich zur Freundin haben durfte und wen nicht. Aber ich rückte einen Mikromillimeter von Urs ab, das musste als Message vorerst genügen.

Na gut, dann würde Alex es eben irgendwie verkraften müssen, bei *der* Geburtstagsorgie des Jahrhunderts nicht dabei zu sein.

Schließlich war ich nur ihretwegen in die Lage geraten, halb nackt aus der Wohnung einer Zweimeterlesbe flüchten zu müssen!

WIR MERKEN UNS:

Lassen Sie auch dem unterwürfigsten Hündchen niemals eine Dominanzgeste durchgehen – das wird sich immer bitter rächen!

11

LAURENZ

Liebe Inserentin,
ich entstamme einer alten Stuttgarter Familie und gehe ganz in meinem Beruf als Chirurg auf. Sie wollen mehr über mich erfahren? 47 Jahre, 181 Zentimeter groß, sportliche Figur, gut angegraute Schläfen! Ich bin Skiläufer, Tennisspieler, Reiter und Jogger. Für Experimente bin ich immer zu haben, was nicht heißen soll, dass ich Risiken nicht einschätzen kann. Gleichwohl hätte ich Freude, von Ihnen zu hören.

Während sich am nieselregenden Montagmorgen Deutschlands Arbeiter und Angestellte gähnend auf eine weitere geisttötende Maloche-Woche einstimmten und Urs seine Motorradmiezen fotografierte, nahm ich mir den nächsten Brief vor.

Ein Chirurg aus gutem Stall – prädestiniert für perverse Vergnügungen! Er hieß Laurenz, und auf seinem Handy erreichte ich natürlich nur die Mailbox. Wahrscheinlich lobotomierte er gerade ein Gehirn oder transplantierte ein Gaumensegel oder gab sich ähnlichen medizinischen Durchbrüchen hin.

Ich hinterließ meine eigene Handynummer, was mir erst hinterher als mächtig großer Fehler aufging. Na gut, dann durfte ich mein Handy vorerst eben nicht mehr aus der

Hand legen. Besser, ich warf es gleich in den Neckar, bevor Urs meinem Treiben auf die Schliche kam.

Ich musste mich abreagieren und wählte folglich die Büronummer von Alex. Ihr Vorzimmerdrache wollte mich nicht durchstellen. Dass es eine Sache auf Leben und Tod war, beeindruckte die Sekretärin nicht weiter, erst als ich sagte, ich sei die Brokerin von Frau Drombowsky, und wenn ich sie nicht gleich sprechen könne, würde ihr gesamtes Privatvermögen den Bach runtergehen, erhielt ich ein gezischeltes »Na gut, sie ruft Sie zurück«.

Kurz darauf läutete Alex tatsächlich durch. Möglicherweise hatte sie meine Nummer sogar eigenhändig gewählt und nicht von ihrer Tippse eintippsen lassen, was mir ein warmes Gefühl in der Magengrube bescherte: Ich war wichtig in ihrem Leben!

»Sag mal, *Schätzchen*, hättest du mich vor dieser Siggi nicht vielleicht warnen sollen?«, bäffte ich Alex trotzdem an.

»Störst du mich deswegen mitten in einer Personalratssitzung?«, bäffte Alex zurück.

Ich schilderte ihr, welche Torturen ich – nur wegen ihr – über mich hatte ergehen lassen müssen.

»O mein Gott«, flüsterte Alex betroffen. Recht so!

»Der Nächste auf meiner Liste ist Laurenz, der Chirurg. Gibt es etwas, das du mir über ihn sagen möchtest, bevor ich mich mit ihm treffe? Ist er auch eine Kampflesbe? Oder ein Android?«

»Nein, nein, Laurenz ist sehr gebildet und wohlerzogen. Ein faszinierender Gesprächspartner. Wir haben über unsere Reisen gesprochen. Stell dir vor, er war auch schon am Amazonas.«

Ich rollte mit den Augen.

»Und das mit Siggi wusste ich nicht, ehrlich!«, beteuerte Alex. »Ich habe Siggi nur kurz auf einer Vernissage getroffen. Als wir anschließend zu mir nach Hause gingen, waren wir beide vom Gratissekt schon viel zu betrunken, um noch irgendwas zu machen. Er – oder sie – ist auf meiner Couch eingeschlafen und war schon verschwunden, als ich am nächsten Morgen aufwachte. Ich schwöre dir, ich habe keine Sekunde lang daran gezweifelt, dass Siggi ein Kerl ist. Ich kann es immer noch nicht glauben, dass … du weißt schon.«

»Dass du dich womöglich zu jemand hingezogen gefühlt hast, der in Wirklichkeit eine Gebärmutter besitzt?«

Alex bekam einen würgenden Hustenkrampf.

An diesem Nachmittag jobbte ich mal wieder in der Esoterikbuchhandlung *Kundalini*. Früher, v. U. – also in der Zeit *vor Urs* – hatte ich das jeden Samstag und in der gesamten Vorweihnachtszeit gemacht, zur Aufbesserung meiner dürftigen Freiberuflerinneneinnahmen. Mittlerweile hatte ich es eigentlich nicht mehr nötig, Sinn suchenden Stuttgartern schweineteure tibetische Gebetsglöckchen mit einem ge*fake*ten Segensspruch des Dalai Lama anzudrehen.

Dass ich es dennoch tat, lag zum einen daran, dass ich mich von Urs nicht gänzlich aushalten lassen wollte, und zum anderen an Axel, dem Mitbesitzer von *Kundalini*, einem knuffigen Langbartträger und überzeugten Rohkostler. Wenn man jahrelang Schulter an Schulter Quarzkristalle und Wahrsagekugeln abgestaubt hat, schweißt das irgendwie zusammen. Auch wenn Axel ein Erbsenhirn hatte, in dem sich einige verworrene spirituelle Überzeugungen tummelten und ansonsten gar nichts.

Außerdem war es schwierig, einen fähigen Menschen für eine so niedere Arbeit zu finden. Axel brauchte mich einfach.

»Du kommst gerade richtig – hier brummt der Bär«, begrüßte mich mein Teilzeitchef.

Ich sah mich um.

Zwei Frauen mittleren Alters, eine in entrückter Meditation vor dem Broschürenhalter neben dem Ausgang, die andere in Trance auf der Lesecouch zwischen dem Räucherkelch – heute mit Weihrauch – und dem Zimmerbrunnen mit eingebauten Wasserfallplätschergeräuschen.

»Ja, ich seh's. Echt hektisch.«

Ich trug meinen Schirm und mein Regencape schnell ins Personalkabuff. Wenn man Axel nicht konsequent die kalte Schulter zeigte, verstand er das als Aufforderung, die neuesten Weisheiten seines Akupunkteurs oder seiner Feng-Shui-Beraterin drei lang, drei breit zu verkünden. Axel glaubte unbesehen grundsätzlich alles, was man ihm erzählte, was ihn anfällig für Schwindler aller Art machte. Noch so ein Grund, warum ich diesen Job nicht aufgeben konnte: Ich musste den leichtgläubigen Axel vor bösen Menschen beschützen und dafür Sorge tragen, dass er nichts Schlimmeres glaubte, als dass der Planet Pluto seine Libido bestimmte und ihn ein Amethyst an einer Silberkette vor Hämorrhoiden beschützen konnte.

»Also, ich geh dann. Bin gegen 18 Uhr zurück.« Axel winkte mir zu. Er wollte zu irgendeiner Demo: MEHR BIO-NAHRUNG FÜR SCHWEINE oder MEHR BIO-SCHWEINE FÜR ALLE – irgendwas in der Art.

»Viel Spaß!«

Ich winkte zurück. Dann schüttete ich den Rest von Axels

grünem Tee über den Räucherkelch, der daraufhin zischend das Rauchen aufgab, und schaltete den Zimmerbrunnen aus. Prompt erwachten die beiden Frauen aus ihrer Benebelung, sahen sich verwirrt um, fassten sich wieder und verließen leicht schwankend den Laden.*

Der Nachmittag verlief ruhig. Nur ein einziger Kunde. Eigentlich kein Kunde, sondern ein Passant, der wissen wollte, wie er von hier zur Eberhardpassage kam.

Ich versteckte mich hinter der Säule neben der Theke, so dass man von außen nicht sehen konnte, wie ich meinen nachmittäglichen Schönheitsschlaf hielt. Der genau eine dreiviertel Stunde währte, dann bimmelte das Glöckchen an der Tür.

Sie kamen zu sechst.

Das dreckige Dutzend.

Mit einem Kuchentablett und zwei Thermoskannen. Silke, Svenja, Maren, Iris, Sharon und Grit: die Frauen von meinem Krimistammtisch.

»Endlich sieht man dich mal wieder«, rief Maren vorwurfsvoll. »Du hast schon zweimal unentschuldigt gefehlt!«

»Was macht ihr denn hier?« Ich war echt erstaunt. Und drehte zügig meinen Verlobungsring auf die Handflächenseite. Den Mädels war durchaus zuzutrauen, dass sie den Ring bemerken und peinliche Fragen stellen würden.

»Wenn der Berg nicht zum Propheten kommt, dann kommt eben der Prophet zum Berg«, zitierte Grit, mal wieder knapp daneben.

* Die Mischung aus überdosiertem Orientgestank und plätscherndem Wasser machte jeden Durchschnittsbürger benommen. Irgendwann würde die Polizei dahinterkommen, was für eine Opiumhöhle das *Kundalini* im Grunde war und die Klitsche schließen …

»Wir bringen auch Geschenke!« Iris schraubte eine der Thermoskannen auf.

»Ist das auch ja Kaffee aus fairem Handel? Wenn Axel zurückkommt und Kommerzkaffee erschnüffelt, bin ich meinen Job los und muss Urs auf der Tasche liegen.«

»Dann hättest du ja vielleicht endlich wieder mehr Zeit für uns, aber keine Sorge, das riecht der nie«, meinte Svenja. »Was war denn nur mit dir los?«

Ich schürzte die Lippen. »Na, Urs und ich sind doch umgezogen. Das war echt stressig.«

»Ich vermute mal, du wolltest lieber mit deinem Schweizer kuscheln, als mit uns über hehre Kriminalliteratur diskutieren.« Maren klang immer noch vorwurfsvoll. Offenbar hielt sie mich insgeheim für ein dummes Ding, das eine starke, schwielige Hand brauchte, die es durchs Leben führte. Sie war aber auch die Einzige von uns, die derzeit ein männerloses Leben fristen musste. Aus ihr sprach nur der Neid. Jawoll.

»Nimmt sich mal jede ein Stück Zwetschgenkuchen?«, bat Iris.

»Ihr könnt doch hier keinen Kaffeeklatsch veranstalten«, empörte ich mich.

»Wieso nicht? Ist doch kein Schwein da. Oder stören wir etwa die unsichtbaren Ätherleib-Kunden?«, feixte Silke, und alle lachten.

Ich auch. »Na gut, macht es euch gemütlich. Aber ihr müsst auch was kaufen.«

Grit stand vor dem Regal mit den japanischen Gedichtbänden und chinesischen Weisheitsbüchern. »Hört euch das an: *Zwei Glühwürmchen schweben durch die Nacht. / Ich wollte sagen: Sieh doch, Geliebte! / Aber ich war ja allein*. Ist das nicht herzzerreißend?« Sie schniefte.

»Krümel bloß nicht in eines der Bücher«, verwarnte ich sie.

Grit schlug das Buch zu, zog einen anderen Band aus dem Regal und klappte ihn wahllos auf. »Hört euch das an: ›Wenn die Begriffe sich verwirren, ist die Welt in Unordnung – Konfuzius‹.«

In der anderen Ecke hatte Silke die Rahmentrommeln entdeckt und versuchte sich jetzt als Ringo von den Beatles. »Yeah, Baby, yeah!«

»Mädels, benehmt euch doch bitte!«

Mein Appell blieb ungehört. Auch deswegen, weil Svenja den Lautstärkeregler unserer Beschallungsanlage hochgedreht hatte und die Didgeridoo-Musik jetzt trommelfellzerfetzend aus den Boxen pochte.

»Seid ihr noch zu retten!«, rief ich, aber auch das ging im Lärm unter. Und im Gestank.

Sharon stand vor dem Duftölkasten und schraubte an den Probierfläschchen herum. Sie tupfte allerdings nicht vorsichtig einen Tropfen auf die bereit liegenden Wattebäusche, sondern goss großzügig halbe Flascheninhalte über sich, den Teppich und das Regal mit den Tantra-Hilfsmitteln. Es stank nach *Sheherazade*-Sinnlichkeitsöl und *Sleep Honey*-Beruhigungsduft.

Wer solche Freunde hat…

Es gibt Situationen, denen bin ich hilflos ausgeliefert. Dann wieder gibt es Situationen, in denen ich Nerven aus Stahl besitze. Diese Situation gehörte zum Stahlnerventypus.

Ich marschierte zur CD-Anlage und stöpselte sie aus, nahm Silke die Trommel aus der Hand und zerrte Sharon vom Duftölkasten weg.

»Ihr setzt euch jetzt alle auf die Lesecouch. Sofort!«

Was selbstredend keine tat.

»Klar sieht, wer von Ferne sieht, und nebelhaft, wer Anteil nimmt – Laotse«, rezitierte Grit.

Maren steckte sich eine Fluppe in den Mund.

»Du willst doch wohl hier nicht rauchen?«, keifte ich entsetzt.

Maren, die pro Monat genug Päckchen verheizte, um der gesamten Dritten Welt Lungenkrebs zu verpassen, zuckte nur mit den Schultern.

»Wieso nicht?«

»Weil dann der Feuermelder angeht.« Ich zog ihr die glimmende Zigarette aus dem Mund und warf sie in den Papierkorb.

»Was wollt ihr hier? Mir den letzten Nerv rauben? Das schafft Urs schon.«

Wenn schon sonst niemand, so ließ ich mich wenigstens auf die Couch sinken.

»Wir wollen dich auf den rechten Pfad zurücklocken«, erklärte Sharon. »Du kannst nicht völlig in deiner neuen Beziehung aufgehen und darüber alles andere vergessen.«

Das war denn doch zu viel. Empört schoss ich von der Couch hoch. Will sagen, ich versuchte es, aber weil die Couch sehr tief war, kam ich nicht recht hoch und musste mich erst mühsam an der Lehne abstützen. Das nahm dem empörten Hochschießen doch einiges an Wirkung.

»Wie könnt ihr annehmen, ich würde zum Heimchen am Herd mutieren, das kein anderes Lebensziel mehr kennt, als ihren Macker glücklich zu machen?«

Oi, getroffene Hunde bellen.

»Weil du dich genauso benimmst! Wir haben dich seit

einem Vierteljahr nicht mehr gesehen!« Maren blickte finster. »Du kommst nicht zu den Treffen, du rufst nicht mehr an – und kannst du überhaupt noch einen Satz sagen, in dem kein *Urs* vorkommt?«

»Brennt da nicht was?«, erkundigte sich Sharon schnüffelnd.

Ich goss den Inhalt des Zimmerbrunnens über dem Papierkorb aus, in dem Marens Kippe einen Flächenbrand angezettelt hatte. Zischend erloschen die Flammen.

»Falls ich je Kinder kriegen sollte, dann erinnere mich daran, dich nie als Babysitter zu engagieren«, spottete Silke.

Ich verschränkte schmollend die Arme. »Kein Wunder, dass ich lieber mit Urs zusammen bin, der bombardiert mich nicht mit Vorwürfen.«

»Schon wieder Urs«, maulte Maren.

»Was du nur gegen Urs hast. Urs ist ein sehr schöner Name«, maulte ich zurück.

»Urs, Urs, Urs«, skandierten die sechs. Das heißt, nur fünf skandierten, Grit rief: »Schlachte morgens die Triaden, liebe abends eine Frau – Chow Yun-Fat.«

Und im Lichte von zwei Brillen, vier Kontaktlinsen und zwei Paar scharfsichtigen Augen erkannte ich, dass ich tatsächlich zur Paarfrau pervertiert war: zu einem Wesen, das allein nicht mehr existieren konnte, sondern nur schmarotzend in Abhängigkeit von seinem Partner. Mir wurde übel.

Und um mich zu rechtfertigen – vor meinen Stammtischschwestern und vor mir selbst –, tat ich das Unaussprechliche: Ich erzählte, dass ich durchaus noch eigene, Urs-freie Interessen hatte – nämlich die Jagd auf einen Frauenquäler!

»So, jetzt wisst ihr alles und habt mich in der Hand.«

»Diese Alex steht auf Fesselspiele?«, meinte Sharon. »Pfui Teufel!«

»Wieso denn nicht? Das kann ab und an ganz lustig sein«, erklärte Iris. Iris lebte mit einem knochentrockenen Buchhalter namens Urban zusammen, den wir alle bislang für höchst farblos gehalten hatten. Nun stellten wir uns die beiden in Handschellen vor, und Urban schien plötzlich viel schillernder.

»Ihr verkennt, worum es hier eigentlich geht«, dozierte ich.

»Es geht darum, dass diese Alex dummerweise glaubte, man könne per Anzeige den Mann fürs Leben finden«, mokierte sich Maren. »Anzeigen sind nur was für Verlierertypen.«

Protest erhob sich.

»Also, *ich* habe noch nie eine Anzeige geschaltet«, erklärte Maren.

»Ach bitte, wir gehen doch alle auf die vierzig zu. Wenn eine allein stehende Frau in dem Alter behauptet, noch nie eine Anzeige geschaltet zu haben, dann lügt sie«, behauptete ich frech, aber überzeugt.

»Nennst du mich eine Lügnerin?« Maren baute sich vor mir auf.

»Du hörst mir nicht zu. Ich sagte nicht, dass du eine Lügnerin bist, ich sagte, jede Frau in unserem Alter hat schon mal eine Anzeige geschaltet.«

»Sei wie der Tiger, wenn im Dorf das Licht angeht – Harald Schmidt«, rief Grit fröhlich.

Ich nahm ihr den Zitatenschatz weg, schüttelte die Zwetschgenkuchenkrümel heraus und stellte ihn zurück ins Regal.

Maren trat hinter mich und gab mir eine Kopfnuss.

»Aua! Was soll denn das?«

»Das hast du verdient. Ich habe nämlich wirklich noch nie eine Anzeige geschaltet.«

»Wer's glaubt«, murmelte ich, wenn auch unhörbar. Maren war Judoka und hatte einen festen Schlag.

»Ich habe schon mal eine Anzeige geschaltet. Das ist aber schon Jahre her. Hat nichts gebracht. Nur stadtbekannte Wanderpokale und Bedhopper – alles Wegwerfware.« Sharon schielte sehnsüchtig zum Duftölkasten. »Was kostet denn die kleinste Größe von dem Sinnlichkeitsöl?«

»Acht Eu.« Ich sicherte mir ein zweites Stück Zwetschgenkuchen. »Jetzt mal im Ernst, hat keine von euch in letzter Zeit Erfahrungen mit Anzeigenmännern gemacht? Vielleicht gibt es ja Überlappungen.«

Alle schwiegen und musterten sich nur gegenseitig.

»Wir sind doch unter uns. Raus mit der Sprache.«

»Ich habe per Anzeige eine Putzfrau gesucht«, sagte Silke. »Zwei haben sich gemeldet: Eine hat toll geputzt, aber geklaut wie ein Rabe. Die andere war ehrlich, hat aber miserabel geputzt. Jetzt mach ich es wieder selber.«

»Hör mal, wenn du dich mit diesen Fuzzis triffst, ist das doch mega-gefährlich«, meinte Svenja alarmiert. »Gerade heutzutage, wo nur noch Perverse und Spinner herumlaufen. Ich an deiner Stelle würde das lassen.«

»I wo«, erwiderte ich. »Man darf sich nicht von seiner Angst beherrschen lassen, sonst frisst sie einen auf.«

»Ist das von einem Chinesen?«, wollte Grit wissen.

»Außerdem macht Flirten Spaß. Ich sehe mich in einer Reihe mit den Flirtenden der Weltgeschichte, den großen Häppi-End-Liebenden der Menschheit«, deklamierte ich.

»Als da wären?«, wollte Maren wissen.

»Mickey und Minnie Maus, Philemon und Baucis, Gomez und Morticia Addams, Schneewittchen und die sieben Zwerge … ihr wisst schon.«

»Du bist total plemplem. Und eines Tages lesen wir von dir in der Stuttgarter Zeitung: als Neckarleiche oder Fernsehturmfallobst.« Maren goss mir Kaffee nach, leider etwas zu heftig: Die südamerikanischen Sorgenbeutelchen neben der Kasse bekamen eine heiße Dusche.

»Und was sagt deine Bergziege zu deinen amourösen Abenteuern?«, erkundigte sich Svenja.

»Nenn ihn nicht Bergziege!«, schimpfte ich. »Und ich habe keine Abenteuer. Das sind rein wissenschaftliche Untersuchungen zum Zwecke der Gerechtigkeit.«

»Ja klar«, höhnten die sechs unisono.

»Na wartet, euch werd ich!« Ich packte einen der Öko-Staubwedel (aus Indien, aber garantiert nicht von Kinderhand gefertigt, dafür gedacht, neben dem Staub auch unliebsame Energien hinwegzuwedeln) und machte Jagd auf die Mädels, die daraufhin wild kreischend durch die *Kundalini*-Geschäftsräume hasteten.

In diesem Moment ging die Vordertür auf.

Axel!

»Was ist denn hier los?«, rief er. Mit einem einzigen strengen Blick erfasste er die Kuchenkrümel auf der Theke, die Duftölflecken auf den Tantra-Hilfsmitteln und die Sorgenbeutelchen, deren Farben unter der Kaffeeattacke verlaufen waren. »Rieche ich hier etwa Kommerzkaffee aus nicht-fairem Handel?«

Eine kurze Sekunde lang war die Situation haarig. Dann kaufte Grit den chinesischen Zitatenschatz, Sharon erwarb die Familienflasche *Sheherazade*-Öl, Iris nahm eine CD mit den Gesängen liebestrunkener Buckelwale, und Maren lehnte sich gegen die Registrierkasse, befeuchtete sich die Lippen, strich sich das Blondhaar aus der Stirn und zwinkerte neckisch.

Axel hatte keine Chance.

Und ich konnte ungeschoren fliehen!

12

Hunde, wollt ihr ewig leben?

Antwort: Ja!

Wie erziehe ich den besten Freund der Frau

Lektion 9: Der Wachhund

In Sachen Wachtrieb gibt es rassebedingte Unterschiede: Manche Hündchen hüten mit wahrem Übereifer ihre Spielsachen, ihren Ruheplatz und ihr Futter. Rasseunabhängig sind es vor allem die dominanten Hunde, bei denen ein oftmals übersteigerter Besitz- und Wachtrieb zu beobachten ist.
Wenn sich diese Unart bei Ihrem kleinen Liebling einstellt, wiederholen Sie noch einmal die Grundgehorsamsübungen.
Natürlich gibt es bei diesem Problem graduelle Unterschiede. Während Sie es gerade noch durchgehen lassen können, wenn Ihr Kleiner sich seinen Lieblingsruheplatz selbst wählen will, dürfen Sie es auf keinen Fall gestatten, wenn er Sie vor Menschen des anderen Geschlechts allzu wild zu beschützen trachtet. Bringen Sie ihm durch Fressbelohnungen bei, dass Menschen des anderen Geschlechts willkommen sind und er nur bei wirklicher Gefahr und auf Ihr Zeichen hin bellen oder gar zubeißen darf.

Sollten Fressbelohnungen wirkungslos bleiben, gehen Sie zu Liebesentzug über.
Und bitte kein falsches Mitleid: Ihr kleiner Liebling muss wissen, wo sein Platz ist. Das vermittelt ihm ein Gefühl der Sicherheit und schenkt Ihnen Freiheit.

Das Schöne am Freiberuflerleben ist die unabhängige Zeiteinteilung. Am nächsten Tag nahm sich Urs nachmittags frei, und ich hatte ohnehin seit Menschengedenken keinen Auftrag mehr gehabt.*

Also gönnten wir uns einen Kinobesuch. Im *Cinemaxx* war Disney-Woche: jeden Nachmittag ein anderer Disneyklassiker zum halben Preis. Das war das Tolle an Urs: Er liebte Zeichentrickfilme ebenso sehr wie ich und traute sich auch ohne Alibibegleitung durch minderjährige Rotznasen in solche Filme.

An diesem Tag gab man das *Dschungelbuch*.

Wir saßen in der hintersten Reihe von Kinosaal sechs, vor uns ein Meer aus Kleinkinderschädeln.

»Das ist schön«, murmelte ich, den Kopf in Ursens Halsbeuge, während Balu, der freigeistige Bär, über die Leinwand tänzelte und sein Erkennungslied trällerte. Urs mümmelte Popcorn und sog zeitgleich geräuschvoll Coca-Cola aus dem Halbliterbecher.

Ich biss ihn zärtlich in den Hals.

»Nicht doch vor den Kindern.« Aber sein Einwand klang halbherzig.

* Wie gut, dass Urs – wie so viele Männer – scharf darauf schien, eine gesunde und kräftige Frau durchzufüttern, und mich in letzter Zeit mehr oder weniger aushielt.

Ich schwebte in einer rosaroten Blase der Glückseligkeit. Ein wunderbarer Mann an meiner Seite – an einem meiner Lieblingsorte, in einem meiner Lieblingsfilme.

Wie hatte ich diesen herrlichen Kerl nur hintergehen können? Na gut, dann war ich also zu einem willenlosen Weibchen mutiert, dafür geschaffen, einen Schweizer glücklich zu machen. Wie viele Männer gab es denn schon auf diesem Globus, die meine üppigen Formen vergötterten und gleichzeitig mein nächtliches Schnarchen geduldig hinnahmen? Möglicherweise mehr als nur den einen, aber man konnte sie noch lange nicht so problemlos ordern wie eine Spinat-und-Sardellen-Pizza beim *Bombay Tiger.* Meine Stammtischschwestern konnten mich mal – die waren doch allesamt nur eifersüchtig auf mein vollkommenes Glück.

Ich schnurrte.

Zwei Reihen vor uns benützte eine Zwergin mit rosa Schleifchen in den Haaren ihren Strohhalm als Blasrohr und pustete etwas in unsere Richtung. Es waren jedoch keine Popkörner, mitnichten, es waren *Smarties.* Die grünen. Beinahe hätte sie mir damit ein Auge ausgeschossen.

»He, lass das!«, herrschte ich den Winzling an. Tränen schossen der Zwergin in die Augen. Ihre Mutter nahm sie auf den Schoß und bedachte mich mit dem bösen Blick. *Malocchio* in höchster Vollendung.

»Wie niedlich«, meinte Urs.

Niedlich?

Ob ich jemals ein Kind war? In diesem Moment bezweifelte ich das sehr.

Zwei gestörte Wichtl rannten den Gang auf und ab, links von uns brüllten zwei andere Däumlinge um die Wette, und unten am Eingang hatte so ein kleiner Mann entweder seine

Limonade vergossen oder in die Hose gestrullert, jedenfalls stand er schreiend neben der Platzanweiserin, die mit einem Lappen eine Lache auf dem Teppichboden bearbeitete.

Der Geräuschpegel war beinahe unerträglich, jedoch nicht aus dem Dolby-Surround-THX-System, sondern aus unzähligen Kleinkindkehlen. Hätte ich die Dialoge des Dschungelbuchs nicht schon seit Kindertagen auswendig hersagen können, ich wäre vor Wut sicher die Wände hoch, verstehen konnte man nämlich keine Silbe. Es war, als übten sie allesamt für die Neuauflage von *Deutschland sucht den Superstar* – oder doch wenigstens für eine große Opernkarriere.

Mittlerweile turnte auf der Leinwand Affenking Louie durch sein paradiesisches Dschungelreich.

»Weißt du, wir haben nie über Kinder gesprochen«, fing Urs plötzlich an – seine heißen Lippen ganz nah an meinem linken Ohr.

Ich schluckte.

»Wir zwei beide und so ein kleiner Mogli – wär das nicht nett?«, fuhr Urs fort. Seine immer noch heißen Lippen knabberten an meinen plötzlich ebenfalls heißen Ohren.

»Wir sind doch gerade erst zusammengezogen«, protestierte ich schwach. Plötzlich war mir, als versuche Ka, die Schlange, mich zu hypnotisieren: Ich sah Kreise, und alles drehte sich.

War das wirklich sein Ernst? War er denn blind für die Monster um uns herum: kreischend, johlend, rotzend, unerzogen? Wollte er diese Tortur nicht nur an öffentlichen Plätzen, sondern auch in unserem trauten Heim über sich ergehen lassen? Und war die Welt schon bereit für eine zweite Wuchtbrumme, wenn auch anfangs im Miniaturformat?

»Wenn du die Pille absetzt, wird es ja nicht gleich klappen. Das kann bis zu einem halben Jahr dauern. Ist wissenschaftlich erwiesen.« Urs drückte mich fester, wie Ka, die sich im Würgegriff um Mogli schlängelte. »Ich meine ja nur, dass es langsam Zeit wird. Und ich hätte sehr, sehr gern eine Familie mit dir.«

»Aber wir haben doch noch alle Zeit der Welt!«

Urs rückte etwas ab. »Alle Zeit der Welt? Deine biologische Uhr ist doch so gut wie abgelaufen. Oder willst du deine Eier einfrieren lassen und mit sechzig eines von diesen genetisch veränderten Zuchtbabys ausbrüten?«

Na großartig, kaum versöhnt befanden wir uns schon wieder mitten in einem Streit.

»Ich lasse mich von dir nicht unter Druck setzen. Und schon gar nicht in diesem Tonfall«, zeterte ich, ganz Waschweib.

»Ich habe keinen Tonfall, ich rede nur laut, damit du mich bei dem Lärm hören kannst!«, wetterte Urs.

»Und leider Gottes höre ich Sie auch! Seien Sie gefälligst etwas leiser!«, rief eine der Muttis drei Reihen vor uns.

Urs schlug die Beine übereinander und verschränkte die Arme. »Ich sehe schon, jetzt ist kein guter Zeitpunkt, um über Vermehrung zu reden.«

»Und ich kann mir nicht vorstellen, dass wir in nächster Zeit das Vermehren praktisch üben werden!« Ich verschränkte ebenfalls die Arme, fürs Beineüberschlagen reichte leider der Platz nicht aus. Wann lernten die Kinositzdesigner endlich, die Sitze nicht nur nach vorn zu verlängern, sondern auch seitlich zu verbreitern?

Meine schlechte Laune wuchs.

In diesem Augenblick klingelte mein Handy.

»Also wirklich!«, empörte sich eine der Zwergenmuttis.

Als ob bei dem Geschrei und Getobe der Kiddies mein melodisches *Also sprach Zarathustra* stören würde.

»Ja!«, bellte ich in mein Kommunikationstool.

»Hier Laurenz.«

»Welcher Laurenz?«, wollte ich angesäuert wissen.

»Welcher Laurenz?«, echote Urs mit finster gekrümmten Augenbrauen.

Scheiße!

Laurenz!

Ich machte Urs klar, dass ich noch ein Eigenleben führte, und nein, dieser Laurenz sei nicht mein Lover, ich sei ein treuer Schluffen und absolut monogam, und wenn er mir nicht total vertraue, dann wäre unsere Beziehung wohl auf Eis gebaut.

Na ja, nicht mit diesen Worten, da wäre es ja humaner gewesen, ihm gleich eine saftige Ohrfeige zu verpassen. Zum einen wollte ich nicht als Entertainmentnummer für die umsitzenden Zwergenmuttis dienen, zum anderen wollte ich meinen Urs nicht so plump vor den Kopf stoßen – auch ein Schweizer Dickschädel hält nicht alles aus.

Also behauptete ich frech, Dr. med. dent. Arthur Laurenz sei mein Zahnarzt, und ich hätte einen wichtigen Termin verschwitzt, den ich aber am Spätnachmittag nachholen könne.

Urs brummte zwar ein wenig ungnädig, aber Dentalhygiene war ihm wichtig, also gab er mir seinen Segen.

Das war auch gut so, denn Laurenz – der sportliche Chirurg mit den angegrauten Schläfen und der optimierten Risikoeinschätzung – hatte nur an diesem Spätnachmittag eine Lücke in seinem proppevollen Operationsterminkalender.

Für Urs und den Kinogang waren meine Latzhose, der Batikponcho und die übergroßen Plastikkreolen gut genug, aber für den Chirurgen musste ich mich umziehen.

Ich schnappte mir am Berliner Platz ein Taxi, fuhr nach Hause, ließ das Taxi warten – echt filmreif!* –, zeigte Gerry, der mit einer Bierdose in der Hand aus seinem Wohnzimmerfenster lugte, den Stinkefinger, zwängte mich in mein einziges anthrazitgraues Businesskostüm, sprühte mich großzügig mit *Emporio Armani* ein, schlüpfte in meine schwarzen Pumps, sprang zurück ins Taxi und ließ mich ins *Zeppelino* fahren, eine Edel-Bar gegenüber vom Hauptbahnhof.

Schlag 18 Uhr trat ich durch die Glastüren. Die blaue Stunde!

Links standen ein paar Gartentische, allesamt leer, rechts war die Cigar Lounge mit herrlich dicken Ledersesseln.

Softpop vom Band kitzelte in meinen Ohren, und die von den Deckenventilatoren sanft in Bewegung gesetzte Luft strich über meine Halsbeuge. In den dunklen Lederfauteuils pafften gesetzte Herren an dicken Cohibas oder Davidoffs. Eine Kennerin hätte das wohl an den Rauchkringeln erkannt.

Mir wurde schmerzlich bewusst, dass Laurenz und ich kein Erkennungszeichen ausgemacht hatten. Aber an den langen Chirurgenfingern und den grauen Schläfen würde ich ihn zweifellos erkennen. Sirenenhaft schlängelte ich mich an den Lederfauteuils vorbei.

* Äh, das war zwar echt filmreif, aber auch echt doof, weil nämlich irre teuer...

Die Herren wirkten allesamt distinguiert, und bis auf einen musterten mich auch alle recht interessiert. Bei meinem Glück konnte dieser Eine nur Laurenz sein. Ich setzte mich ihm gegenüber.

»Hallo, ich hoffe, du hast nicht zu lange warten müssen«, hauchte ich mit Mae-West-Stimme und blinzelte ihm verführerisch zu.

Ja, Sie raten richtig, dieser Eine war nicht Laurenz. Er sah mich ganz erschreckt an, krächzte *Je regrette, je ne parle pas allemand* und winkte hektisch dem Kellner.

Ich erhob mich rasch, wobei sich einer der Knöpfe meines Jacketts schwungvoll verabschiedete und in einem formschönen Bogen – ganz eindeutig eine 5,9 in der B-Note – in das Whiskyglas des Franzosen plumpste.

»Äh … pardonnez-moi!« Ich hätte seinerzeit bei Oberstudienrätin Fritzi Unterhauser besser aufpassen sollen, dann hätte ich jetzt lässig mit diesem Gast parlieren und diesen Irrtum aufklären können. So überließ ich ihn traumatisiert dem Kellner, der ihm beruhigend auf die Schulter klopfte.

Direkt neben dem überlebensgroßen Zigarrenhumidor von *Dürninger* winkte mich ein Mann zu sich.

»Laurenz?«

Nur kein Risiko mehr eingehen.

»Ja. Sehr erfreut. Ich muss schon sagen, du siehst etwas anders aus, als ich dachte. Laut deiner Anzeige hätte ich …«

»Ich weiß, eine ätherische Elfe erwartet. Aber gib mir etwas Zeit, dann werde ich dich schon von den greifbaren Vorzügen einer kraftstrotzenden Walküre überzeugen.«

Laurenz lächelte. »Setz dich doch.«

Ich setzte mich, wobei mein Jackett – aufgrund des fehlenden Knopfes, der eine enorm bedeutende Rolle bei der ordnungsgemäßen Verhüllung meiner Brüste gespielt hatte – weit aufklappte. In diesem Moment überkam mich die Erkenntnis, dass ich vergessen hatte, die schicke hellgraue Seidenbluse von *Marina Rinaldi* anzuziehen (beim letzten Besuch im Ausverkauf günstig erstanden). Laurenz hatte jetzt freien Blick auf mein schwarzes Spitzentorselett. Als die Kellnerin mit der Getränkekarte kam, riss ich sie ihr aus den Händen und hielt sie vor mein Dekolletee.

»Für mich Sex on the Beach!«, rief ich etwas lauter, als es in einer vornehmen Bar angebracht war. Die beiden älteren Herren in den Fauteuils schräg hinter uns linsten indiskret um die Getränkekarte herum, die ich mit den Fingern umklammert hielt, so fest, dass die Kellnerin sie mir nicht entreißen konnte, obwohl sie es tollkühn versuchte.

Laurenz sah der Kleinen nach, als sie zur Theke zurücklief. Eigentlich sah er mehr ihren Beinen nach, die massenkompatibel gewachsen waren.

»Ahem«, raunte ich.

Er wandte seine Aufmerksamkeit wieder mir zu. »Im Grunde habe ich mir aufgrund deiner Anzeige ein etwas anderes Bild von dir gemacht.«

Hatten wir diesen Punkt nicht schon abgehakt?

Ich zuckte mit den Schultern. »Ein Versehen des Setzers. Wie du siehst, leide ich nicht unter dem gesellschaftsüblichen Verfettungswahn. Ich besitze nicht mal eine Waage. Dicksein ist klasse!«

Laurenz verzog keine Miene. »Ehrlich gesagt, auch wenn ich jemand anderen erwartet habe, muss ich zugeben, dass du mich faszinierst.«

Ich hob die Augenbrauen und lächelte kokett. »Danke schön. Du bist auch nicht ohne.«

Na ja, das war gelogen. Laurenz war der lebende Beweis, dass die Yuppies aus den späten Achtzigerjahren des vorigen Jahrhunderts doch nicht ausgestorben waren. Seine Fönwelle, die Schulterpolster in seinem Anzug, die weißen Socken – alles schrie förmlich: Gebt uns den Gnadenstoß, lasst uns aussterben. Außerdem stand ich nicht auf Karottenköpfe, auch wenn ich *Simply Red* immer ganz toll fand.

»Es freut mich, dass ich dir gefalle.« Ich fächelte mir mit der Getränkekarte etwas Frischluft zu. Laurenzens Blick rutschte in meinen Ausschnitt. Ziel erreicht!

»Äh … das habe ich nicht gesagt«, erklärte er.

»Wie bitte?«

»Ich habe nicht gesagt, dass du mir gefällst. Ich finde dich nur faszinierend.«

Vor Verblüffung hatte ich einen kurzzeitigen Sprachlosigkeitsanfall. Das war so ungefähr das Letzte, was eine Frau von einem attraktiven Herzensbrecher hören möchte. Göttinseidank war Laurenz weder attraktiv, noch bestand Gefahr, dass er mein Herz auch nur ansatzweise einritzen konnte.

Am Nebentisch fing der Franzose an zu heulen. Er schluchzte irgendwas von *amour perdü* oder so. Der Kellner hatte sich auf die Stuhllehne gesetzt und klopfte ihm tröstend den Rücken. Zur Theke hin winkte er nach einem neuen Whisky.

Am Tisch gegenüber unterhielten sich zwei aufstrebende Jungmanager über Promis, die sie beim Vornamen nannten, und über Steuertricks in Liechtenstein, Luxemburg oder Lummerland. Direkt über ihnen hingen gerahmte Fotos von Zigarrenrauchern (einer mit Cowboyhut und nacktem Oberkörper) und bildhübschen Kubanerinnen, die Zigarren auf ihren schweißnassen Oberschenkeln rollten. Männerfantasien …

Die beiden Jungmanager lachten dröhnend.

»Hier lässt es sich so schwer plaudern«, fuhr Laurenz fort. »Warum gehen wir nicht zu mir? Ich versichere dir, du bist bei mir in sicheren Händen!«

Im wirklichen Leben hätte ich diesem Schnösel eine geklatscht und wäre auf und davon, aber ich hatte eine Mission zu erfüllen. Die Einladung in sein Domizil war daher wie ein Sechser im Lotto.

»Gern«, hauchte ich und stand auf.

Laurenz erhob sich ebenfalls. Mir wurde auf einen Blick klar, dass er niemals Jockey hätte werden können – zu klein. Offenbar gehörte er zu der Spezies Sitzriese, aber Stehzwerg.

In diesem Moment kam die Kleine mit meinem Cocktailglas, um das sich die Schale einer Orange wie eine Python schlängelte.

Die gletscherblauen Augen von Laurenz fraßen sich in die nackten Kniekehlen der Kleinen. Waren ja auch fast auf seiner Augenhöhe.

»Der Herr zahlt«, rief ich und ging zur Tür.

Natürlich fuhr Laurenz einen Porsche, und natürlich parkte er illegal direkt vor dem *Zeppelino* auf dem Gehweg der Lautenschlägerstraße, und natürlich bog er dann verkehrswidrig ab und rauschte viel zu schnell aus der Innenstadt hinaus in Richtung Solitüde, wo er eine kleine Villa bewohnte, in der er, wie er mir erklärte, alle nicht tragenden Wände herausgerissen hatte, weil er nämlich kein Territorialfanatiker war und Freiraum brauchte. Das somit entstandene Loft war natürlich sehr edel, aber total steril eingerichtet. Der einzige Farbklecks war ein drei mal drei Meter riesiges abstraktes Öldingens.

»Ein echter Hajek!«, erklärte mir Laurenz, stellte sich davor und legte eine Gedenkminute ein.

»Natürlich!«, murmelte ich nur.

»Warte, ich bring dir gleich deinen Drink.«

An dieser Stelle möchte ich mal kurz abschweifen und auf den Karma-Gedanken zu sprechen kommen. Sie wissen schon, der endlose Kreislauf von Wiedergeburt und Tod, und wenn wir in diesem Leben Scheiße bauen, krabbeln wir im nächsten Leben als schleimige Nacktschnecke auf unökologisch angebauten Salatblättern herum oder müssen ein tristes Dasein als hinterbänklerischer Bundestagsabgeordneter fristen. Warum ich das hier erwähne? Weil ich offenbar in einem früheren Leben gesündigt haben muss, schwer gesündigt, oder warum sonst passierten ausgerechnet mir immer wieder solche Böller? Ich sage nur Muttersöhnchen Ronald und Kampflesbe Siggi. Und jetzt Pappnase Laurenz.

Das glauben Sie nicht, was der Typ vor seinem Abgang im *Zeppelino* fertig brachte: Er zog so eine Art Tupperdose für Getränke aus seiner Arzttasche und ließ sich meinen Cocktail abfüllen. Selbst die beiden schwarzen Strohhalme steckte er ein. Nur die Orangenschalenpython, die Cocktailkirsche und das Schirmchen ließ er der Kellnerin zurück. Ist das zu fassen?

Nun stand er vor seiner High-Tech-Bar und kippte den Inhalt der Transportdose in ein Cocktailglas.

»Wie … ökonomisch von dir«, lobte ich.

Laurenz grinste. »Ja, nicht wahr? Wer im Kleinen nicht

spart, wird es im Großen nie zu etwas bringen. Und ich habe es zu etwas gebracht.«

Mit der Rechten reichte er mir das Glas, mit der Linken schob er mich voran. »Corbusier, Starck, Alessi, Hajek, Liechtenstein – ich liebe Schönheit in all ihren Formen. Das hat naturgemäß seinen Preis.«

Wir durchwanderten die Loftvilla – den Küchen-, den Wohn- und den Schlafbereich. Aufgrund fehlenden Mauerwerks waberte überall Essensgeruch. Das einzige, noch abgetrennte Zimmer war beileibe nicht das Bad, sondern das begehbare Ankleidezimmer – offenbar war ihm der Sichtschutz beim Pinkeln weniger wichtig als seine Anzüge, die nicht nach Kohl oder Currypfanne müffeln sollten. Woraufhin ich mir eine weitere Getränkezufuhr untersagte: Vor fremden Männeraugen zu pieseln steht ganz unten auf der Liste all der Dinge, die ich vor meinem Dahinscheiden unbedingt noch machen möchte.

Während des Rundgangs nickte ich ständig wie so ein Wackeldackel im Fond von alten Opels, mit vorgetäuschter Kennerinnenmiene und nur scheinbar an meinem Cocktail nippend.

Laurenz drückte auf einen Knopf, und Supermarkt-Seichtmusik erklang aus den edelholzverkleideten Boxen.

»Na, dann wollen wir mal!« Er küsste mich feucht in die Ellenbogenbeuge. Höher kam er ohne Hocker nicht. »Ich darf dir versichern, dass ich extrem gut ausgestattet bin.«

Mir kam gleich die Galle hoch. Wieso glaubte nur jeder Möchtegernhengst, dass er den Rahmen des Üblichen sprengte?

Aber Laurenz sprach gar nicht von seinen Kronjuwelen.

Er öffnete eine Stahltruhe, in der ich diverse Sprays, Tuben und Flakons entdeckte.

»Was ist das denn?« Mich packte die Neugier.

»Zu deiner Beruhigung. Ich bin für jeden Notfall gerüstet: Wir können Knutschflecke und Kratzspuren überdecken und Fremdgeruch entfernen.«

»Hä?«

Laurenz hatte mich begriffstechnisch abgehängt.

Stolz langte er in die Truhe und nahm einige Schätze heraus. »Hier, das ist eine juckreizstillende Mückensalbe. Die schmiert man auf den Knutschfleck und klebt ein Pflaster drüber. Dann kannst du behaupten, du seist von irgendeinem Tier gestochen worden. Die Salbe färbt die Haut rot. Eine echt perfekte Tarnung.«

Er legte die Tube zurück und nahm eine andere zur Hand. »Das hier ist Kortisonsalbe. Für die Kratzspuren. Ich kann dir eine halb leere Tube als Beweis mitgeben, dass du gegen irgendwas allergisch reagiert und dich wie verrückt gekratzt hast.«

Er zeigte auf die Flakons. »Und natürlich habe ich hier alle gängigen Parfüms und Deos für hinterher. Falls dein Duft nicht dabei sein sollte, sprühen wir dich einfach mit der ganzen Batterie ein. Dann kannst du behaupten, du seist in einer Parfümerie gewesen.«

Ich sah ihn aus großen Augen unverständig an. »Wieso sollte ich das behaupten wollen?«

»Na, damit dein Mann nichts merkt.«

Ich hatte plötzlich ein flaues Gefühl in der Magengrube. Wusste Laurenz, dass ich mit Urs zusammen war?

Ich mimte die Begriffsstutzige. Viel schauspielerisches Können war dafür nicht vonnöten. »Mein Mann?«

»Ja, bist du denn nicht die *Mädchenhafte Hausfrau, Ende vierzig, die sich einen diskreten, gepflegten Gentleman mit Tagesfreizeit als Toyboy wünscht*?«

Ende vierzig? Grmpf! Hmpf! Totenkopf!

»Nein. Ich bin die *Zarte Traumfrau auf der Suche nach dem experimentierfreudigen Bären*.«

Laurenz grinste. »Hoppla. Da habe ich mich wohl vertan. Na, macht nix. Mit dir hatte ich ohnehin was anderes vor. Nimm mal auf dieser Liege Platz.«

Laurenz drängte mich zu etwas hinüber, das ich auf Anfrage als OP-Tisch identifiziert hätte, aber offenbar war es eine Designerliege.

»Nun?«, verlangte er zu wissen und drückte mich in die Horizontale.

»Aaaah«, rief ich unverbindlich. *Aua* hätte besser gepasst.

»Ein Mies-van-der-Rohe-Entwurf. Zum halben Preis bei *Who's perfect* erstanden. Hat einen kleinen Fehler. Hier unten, eine Delle. Sieht doch kein Mensch, oder?«

»Kostenbewusstsein liegt ja voll im Trend«, sagte ich, nur um etwas gesagt zu haben. Ich wollte mich von dieser Liege schnellstmöglich wieder herunterrollen.

»Nein, bleib, wo du bist«, rief Laurenz. »Einen Moment, bitte. Und jetzt lächeln!«

Es blitzte auf. Laurenz hatte mich mit einer Polaroid abgelichtet. Während er das Foto konzentriert anstarrte, als ob es sich dadurch schneller entwickeln würde, hievte ich mich von dem Stahlgestell und ging zu ihm.

Laurenz hatte mich mit gekonnter Hand in meinem unfotogensten Moment erwischt. Das Gesicht in angestrengtem Mienenspiel, weil ich ja gerade gymnastisch gekonnt von der Liege springen wollte, der pralle Busen von der

Schwerkraft seitwärts in die Tiefe gezogen, was man gut sehen konnte, weil das Jackett mangels Knopf weit aufstand, und die stämmigen Beine in der Luft rudernd. Es gab bessere Fotos von mir.

»Das konfisziere ich mal gleich.«

Ich wollte Laurenz das Foto aus der Hand reißen, aber er war schneller. Flugs hatte er auch schon einen Stift in der Hand und malte auf dem Foto herum.

Das war auch eine meiner Lieblingsbeschäftigungen gewesen, damals als ich noch in der autonomen Frauenszene aktiv war, die Rathaustoiletten stürmte und Parolen an die Wände sprühte oder wahlweise lustvoll Persönlichkeitsverbesserungen mit Hilfe von Schnauzbärten, Zahnlücken, Piratenaugenklappen und Sommersprossen an Politikerwahlplakaten vornahm.

»Na bitte!«, rief Laurenz beglückt aus.

Er reichte mir das Foto. Ich sah nur Kringel und Kreise.

»Abstrakte Kunst?«, mutmaßte ich.

»Aber nein.« Er winkte ab. »Schnittvorlagen.«

Ich muss wohl dümmlich geglotzt haben.

»Hier saugen wir ein bisschen etwas weg, da auch, und natürlich da. Die Lippen werden aufgespritzt, die sind zu klein für deinen Gesamtkörpereindruck. Bei den Oberarmen hilft wohl leider nur rigide Gymnastik, aber hier, an den Schenkeln, das kriegen wir weg. Und die Brüste müssen natürlich modelliert werden. Mach dir nix draus, es kann ja nicht jede in dem großen genetischen Lottospiel des Universums sechs Richtige haben.«

»Laurenz …«, fing ich an.

Ihm entging der bedrohliche Unterton. »Ja, genau, ich bin Schönheitschirurg. Darum war ich gleich so begeistert, als ich dich sah. Du bist natürlich als Frau nicht mein Typ, das versteht sich ja von selbst, ich brauche einfach mehr Klasse, das geht jetzt nicht gegen dich, aber ich kann aus dir wirklich noch etwas machen.«

»Laurenz!«, bellte ich, schon etwas lauter.

Er nickte. »Ich weiß, ich weiß, das wird nicht ganz billig. Ich räume dir gern einen kleinen Rabatt ein. Das macht dann summa summarum, Pi mal Daumen ... Busen, Bauch, Oberschenkel, Po, Lippen und noch ein wenig Botox unter die Stirnfalten ... also pauschal ...«

»LAURENZ!«

Der Donner meiner Stimme warf ihn rücklings auf die hinter ihm stehende Ledercouch.

»Sieh mich an, du Würmchen von einem Mann: Ich bin die Vollkommenheit in Person! Ich bin ein sinnliches Prachtweib, von der Natur zur Göttin erschaffen! Und wenn du auch nur noch daran denken solltest, an dieser Perfektion herumzuschnippeln, dann zeige ich dir gern, was man auch als Laie bei größenwahnsinnigen Schwänzchenträgern mit einem Skalpell alles wegoperieren kann!«

Ich brüllte so laut, dass die Fensterscheiben vibrierten. In dem minimalistisch eingerichteten Loft hallte es wie in einem abgelegenen Alpental.

Laurenz lag totenbleich auf der Couch, die im Übrigen auch nicht bequemer aussah als die Stahlliege.

»Ich wollte doch nur ...«, wagte Laurenz piepsig anzumerken.

»Ich brauche keine Generalsanierung von so einem Pimmelzwerg wie dir!«, gellte ich.

Mein Abgang wäre sicher bühnenreifer ausgefallen, wenn mir nicht in diesem Augenblick auch noch der zweite Knopf vom Jackett in hohem Bogen vom Körper gesprungen wäre. Das Jackett klappte auf und zeigte nicht nur das traumhafte schwarze Torselett, sondern auch den oberen Rand meiner Strumpfhose, die ich, weil zu lang ausgefallen, über den Rand des Rockes gezogen hatte, was billig wirkte und den erotischen Anblick des Torseletts ins Lächerliche verwandelte.

Mist!

Selbstredend ging ich, halb nackt, wie ich wieder mal nach dem Besuch einer Junggesellenbude war, nicht nach Hause zu Urs. Ich ging zu Alex.

Mit ungnädigem Gesicht öffnete die Eisenfresserin die Tür. Mikesch stand zwischen ihren Beinen. Es stimmt übrigens nicht, dass Tiere nicht reden können. Mikesch sagte mit Körperhaltung und gesträubtem Fell ganz deutlich »Lass die bloss nicht hier rein!«

»Das passt jetzt nicht«, kläffte Alex. In einem Tonfall, der so gar nicht zu dem Flauschepyjama mit dem Osterhasenmuster und den Pantoffeln in Form von kleinen Schmusekätzchen passte. Häschen und kleine Katzen? Langsam machte ich mir Sorgen um die Verwandlung der einst auch äußerlich so kühl-nüchternen Karrierefrau. Das war die Glucke in mir.

»He, eine Hand wäscht die andere: Ich helfe dir, und du hilfst mir. Deinetwegen hatte ich es gerade wieder mit einem Perversling zu tun!« Ich drängelte mich an ihr vorbei in die Wohnung.

»Du hast ihn gefunden?«, gackerte Alex.

Im Fernsehen lief ein Hollywoodschmachtfetzen auf RTL. Früher hätte sie um diese Zeit einen investigativen Report in den Öffentlich-Rechtlichen angeschaut.

Auf dem Couchtisch eine Riesenschüssel Kartoffelchips, eine halbe Pizza, schon erkaltet, und eine Flasche Bier, also genau das, was ich eine ausgewogene Ernährung nenne. Ich ließ mich erschöpft auf die Couch fallen. »Für mich auch ein Bier«, hauchte ich mit letzter Kraft und tauchte meine Rechte tief in die Chipsschüssel.

»Du hast ihn gefunden? Ehrlich?« Alex packte mich am Jackett, das daraufhin von meiner Schulter glitt. Prompt machte Mikesch es sich darauf gemütlich und bemühte sich, möglichst kräftig abzuhaaren.

»Da fällt mir ein: Ich brauche zwei Knöpfe, Nadel und Faden. Aber erst ein Bier.«

Alex wuselte in die Küche. Ich hörte die Kühlschranktür und das Klirren von Flaschen, während auf dem Bildschirm – ohne Ton – eine Pferdeschwanzblondine im anständigen Schottenrock mit einer ondulierten Schwarzhaarigen im sündig-hautengen Etuikleid stritt. Wahrscheinlich um den Farblosen in der Cordhose, der im Bildhintergrund einen Welpen reanimierte. Keine Frage, wen der Farblose gleich nach der Werbepause zum Altar führen würde.

Alex kam mit einer Bügelflasche *Stuttgarter Hofbräu* zurück. »Jetzt raus damit, hast du ihn oder hast du ihn nicht?«

»Ehrlich, Alex, wie kannst du dir nur solche Liebesschmonzetten anschauen? Für eine Lack-und-Leder-Braut gehört sich das eigentlich nicht.«

Alex ließ sich neben mich auf die Couch fallen und verschränkte die Arme. »Ich hätte dir diese Fotos nie zeigen sollen.«

»Stimmt. Seitdem leide ich unter Albträumen.«

»Ach, halt doch den Mund.« Alex schmollte.

Wir sahen eine Weile stumm zu, wie auf dem Bildschirm

die Schwarzhaarige mit dem Welpen im Arm durch eine altweibersommerliche Ostküsten-Landschaft flüchtete. Dazwischen immer wieder die Gesichter der Blondine und des Cordhosenträgers in Großaufnahme. Schauspielschule Grundkurs: Gesichtsausdruck Nummer vier – Angst. Die Schwarzhaarige hatte den Welpen offenbar gekidnappt. Böse Tante!

Glucksend tranken wir unser Bier.

»Ich komme gerade von Laurenz. Noch so einer, vor dem du mich hättest warnen können.«

Zur Sache, Schätzchen.

Alex kicherte. »Hat er dir auch eine Schwachstellenkarte erstellt?«

»Ein Foto, mit lauter Kringeln drauf? Total voll gekringelt?«

Alex nickte. »Wobei es bei mir natürlich nur einen einzigen Kringel gab.«

Ich schlug mit einem Sofakissen nach ihr.

»Hör mal, diese Fotos…« Alex stockte. »Ich bin damals einfach in diese Beziehung hineingerutscht und habe erst zu spät gemerkt, an wen ich da geraten bin.«

»Als du in dem Gynäkologenuntersuchungsstuhl in seinem schalldichten Keller verbal von ihm erniedrigt und ausgepeitscht wurdest?«, feixte ich.

»Lach du nur. Er trug kein Schild mit der Aufschrift *Ich bin ein Sado-Fanatiker* um den Hals, im Gegenteil, er schien ganz normal. Dann hat er mal hier, mal da einen… merkwürdigen… Wunsch geäußert. Und irgendwann hing ich gefesselt an einer Duschstange. Das hätte dir auch passieren können!«

»Du musst mir nichts erklären. Ich verstehe schon.«

Das war natürlich gelogen. Zum einen verstand ich nichts, zum anderen war ich brennend neugierig auf Details.

»Es war nur eine kurze Phase. Er hieß Oswald. Du hast ihn mal ganz kurz kennen gelernt. Oswald stand auf solche Sachen. Eigentlich wollte ich gar nicht. Aber aus Jux … und mit viel Alkohol im Blut … du weißt schon…«

Ich nickte verstehend und verzeihend. Ebenso wie der Geistliche auf dem Bildschirm, der die ondulierte Schwarzhaarige mit dem Welpen soeben davor bewahrt hatte, über den Rand einer Klippe zu springen.

»Hat er dich angegrabscht?«

»Wer?«

»Na, Laurenz. Du siehst ein wenig derangiert aus.«

Ich schüttelte den Kopf. »Nein, die Knöpfe sind von allein abgesprungen.«

»Kauf halt mal ordentliche Qualität!«, schimpfte Alex. Dann stand sie auf und holte ihren Nähkorb. Man stelle sich vor, die Frau besaß tatsächlich einen Nähkorb. Und eine Schachtel mit Ersatzknöpfen.

Egal wie lange man neben einer auf der Yogamatte liegt, es wird immer Facetten ihrer Persönlichkeit geben, die einem verborgen bleiben.

»Die passen nicht zusammen«, erklärte Alex, als ich zwei wunderhübsche bunte Knöpfe herausgefischt hatte.

»Na und? Hilf mir mal, den Faden in die Nadel zu kriegen.«

»Das nennt man einfädeln.«

»Du mich auch, Alex.«

Ich mühte mich redlich damit ab, den ersten Knopf – so ein dunkelbraunes Holzteil mit einem kleinen roten Bommel daran – ans Jackett zu heften, während sich auf dem Bildschirm alle abwechselnd in die Arme fielen: ondulierte und nicht-ondulierte Frauen, Männer in Hosen und Talaren, Welpen und Menschen.

»Gib schon her, das kann man ja nicht mit ansehen.« Alex riss mir meine Näharbeit aus den Händen.

»Was ist denn nun? Welcher von den Kerlen erpresst mich?«

»Keine Ahnung. Die haben alle einen Hau. Jetzt warte einfach ab. Zwei stehen ja noch aus.«

»Einfach abwarten, du hast gut reden.« Alex biss den Faden durch. »Es ist ja nicht dein Lebensglück, das auf dem Spiel steht.«

Und diese Formulierung erinnerte mich daran, dass zu Hause ein vermehrungswilliger Schweizer darauf wartete, dass ich meine vermehrungsunwilligen Eierstöcke ins gemeinsame Bett verfrachtete.

Das konnte ja noch heiter werden.

13

Canis a non canendo

»Der Hund wird Hund genannt,
weil er nicht singt«, spöttelte der römische
Schriftsteller Varro

Wie erziehe ich den besten Freund der Frau

Lektion 10: Bellen ohne Punkt und Komma

Selbst das innigste Verhältnis von Frau und Hund wird gestört, wenn sich der Hund zum Dauerkläffer entwickelt. Es gibt durchaus Gelegenheiten, da wollen wir das Stimmchen des Kleinen hören: wenn böse Männer uns im dunklen Wald auflauern, wenn Widerlinge neben uns vor der Ampel mit den Worten »Frau am Steuer!« den Stinkefinger zeigen – dann mag unser kleiner Liebling ruhig den Lauten geben.
Aber stundenlanges Bellen darf er sich gar nicht erst angewöhnen. Sobald er anfängt zu bellen, korrigieren Sie ihn mit einem festen »Nein!«. Wenn sich Ihr kleiner Liebling auch von einem mehrmaligen »Nein!« nicht beeindrucken lässt, dann halten Sie ihm die Schnauze zu. Der Schnauzengriff ist eine hundeübliche Dominanzgeste (wobei Alpha-Hunde hierfür nicht die Pfote, sondern das Maul nehmen, aber das dürfte Ihnen

bei Ihrem Hund nur gelingen, wenn es sich um einen Chihuahua handelt...)
Sorgen Sie grundsätzlich dafür, dass Ihr Kleiner zu müde zum Bellen ist. Beschäftigen Sie ihn ausgiebig durch kleinere Aufgaben im Haus oder geben Sie ihm seinen Lieblingskauknochen. Das lenkt ihn ab.

Als ich nach Hause kam, saß Urs lesend im Bett. Irgend so eine Autozeitung. Zur Begrüßung grunzte er nur.

Ich ließ mich auf der Futonkante nieder und drückte ihm einen dicken Schmatz hinter das linke Ohr. »Hallo, mein Schatz.«

Ich bin keine Frau großer Worte. So ein feuchter Kuss ist meine Art zu sagen, dass es mir Leid tut und dass ich ein Depp bin.

Und es tat mir ehrlich Leid. Auf meiner Sündenkarte mussten mittlerweile die Lichter wie auf der großen Landkarte des Pentagon flimmern, wenn feindliche Interkontinentalraketen sich der US-Grenze näherten.

Jedes Mal wenn ich wieder so einer Anzeigen-Dumpfbacke entronnen war, wurde mir noch klarer, was für einen Glücksgriff ich mit meinem Schweizer getan hatte. Und wenn er seine Gene weitergeben wollte, dann sprachen wir eben mal über Fortpflanzung. Es gab ja so viele Möglichkeiten: Samenbanken, Leihmütter – irgendeinen Kompromiss würden wir schon eingehen.

»Ich liebe dich«, hauchte ich ihm ins Ohr. Stufe zwei meiner Versöhnungsstrategie, deren Endziel die Horizontale war.

»Was ist das für ein roter Bommel an deinem Kostüm?«, fragte Urs.

Wie hatte ich nur annehmen können, seinem fotografisch geschulten Auge würde die Tatsache entgehen, dass zwei unpassende Knöpfe mein einziges vorzeigbares Kostüm schmückten?

»Äh … da habe ich wohl etwas zugenommen. Mir sind die Knöpfe abgesprungen.«

»Ach ja?« Urs blätterte unbeeindruckt eine Seite um.

»Ich war bei Alex. Und in ihrer Knopfschachtel war sonst nichts Geeignetes.«

»Bei Alex. Soso. Ihr habt euch also wieder versöhnt, ja?« Urs tat gelangweilt, aber sein rechtes Lid zuckte.

»Und dieser Laurenz war auch dort?«

Ich stand auf und zog mein Kostüm aus, das ich achtlos auf den Boden fallen ließ. Betont lasziv schälte ich mich anschließend aus der übergroßen Strumpfhose.

»Urs, mein Schatz, du halluzinierst. Ich habe dir doch erklärt, bei wem es sich um Laurenz handelt.«

In Torselett und Tanga stand ich vor ihm, aber ich warf meine Perlen vor den uninteressierten Eber.

»Ich habe keinen Dr. med. dent. Laurenz im Telefonbuch finden können.«

»Du spionierst mir nach?«

»Liebes, wenn ich dir nicht mehr genüge, dann sage es bitte.«

»Urs, jetzt spinn nicht rum.« Ich verschränkte die Arme. »Du bist der einzige Mann in meinem Leben!«

Urs warf die Autozeitung in hohem Bogen vom Bett und verschränkte ebenfalls die Arme. Die an diesem Abend erstaunlich durchtrainiert wirkten. War er heimlich im Sportstudio gewesen? Lechz.

»Dann sag mir, wer dieser Laurenz ist!«

»Laurenz, Laurenz, Laurenz.«

Schnell, Mädel, lass dir was einfallen!

»Also gut: Laurenz ist ein Codewort, das ich mit Alex ausgemacht habe.«

»Ein Codewort? Spielt ihr CIA?«, höhnte Urs, die Worte *Wer's glaubt!* förmlich in die Stirn gemeißelt.

»Nein, du Scherzkeks. Es ist das Codewort, das sie mir mitteilen sollte, sobald sie dein Geburtstagsgeschenk besorgt hat.«

Nun muss man wissen, dass Alex in einem international operierenden Konzern für Kameras und Kamerazubehör tätig ist. Und dass Urs sich schon seit Urzeiten eine ganz bestimmte Kamera wünschte – irgend so ein Leica-Teil aus dem Jahr 1924, vom Erfinder Oscar Barnack quasi noch eigenhändig zusammengeschraubt. An so ein Teil war ungeheuer schwer heranzukommen – und auch nur gegen beste Beziehungen und viel Geld. Im Traum wäre mir nicht eingefallen, für einen doofen Fotoapparat so viel Aufstand zu zelebrieren, auch nicht für meinen innig geliebten Schweizer.

Aber genau das hatte ich ihm zwischen den Zeilen soeben versprochen. Und sein Geburtstag war schon in zwei Wochen.

»Liebling!« Urs wollte aus dem Bett springen, verhedderte sich mit den Füßen in der Überdecke und knallte lautstark auf den Boden.

Nebenan schlug Gerry gegen die Wand.

Urs rieb sich die schmerzenden Knie. »Liebling!«, rief er noch mal und streckte mir beide Arme entgegen.

Aber ich war irgendwie gar nicht mehr geil drauf.

»Wie konntest du mir nur nachspionieren? Ehrlich, ich bin enttäuscht. Ich schlafe heute auf der Couch!«

ZWISCHENSPIEL

Die kleine Wuchtbrummen-Flirtschule für AnfängerInnen

1. DER RICHTIGE HÄNDEDRUCK
Hände sprechen Bände! Ihre Hand soll auf dezente Weise vermitteln: *I am a sex machine.* Das ist ganz easy. Krallen Sie sich die Hand Ihres Gegenübers kräftig, aber ohne die Blutzirkulation dauerhaft zu unterbrechen. Lassen Sie danach nicht sofort los, sondern drücken Sie noch mal zart nach, und streichen Sie beim Loslassen sanft und wie unabsichtlich mit Ihren Fingern über die Hand des Partners.

2. DIE RICHTIGE BEGRÜSSUNG
In Ihrem »Grüß Gott« darf auch nicht der leiseste Hauch von Langeweile, Desinteresse oder Unsicherheit mitschwingen. Hauchen Sie mit verruchter Schlafzimmerstimme, ohne dabei wie eine Puffmutter zu klingen, ein sinnlich-freundliches »Hallo«.

3. DER RICHTIGE AUGENKONTAKT
Schauen Sie Ihrem Gegenüber fest in die Augen, ohne dabei zudringlich zu wirken. Achtung: Das Blinzeln

nicht vergessen, sonst wirken Sie leicht wie ein durchgeknallter Psychopath. Ihr Blick sollte verheißungsvoll und tief sein.

4. DIE RICHTIGE KÖRPERSPRACHE
Der Mensch spricht nicht mit dem Mund allein. Rhythmisch-geschmeidige Bewegungen stimulieren Ihr Gegenüber, also streichen Sie sich lasziv eine Haarsträhne aus dem Gesicht, rücken Sie Ihre Brille gerade oder fahren Sie mit der Fingerspitze über den Rand Ihres Glases.

5. DIE RICHTIGE GESPRÄCHSFÜHRUNG
Animieren Sie Ihr Gegenüber, aus seinem Leben zu erzählen, ohne dabei den Eindruck zu erwecken, Sie wollten etwas ausspionieren. Erzählen Sie zum Aufwärmen kleine Anekdoten aus Ihrem Leben und wenden Sie sich dann interessiert dem Leben Ihres Gegenübers zu. Vergessen Sie auch nicht, Ihrem Gegenüber – möglichst echte! – Komplimente zu machen.

6. DIE RICHTIGE ZIELSETZUNG
Ohne Zielsetzung bleibt nach dem Flirt nur ein schales Gefühl: Wenn gar nichts daraus wird, haben Sie das Gefühl, versagt zu haben; landen Sie dagegen im Bett, erweckt das in Ihnen den Eindruck, des Guten zu viel getan zu haben. Nehmen Sie sich einfach vor, eine Stunde lang mit diesem Menschen heiter das Leben zu genießen und sich ein paar nette Erinnerungen zu schaffen.

DIE GOLDENE REGEL DES FLIRTENS:
Flirten ist ein Kampfsport –
keine Gefangenen, keine Gnade!

14

OTTO

Liebe Unbekannte,
auch ich möchte meine weitere Zukunft nicht länger alleine verleben. Auf diesem Wege suche ich für den Rest meines Lebens eine herzliche, liebevolle, warmherzige Herzdame zum »GLÜCKLICHSEIN«! Ich studiere alte und mittlere Geschichte. Sie finden in mir einen vielseitig interessierten Mann, 44 Lenze, völlig unabhängig, mit starken intellektuellen Interessen, der Ihnen in allen Fragen des Lebens mit Rat und Tat zur Seite stehen will. Fürs Erste sende ich herzliche Grüße und ein optimistisches so long.
Otto

Am nächsten Morgen gestattete ich es Urs gnädig, mir das Frühstück an die Couch zu bringen und mich mit zarten Küssen zu überhäufen. Kein Wort mehr über Fortpflanzung, über Privatspionage oder Laurenz.

»Heute kann es später werden. Wir fotografieren in einer Keksfabrik«, waren Ursens letzte Worte, bevor er im Galopp durch unseren Vorgarten hetzte, Apollo und Zeus auf den Fersen. Ich warf ihm eine Kusshand hinterher und sammelte, während die Köter abgelenkt waren, unsere Post ein.

Ein Brief aus der Schweiz, leicht nach Kölnisch Wasser duftend. Seine Mutter.

Eine Karte von meiner alten Schulfreundin Marianne. Nach der endgültigen Trennung von ihrem Göttergatten brutzelte sie jetzt mit einem gerade mal volljährig gewordenen Adonis unter der Sonne von – Karte umdrehen, das Kleingedruckte lesen – von Heraklion. Kein Wort von ihren drei unausstehlichen Gören.

Die Telekom-Rechnung.

Und ein großer Umschlag mit dem *S-Trip*-Aufdruck. Nanu? Ein Nachzügler?

Ich ging zurück in die Küche und setzte frischen Kaffee auf. Mein Handy klingelte.

»Habe ich dir heute schon gesagt, dass ich dich liebe?«

Es war Urs, der süße Spinner. Ich ging ans Fenster.

Er saß draußen, hinter dem Steuer seines Saab Kombi und winkte. Ich winkte zurück.

»Ich liebe dich auch, Schatz. Fahr vorsichtig.«

»Mach ich. Bis heute Abend dann.«

»Bis heute Abend.«

Während ich noch versonnen meinem Mann hinterherschmachtete, knallten plötzlich vier Pfoten gegen die Küchenfensterscheibe, und Zeus und Apollo kläfften mich an.

»Blöde Köter!«

In diesem Augenblick klingelte mein Handy erneut. Vor Schreck ließ ich es fallen. Ich wurde langsam alt.

»Schätzelchen, hast du was vergessen?«

Es herrschte Stille. Man hörte nur jemanden atmen.

»Hallo?«

»Ja, hallo. Ich bin nicht das Schätzelchen. Spreche ich da mit der Frau, die vorletzte Woche die Anzeige aufgegeben hat?«

Es dauerte geraume Zeit, bis ich Otto davon überzeugen konnte, dass Schätzelchen kein Mann war, sondern meine kleine Schwester. Kosenamen hätten in unserer Familie Tradition, behauptete ich keck, mich würden alle Mäuschen nennen.

Otto klang nicht wirklich überzeugt, war dann aber doch einverstanden, mich zum Lunch im *Café Le Théatre* zu treffen.

Ich trug Jeans und eine geblümte Leinenbluse, deren Knöpfe ich zweimal auf ihre Sitzfestigkeit überprüft hatte.

Nach drei peinlichen Fehlversuchen hatte ich extra noch mal in einem alten Flirtratgeber geblättert und trug nun die sechs güldenen Regeln des gekonnten Flirtens auf einer Karteikarte in meiner Hosentasche.

Im *Café Le Théatre* brummt es kurz vor Filmbeginn immer am meisten, liegt es doch an der Stuttgarter Kino-Meile. Aber auch an diesem frühen Montagmittag war es gut besucht. Viele junge Leute, ein paar Shopper, und ganz hinten, vor der Spiegelwand, mit dem Rücken zur Menge, saß der einzige Mann ohne Begleitung im ganzen Café.

Er stand nicht auf, als ich an den Tisch trat.

Ich versuchte, mit elektrisierender, verheißungsvoller Stimme zu sprechen.

»Otto?«

»Mäuschen?«

Ich setzte mich.

Wir trugen Partnerlook. Auch er hatte sich für abgewetzte Jeans und ein Hawaiihemd mit Blümchenaufdruck entschieden. Nur dass ich mir einen Pferdeschwanz gebunden hatte, er dagegen seine schulterlangen Haare offen trug. Besagtes schulterlanges Haar war doch recht fettig – wenn man es ausgedrückt hätte, so hätte das zweifelsohne eine Halbliterflasche Schmieröl ergeben. Sein fliehendes Kinn hätte einen Vollbart vertragen, nur dass er dann – zusammen mit seinen Birkenstock-Sandalen – wie unser aller Heiland ausgesehen hätte. Insgesamt vom Erscheinungsbild her kein Ladykiller im übertragenen Sinne, höchstens im buchstäblichen …

Ich streckte die Hand aus, um ihm sinnlich-laszіv die Rechte zu drücken.

Otto starrte meine Hand einen Augenblick lang an, dann zog er einen Einmalhandschuh aus seiner Jeanstasche, streifte ihn über und drückte mir die Hand. Anschließend schälte er sich den Einmalhandschuh herunter und warf ihn in den Aschenbecher.

»Die Erkennungsworte«, raunte er mir zu und sah sich um.

Ach ja, die Erkennungsworte. Erfrischenderweise hatten wir als Zeichen keine rote Rose oder ähnlich Abgeschmacktes ausgemacht, sondern eine Losung.

Das war sicher Teil der Strafe, die sich das Schicksal ausgedacht hatte, um mir eins reinzuwürgen, weil ich Urs angelogen hatte.

»Nichts Neues im Westen!«, las ich von dem Küchentuch ab, auf das ich die Losung mit Füllstift gekritzelt hatte.

»Und ewig singen die Wälder!«, entgegnete Otto.

Ich versuchte, ihm pikant-intim und abgrundtief in die Augen zu schauen, aber seine Augäpfel rollten im Speedy-Gonzales-Tempo durch ihre Höhlen, huschten hierhin und dorthin und erlaubten immer nur für Sekundenbruchteile Augenkontakt.

»Du hättest dir die Parole nicht notieren dürfen. Der Zettel könnte leicht den anderen in die Hände fallen«, flüsterte Otto.

»Welchen anderen? Hast du dich mit noch mehr Frauen verabredet?«

Otto runzelte die Stirn. »Ich sehe schon, du nimmst mich nicht ernst. Aber wenn ich dir sage, was ich weiß, wirst du zweifellos ins Grübeln kommen!«

»Was darf ich Ihnen bringen?«, ließ sich da der Kellner vernehmen, überaus freundlich und zuvorkommend, dennoch zuckte Otto zusammen.

»Müssen Sie sich so anschleichen!«, herrschte er den Kellner an. Der Kellner und ich tauschten einen langen Blick.

»Entschuldigung, Signore.«

»Ich nehme das da«, fauchte Otto und zeigte auf die Karte.

»Einen Schok Peachtree, sehr wohl.«

»Für mich ein *Apollinaris*. Bitte verzeihen Sie meinem Begleiter – er ist gerade erst vierzehn Monaten nordkoreanischer Skorpionfolter entkommen.«

Das Gesicht des Kellners blieb ausdruckslos. Entweder hatte er den letzten Bond-Film nicht gesehen und hielt mich jetzt für ebenso beknackt wie Otto – oder der Mann litt nach einer missglückten Botoxbehandlung unter völliger Gesichtsmuskellähmung.

Der Mittag konnte ja heiter werden!

Eine Stunde später war das Gespräch von meiner Seite aus schon seit fünfundfünfzig Minuten beendet. Es hatte seinen Grund, warum ich die starken, stillen Typen bevorzugte. Wer labert, zeigt unwillkürlich seine Schwächen.

Und Otto war ein großer Laberer vor dem Herrn. Leider Gottes laberte er auch großen Schwachsinn.

In aller Ausführlichkeit erklärte er mir, wer diese *anderen* waren, die nicht davor zurückschreckten, mir meine Küchentücher zu klauen. Ehrlich gesagt, habe ich es nicht genau kapiert. Eine Mischung aus Freimaurern, Illuminaten, Satanisten, Weltkriegsleugnern und Ex-Geheimdienstlern, die seinerzeit offenbar das AIDS-Virus gezüchtet hatten, um alle Homosexuellen dieser Welt auszulöschen. Oder so ähnlich.

Jedenfalls würde diesen *anderen* erst Einhalt geboten, wenn die revolutionären Zellen der Tempelritter, die mitnichten ausgelöscht waren, sondern die es immer noch gab, aus dem Untergrund auftauchten und die Weltherrschaft übernahmen. Otto hoffte, dass das bald sein würde, noch bevor die Außerirdischen vom Planeten Sirius kamen, die uns in grauer Vorzeit aus den Affen herausgezüchtet hatten, um im Falle einer Hungersnot auf Sirius genügend haarloses Frischfleisch zu besitzen.

Während er mir das erzählte, rauchte er Kette und ließ seine Blicke immer wieder hektisch über die Spiegelwand gleiten. Seinen Schok Peachtree trank er nicht, sondern rührte nur ständig mit dem Löffel darin herum.

»Dann können sie uns mit ihren Richtmikrofonen nicht hören. Sie haben mir einen Chip eingepflanzt, um mich jederzeit orten zu können. Doch durch das Rühren hören sie uns nicht. Das Klirren des Löffels macht sie außerdem ganz kirre«, versicherte Otto mir.

Ich studierte unterdessen die goldenen Säulen im Café und die großformatigen Bilder an den rot gestrichenen Wänden und spielte mit dem Gedanken, kurz für kleine Wuchtbrummen zu gehen, obwohl ich gar nicht musste.

»Otto, das ist alles echt interessant«, log ich, als er eine kurze Pause einlegte, um Luft zu holen. »Vielleicht können wir bei dir zu Hause weiter darüber reden.«

»Bei mir zu Hause?« Otto bekam hektische rote Flecke auf den Wangen. »Warum bei mir zu Hause?«

Damit ich deine Wohnung durchsuchen kann.

»Na«, ich zuckte mit den Schultern, »hier ist es so laut. Und verwanzt. Bei dir wären wir sicher, oder?«

Ottos Blick fraß sich in mein Leinenblusendekolletee. Der Mann hatte also auch noch andere Interessen als die krankhafte Beschäftigung mit Außerirdischen und Tempelrittern.

»Komm schon, lass uns zu dir gehen«, bohrte ich nach.

Er musterte mich misstrauisch.

»Geht das nicht alles etwas zu schnell?«, wollte er mit wild zuckender Gesichtsmuskulatur wissen. Was dem Kellner fehlte, der angesichts seiner Mimik auch als Wachspuppe hätte durchgehen können, hatte Otto zu viel.

»Aber Otto, du hast mir die Augen geöffnet. Ich fühle mich plötzlich an so einem öffentlichen Ort nicht mehr wohl. Lass uns zu dir gehen.«

Ich versuchte es mit einem naiven Augenaufschlag. Der misslang. Verdammt, wie sollte ich sonst herausfinden, ob er die Fotos und Tagebücher von Alex bei sich zu Hause hatte.

Otto sprang plötzlich so heftig auf, dass sein Stuhl nach hinten kippte. »Was wollen Sie von mir?«, schrie er gellend. »Ich will nicht mit Ihnen nach Hause!«

Auf einen Schlag war es mucksmäuschenleise im Café, und alle-alle-alle starrten mich an.

»Sie ist eine von denen!«, brüllte Otto, wies mit dem Finger anklagend auf mich und verließ dann fluchtartig das Etablissement.

In dem mich keiner für eine Außerirdische hielt, o nein, sondern alle für eine Gewerbetreibende. Während ich darauf wartete, dass der Kellner die Rechnung brachte, traten zwei Herren an meinen Tisch und erkundigten sich nach meinen Preisen.

Sch...spiel!

15

FRODO

Liebe Herzchirurgin,
trauen muss sich einer schon, um auf deine Anzeige zu antworten. Offensichtlich muss man als Mann mit beiden Beinen im Leben stehen, um dir Paroli bieten zu können. Ich bin so einer. Noch arbeite ich als Erwachsenenbildner, aber ich stelle mir vor, so bald wie möglich in südlichen Gefilden das Leben zu genießen und nur noch das zu tun, wozu ich Lust habe. Am liebsten mit einer starken Partnerin an meiner Seite. Kennst du die Costa del Sol? Einen schönen Garten werde ich dort anlegen, im Meer baden, meine Memoiren schreiben. Das erste Kapitel habe ich schon auf Spanisch geschrieben. Bist du daran interessiert? Dann melde dich. Ich lese es dir gern vor und zeige dir die Fotos von meinem letzten Málaga-Urlaub.
Friedrich

Wenn ich aufgewühlt bin – oder für ein Flittchen gehalten werde –, spaziere ich immer gern durch den Schlossgarten, vorbei an der alten Oper mit der sagenhaften Fontäne, über die Brücke zum mittleren Schlossgarten mit der Lusthausruine, um den See herum und wieder zurück. Nachts würde ich mich das nicht trauen, aber mittags wimmelte es vor Kinderwagen schiebenden Müttern und Joggern und sonstigen Normalos, was zusammen mit den quakenden Enten ein Bild vollkommener Harmonie abgab.

Es fing schon wieder an zu nieseln, weshalb ich mich nicht auf eine der vielen Bänke setzte. Während ich so durch den Nieselregen trabte, stellte ich mir eine volle Viertelsekunde lang die große »Warum?«-Frage.

Sie kennen sicher dieses gewaltige Warum, das alle Warums unserer Existenz umfasst: Warum hat mich meine Mutter nie so geliebt, wie ich mir das wünschte? Warum haben alle in meiner Familie studiert, nur bei mir hat es nicht mal zum Abitur gelangt? Warum hat sich Hubse Horlacher in der sechsten Klasse nicht in mich verliebt, sondern in die blöde rothaarige Eleonore? Warum wachsen mir jetzt schon graue Haare – am Kinn? Warum bin ich nicht Madonna? Oder wenigstens Shakira?

Bei mir persönlich kam noch hinzu: Warum tue ich mir das alles an und spiele Miss Marple in einem Fall, der gar kein Fall war?

Na gut, Alex hatte über eine Anzeige also einen Flachwichser kennen gelernt, dem der Unterschied zwischen Mein und Dein nicht ganz klar war und dessen Hobby darin bestand, die arme Alex mit fiesen kleinen Drohungen um den Nachtschlaf zu bringen. Das war gemein, aber mal ehrlich: Was sollte schon passieren, wenn ihr Chef erfuhr, dass sie die gefesselte Maid auf den Fotos war? Er würde sie allenfalls um ein Date bitten. Und wenn ihre indiskreten Tagebucheintragungen über Internet um die Welt gingen und ihre Firma in Misskredit brachten? Als regelmäßige Tagesschauguckerin wusste ich, dass in mindestens drei Nationen derzeit gegen ihre Firma wegen Regenwaldabholzung oder Arbeiterausbeutung oder was weiß ich protestiert wurde –

da konnten ein paar persönliche Gedanken der deutschen Personalchefin auch nicht schlimmer am Image kratzen.

Und gestohlenes Gedankengut konnte Alex doch unmöglich ins Kittchen bringen, oder? Selbst wenn, für eine bislang nicht vorbestrafte Staatsbürgerin gab es maximal ein paar Monate auf Bewährung.

Ich hatte seit sage und schreibe drei Wochen keinen einzigen Auftrag mehr bekommen. Und wenn ich mich nicht bald an die Akquise machte, würde ich in die gänzliche finanzielle Abhängigkeit von Urs rutschen. Wohin war eigentlich mein Stolz ausgebüxt?

Schlimmer durfte es nicht werden: Ich würde sofort nach Hause fahren und die diversen Übersetzungsagenturen anrufen, für die ich sonst immer Schulzeugnisse, Scheidungsurkunden und Schwangerschaftsatteste übersetzt hatte. Irgendjemand würde doch wohl einen Beglaubigungsstempel auf seinem Führungszeugnis brauchen? Vielleicht hatte ja auch der kleine bayrische Lebenshilfeverlag wieder ein Buch für mich, das ich übersetzen konnte. Zwar hatte ich mir nach dem letzten Buch – »Die Aura unserer Zimmerpflanzen und wie wir sie erkennen können: Hilfestellungen auf dem Weg zum Du mit Kaktus und Azalee« – geschworen, nie wieder so einen Unsinn dem deutschen Lesepublikum zugänglich zu machen, aber plötzlich fühlte ich mich spirituell ungeheuer motiviert.

»Jawoll!«, erklärte ich lautstark, was eine Oma, die gerade auf einer Parkbank ein paar Tauben fütterte, zusammenschrecken ließ.

Jawoll, wiederholte ich stumm für mich, ab sofort keine Detektivarbeit mehr, nur noch fleißiger Broterwerb!

Plötzlich kreuzte eine schwarze Katze von rechts meinen

Weg. Au Backe. Ein böses Omen. Oma Nölle hätte sich jetzt bekreuzigt und dann drei Wochen lang ihre Wohnung nicht mehr verlassen. Aber ich war nicht abergläubisch. Ich machte das mit dem Glück mit mir selber aus.

In diesem Moment klingelte mein Handy.

»Ja, hallo du. Ich bin der Friedrich. Nenn mich Frodo. Du hast mir auf die Mailbox gesprochen. Ich hätte jetzt gerade Zeit. Kennst du das *Heinzelmännchen*?«

Das Schicksal wollte es so. Diese Entschuldigung wird man mir eines Tages noch auf den Grabstein meißeln. Obwohl ich ja lieber vom Gipfel eines Achttausenders aus in alle vier Winde verstreut werden würde, aber das ist jetzt ein anderes Thema.

Also bitte, was hätten Sie gemacht? Friedrich alias Frodo war der vorletzte Kandidat auf meiner Liste. Und er hatte spontan Zeit für ein Treffen. Natürlich musste ich ihn in Augenschein nehmen. Wir tauschten Angaben zu unserem derzeitigen Äußeren aus, und ich machte mich auf den Weg.

Diesmal würde ich auf Gold stoßen!

Heinzelmännchen's Bücherstube ist ein Comicbuchladen mitten in Stuttgart, gleich neben meinem Lieblingskino *Gloria*. Meine Füße hätten den Weg dorthin auch in stockfinsterster Nacht und bei Gegenwind gefunden, am helllichten Tage und bei leichtem Nieselregen war es noch leichter. Zwanzig Minuten später stand ich vor dem *Heinzelmännchen*-Schaufenster.

Es war ein klitzekleines bisschen ungünstig, dass das *Heinzelmännchen* in unmittelbarer Nachbarschaft zum *Café Le Théatre* lag, weshalb mich eine Cafébesucherin ausmachte, erkannte und auf mich zueilte.

»Entschuldigung, ich habe das vorhin zufällig gehört. Mein Mann«, sie winkte in Richtung Café, und ein bärtiger Brillenträger in Shorts winkte zurück, »mein Mann und ich wollten Sie fragen, ob Sie es auch zu dritt machen? Und was das kosten würde?«

Sie lächelte mich freundlich an. Auf den ersten Blick sah sie wie Mutter Beimer aus der Lindenstraße aus, nur die Stimme war etwas höher.

Ich lächelte freundlich zurück. »Ich nehme 500 Euro. Ich bin nämlich sehr gut. Extra-Spielchen kosten allerdings das Doppelte.«

Wenn Sie jetzt »Hach, ein echtes Schnäppchen!« rief, war ich erledigt.

Sie dankte mir jedoch nur freundlich und meinte, das läge etwas außerhalb ihrer Preisvorstellung.

»Meine Güte, 500 Eu?«, tönte es da hinter mir.

Ungefähr einssiebzig, Bermudashorts, *Herr-der-Ringe*-T-Shirt, ein Glatzkopf, dessen Schädel halslos aus den massiven Schultern ragte und sehr an einen der Monolithe auf den Osterinseln erinnerte.

Frodo!

»Sag nicht, deine Anzeige ist nur versehentlich unter *Sie sucht ihn* gerutscht und hätte eigentlich bei den gewerblichen Kleinanzeigen landen sollen? Hast du auch Massage im Angebot?« Frodo zwinkerte mir zu.

Ich fing mich relativ rasch wieder.

»Das war nur eine Verwechslung!«

Frodo ließ seine Blicke über mich schweifen.

Nass genieselt, wie ich war, wurde mir schmerzlich bewusst, wie dringend man als Beinahe-Vierzigerin unter seiner Bluse einen BH tragen sollte.

»Du siehst ein klein wenig anders aus, als ich erwartet hatte«, meinte Frodo, nicht ganz unglücklich, den Blick fest auf meine Titten geheftet, die genau in seiner Augenhöhe ihre volle Pracht entwickelt hatten.

»Ja, ich weiß, ich bin äußerlich keine fragile Maid. Innerlich aber schon!«

Frodo kicherte.

Ich wechselte das Thema.

»Und du bist also ein Tolkien-Fan?«

Endlich lösten sich Frodos Augen von meinem Vorbau. »Nein, wie kommst du darauf?«

»Na, ich bitte dich: das T-Shirt? Und der Spitzname?«

Frodo sah sich um. »Nicht hier!«, sagte er und zog mich in Richtung Königstraße und Schlossplatz mit sich.

Oh bitte, nicht noch so ein Verfolgungswahnhafter! Nicht zwei an einem Tag!

»Ich wohne gleich drüben in der Urbanstraße. Wie wär's – hast du Lust, mitzukommen?«

Ich musterte ihn.

Sein Alter hatte er nicht genannt, und es war unmöglich zu schätzen. Von Mitte zwanzig bis Mitte vierzig war alles möglich.

»Wir trinken was und beschnuppern uns. Und keine Sorge: Ich fasse dich nicht an!«

Letzteres war angesichts der Tatsache, dass seine Wurstfinger meinen linken Ellbogen fest umklammert hielten, ein wenig unglaubwürdig. Aber wer nicht wagt, der nicht gewinnt.

Ich ging also mit.

In dem Jahrhundertwendebau befanden sich mehrere Anwaltskanzleien, eine Hausmeisterwohnung, eine Frau Dr. Elvira Lange, Klavierlehrerin, und die Wohnung von Friedrich Aleydis.

Natürlich wohnte er unter dem Dach, und es gab keinen Aufzug. Vor der Tür blieb er stehen, ließ mich wieder zu Atem kommen und sah mir dann tief in die Augen.

»Also, bevor wir jetzt in mein Heiligtum treten, muss ich dir etwas sagen.«

»Du bist schon verheiratet, und deine Frau und deine acht Kinder warten mit dem Mittagessen auf dich, wozu ich aber herzlich eingeladen bin.«

Frodo lachte. »Falsch. Ganz kalt.«

Ich legte die Stirn in Falten. »Was immer es ist, raus damit. Ich will es hinter mich bringen.«

Frodo zog sein T-Shirt glatt. »Ich bin gar kein *Herr-der-Ringe*-Fan. Ich finde Tolkien todlangweilig. Das ist nur Tarnung.«

Tarnung? Herr, erbarme dich meiner. Sofort bitte.

Frodo sah über das Geländer nach unten, dann senkte er seine Stimme. »Ich bin eigentlich … Donaldist.«

Hm. Wie reagiert man, wenn man erfährt, dass man einem Donaldisten gegenübersteht?

Und wichtiger noch: Was ist ein Donaldist?

»Klingt nach katholischer Kampftruppe – eine Sondereinheit des Vatikans zur Mehrung des Glaubens«, spekulierte ich.

Frodo schüttelte den Kopf auf seinem halslosen Rumpf und schloss seine Wohnungstür auf.

Und bevor ich mich versah, schubste er mich hinein.

Kurzum: Es war bunt. Kreischebunt. Und lustig. Ja, irgendwie sehr lustig. Ich drehte mich zu Frodo um. Der zog flugs sein T-Shirt aus, unter dem ein weiteres T-Shirt zum Vorschein kam: mit dem Konterfei von Donald Duck!

Wir lernen: Donaldisten sind Menschen, deren Sinn und Streben einzig und allein Walt Disneys Quakente gilt.

Nun bin ich ja auch eine große Verehrerin von Zeichentrickfiguren, aber deshalb gleich meine Wohnung entenhausig einzurichten? Ein übergroßer grüner Ohrensessel – der Lieblingssessel von Donalds Neffen Tick, Trick und Track, wie mir Frodo erklärte –, dazu ein roter Fußschemel, eine Stehlampe mit blaugrünem Lampenschirm, eine blaue Kommode – und alles in den knalligen Farbtönen, die man aus Comics kennt. Nirgendwo ein zartes Beige oder Mint.

Höhepunkt von Frodos Wohnung war meiner Meinung nach jedoch nicht der Schrein, diskret illuminiert, mit einer Originalzeichnung von Donald aus dem Jahr 1937, dem Jahr seiner Entstehung, sondern die aufblasbare Daisy Duck, die sich auf der Couch räkelte. Und darf ich hinzufügen, dass sie – sagen wir mal – »benutzt« aussah, oder lesen hier Minderjährige mit?

In diesem Augenblick begriff ich wieder einmal, dass Männer ganz anders sind als wir. Es muss an ihrem Y-Chromosom liegen, womit sie, rein genetisch gesehen, weniger mit uns verwandt sind als jede Schimpansin. Männer stehen folglich den Schimpansen näher als uns Frauen. Meine lebenslange Skepsis und Intoleranz gegenüber dem anderen Geschlecht waren also durchaus begründet.

»Ich bin … überwältigt«, brachte ich gerade noch so hervor.

Frodo quakte mit nasaler Stimme eine Erwiderung. Ich verstand kein Wort. Das musste die Entensprache sein.

»Hä?«

»Quak, quak, quak.«

»Wie bitte?«

»Eines Tages werde ich jemand bitten, mit mir mein Glück zu teilen. Ob du die Glückliche bist?«, wiederholte er in Menschensprache.

Ich lächelte ihm zu. Das Lächeln war kokett angelegt, fiel aber eher entsetzt aus.

Nicht mal in deinen Träumen, du Spinner. Eher mutiere ich zur Hexenente Gundel Gaukeley und piesacke dich in den Wahnsinn.

Frodo watschelte in seine Küche und mixte uns zwei doppelte Caipirinha. Ganz nebenbei ließ ich meine Blicke schweifen, entdeckte jedoch kein belastendes Beweismaterial, nur Fotos von einem Donaldistenkongress in Las Vegas.

Wir setzten uns auf den Balkon, von dem aus man einen unschönen Blick auf das Landgericht hatte, und tranken unsere Cocktails. Okay, es nieselte immer noch, und der Balkon war nicht überdacht. Aber der Drink war so stark gemixt, dass etwas zusätzliches Wasser von oben echt nicht schaden konnte. Ich hielt mein Glas etwas weiter von mir und ließ es reinregnen.

»Es gibt also mehr von deiner Sorte?«

»Quak.« Das entsprach wohl einer Bejahung.

»Und ihr nennt euch Donaldisten?«

»Quak.«

»Ist ja irre. Wie lange bist du schon … so?«

Wenn der Knallkopf jetzt wieder quakte, würde ich ihn vom Balkon werfen. Schwer würde mir das nicht fallen, er wog allerhöchstens halb so viel wie ich.

»Immer schon. Ich bin mit Donald aufgewachsen. Und ich werde mit ihm sterben.«

Er beugte sich auf seinem Stuhl vor und starrte mir tief in die Augen.

»Willst du mal was sehen?«

»Klaro!«

Wir kippten den Rest unserer Gläser. Ich vertrage eigentlich nicht viel Hochprozentiges, aber meine weibliche Intuition sagte mir, dass ich es brauchen würde.

Leicht schwankend folgte ich Frodo. Ins Schlafzimmer.

Meine aufkeimende Unruhe ward aber rasch besänftigt. Es stand nämlich kein Bett in Frodos Schlafzimmer, auf dem er mir hätte Gewalt antun können.

Nein.

Nur ein Sarg. Mit Donald-Duck-Bettwäsche darin. Und einem Relief von Donald und Daisy Duck auf dem Sargdeckel, der neben dem Sarg lag und als Nachttisch diente.

Frodo, die Vampirente? Eigentlich hätte ich gedacht, dass diese Spezies in Deutschland nicht heimisch ist – die Witterungsverhältnisse waren ihr doch abträglich, oder?

Frodo legte seinen Arm um meine Schultern und drückte mich an sich und quakte. »In diesem Prachtstück will ich meine Küken zeugen! Was sagst du dazu?«

Und wieder einmal floh ich aus der Wohnung eines Junggesellen.

16

Den Letzten beißen die Hunde.

Wie erziehe ich den besten Freund der Frau

Lektion 11: Der Ur-Hund

Hunde, *Canidae,* Familie der Landraubtiere; Zehengänger mit stumpfen, nicht einziehbaren Krallen. Zu den Hunden gehören u.a. Wolf, Hyänenhund, Mähnenwolf, Fuchs und Schakal – und natürlich der Haushund, *Canis familiaris.*

Der Haushund hat sich seit etwa zehntausend Jahren an die Lebensgewohnheiten des Menschen angepasst. Eine aktive Zucht von Rassen wurde lange Zeit nur an adeligen Höfen in Ägypten, China und später auch in Europa aus Prestigegründen betrieben. Alle anderen Hunde mussten sich ihren Lebensunterhalt als Gebrauchshunde verdienen: als Jagd-, Hirten-, Schlitten-, Wach- oder Lawinenhunde. In Tibet war lange Zeit die Bestattung durch Hunde – sprich: Fraß – üblich; aus Tierschutzgründen wird das heutzutage den Hunden nicht länger zugemutet.

Sie sollten sich dieses Basiswissen stets vor Augen führen, wenn Sie dazu neigen, aus Ihrem kleinen Liebling einen verfressenen Schoßhund zu machen, der glaubt, er habe das Sagen in Ihrem Reich. Ein Hund fühlt sich nur wohl, wenn er gebraucht wird, wenn er also als Gebrauchshund eine Aufgabe erfüllt.

Gegen sechzehn Uhr torkelte ich angetrunken nach Hause. Schwankend betrat ich das Wohnzimmer, ich glaube, ich habe auch laut gesungen, »Rule, Britannia, Britannia rule the waves«, wenn ich nicht irre. Meine geblümte Leinenbluse klebte immer noch klatschnass an meinem wogenden Busen, und einige verirrte Haarsträhnen hingen mir wirr ins Gesicht.

War ja klar, dass sich das Schicksal so eine Chance nicht entgehen lassen konnte.

Im Wohnzimmer saßen Urs und zwei mir fremde Menschen, die mich aus weit aufgerissenen Augen ungläubig anstarrten.

»Schatz, schau, wer da ist – meine Cousine Jolanda und ihr Mann Arnaud.«

»Grüezi, alle mitenand!«, jodelte ich fröhlich.

Meine Wellensittiche flatterten verschreckt im Käfig, und der Plattschnauzentropenfisch versteckte sich hinter einer Alge.

Die beiden Schweizer Verwandten meines Lebensabschnittsgefährten knipsten plötzlich ein Lächeln an, das im Mundbereich sehr breit ausfiel, jedoch gleichzeitig eine nur unzureichende Beteiligung der Augenpartie aufwies.

Göttinseidank war ich noch nicht so betrunken, um das auszusprechen, was mir in diesem Augenblick durch den Kopf schoss: Mein Gott, die Kleptomanin und ihr Glücksritter-Gatte! Allerdings war ich so angeheitert, dass ich rief: »Moment kurz, ich zähl nur mal schnell unsere Nippesfiguren!«

Zwei Stunden und zwei Kannen schwarzen Kaffees später saßen wir zu viert in der *Alten Zehntscheuer* und warteten auf unsere Maultaschen à la Tahitienne und unsere Kässpätzle an argentinischen Blattsalaten. Das Gespräch war eher als stockend zu bezeichnen.

Früher mal war die *Alte Zehntscheuer* eine schwäbische Institution gewesen, aber nach ein paar Besitzerwechseln speisten nicht mehr die Alteingesessenen hier, sondern vornehmlich die Hippen und Angesagten. Die Küche gab sich eingeboren, aber mit einem Touch von *fusion cooking*. Oder nannte man es *crossover cooking*? Sie wissen schon, damit man seinen kultivierten Gästen schwäbische Spezialitäten vorsetzen konnte, ohne als provinziell zu gelten, wurden heimischen Köstlichkeiten diverse Leckereien aus allen fünf Kontinenten beigemengt.

Und nun wurde diese heilige Halle durch die Anwesenheit von Ursens Verwandten entehrt.

Jolanda, die Kleptomanin.

Sie war eine Legende. Aus einer unübersichtlichen Schar gebildeter, wohlerzogener, niveauvoller Sturzeneggers ragte Jolanda de Armancon, geborene Sturzenegger, schmachvoll heraus. Ihre therapieresistenten kleptomanischen Neigungen hatten im Laufe der Jahre zu manch peinlicher Szene geführt, weshalb man froh war, als die Gute die Schweiz verließ und in Frankreich alles klaute, was nicht niet- und nagelfest war.

Dort traf sie auf einen waschechten Comte, Arnaud de Armancon, leider verarmt. Er hielt die grazile Schweizerin mit der dicken monatlichen Apanage für ein Gottesgeschenk – das mit ihren Neigungen erfuhr er erst hinterher, woraufhin er sie am Ehebett festkettete, jedenfalls traten die beiden gesellschaftlich nicht mehr in Erscheinung. Sein Erbschloss war durch die Ehe gerettet, aber ihn nannte man seither auch gern Comte de Armagnac. Offenbar steckte er Hochprozentiges besser weg als ich – Arnaud wirkte total nüchtern.

Ich hickste. »Wirklich nett, euch mal kennen zu lernen.«

»Quoi?«

Die beiden sprachen dummerweise nur Französisch, sie, weil sie in Genf aufgewachsen war, und er, weil er Franzose war. Das war aber auch mein Glück gewesen, so hatten sie nicht mitbekommen, dass ich unseren Nippes und die Whiskyflaschen nachzählen wollte. Frei nach dem Sturzenegger-Motto: Mögen die Verwandten auch noch so kriminell sein, brüskieren kommt nicht in Frage!

Urs übersetzte.

Die beiden lächelten. Arnaud in sein Weinglas hinein, Jolanda über meinen Kopf hinweg. Ich drehte mich um. Am Nebentisch saßen – offenbar Überbleibsel alter Gewohnheiten – drei uralte Stuttgarter Honoratiorinnen im Voll-Ornat: mit allen Schmuckstücken, die die Schatulle daheim hergab, dazu Alcantara-Kostüm. Das lila gefärbte Grau-Haar, durch das ferkelfarbene Kopfhaut hindurchschillerte, hoch auftoupiert.

»Einen Guten!«, rief ich fröhlich und prostete ihnen zu. »Auf die beste Apfelsorte der Welt – den Calvados!«

Man nickte mir huldvoll zu.

Urs wurde rot.

Seine Cousine sagte irgendwas.

»Wie?«, verlangte ich zu wissen.

»Ihr gefällt die Atmosphäre hier.« Urs sah mir nicht in die Augen. Jolanda schon. Mit so einem eisigen »Gott, wie ordinär«-Blick. Arnaud stierte in sein Weinglas. Ich schmollte.

Hinter uns wurde ein Servierwagen aufgefahren.

»Flambierte Pfannkuchen mit Limetten-Gsälz«, jubelte eine der reich geschmückten Omas hinter mir.

»Juhuu«, tirilierten die anderen beiden. Offensichtlich hatten sie dem Sekt großzügig zugesprochen.

»Warten Sie, ich flambiere selbst«, rief die erste Oma.

Ich drehte mich nicht um.

An unserem Tisch herrschte Totenstille. Es wurde umso stiller, je lauter die Omas grölten.

»Salz!«, schmetterten sie.

Wir schwiegen.

»Limettensaft!«, sangen sie im Chor. An einigen Tischen wurde applaudiert. Urs, Jolanda, Arnaud und ich schwiegen.

»Cognac!«, feuerte jetzt der halbe Saal die Omas an.

»Mehr Cognac!«, riefen daraufhin die Omas.

Und – WUSCH! – gab es eine gewaltige Stichflamme. Mein Rücken wurde urplötzlich sehr warm. Die Rauchmelder des Restaurants gaben eklig dissonante Töne von sich. Die Sprinkleranlage setzte ein. Plötzlich gab es genug Wasser, um den Fahrtenschwimmer nachzuholen. Schreie. Umstürzende Stühle. Zechprellende Gäste auf dem Weg in die Freiheit. Tohuwabohu.

Und endlich kam auch in unsere Unterhaltung ein wenig Schwung.

»Mon dieu!«, sagte nämlich Arnaud.

Die Feuerwehr traf erstaunlich schnell ein. Sie hatte dann leider nichts mehr zu tun. Die lodernden Flammen aus der

Pfannkuchenpfanne waren durch die Sprinkleranlage schon gelöscht, die Kellner kehrten das Wasser mit großen Besen aus dem Speisesaal, und die spärlich verbliebene Gästeschar, die sich nicht ohne zu zahlen auf den Schlossplatz hatte retten können, war in den Toiletten versammelt, um sich zu trocknen.

Ich kniete unter dem Händetrocknerautomaten und hob meine weiße Spitzenbluse in den Luftstrahl. Dreimal am Tag nass zu werden – die morgendliche Dusche gar nicht mitgerechnet – ließ in mir die Sorge wachsen, ich könnte Schwimmhäute entwickeln.

Neben mir stand eine der Verursacher-Omas, die Kräftigste von den dreien. Neben ihr wirkte sogar ich unterernährt. Ach was, selbst Barry White hätte neben ihr schmächtig gewirkt.

»So ebbes«, murmelte sie und tupfte sich mit einem *Tempo* die nasse Stirn auf halbnass.

Ich blickte in die Spiegelwand. Meine Mascara hatte sich schlierig auf meinen Wangen verteilt. Unvorteilhaft, um es gelinde auszudrücken. Irgendwo in den Untiefen meiner Handtasche hatte ich doch Make-up-Entfernertüchlein?

Ich kippte den Inhalt meiner Tasche auf das Bord vor der Spiegelwand: Schlüssel, loses Geld, drei Lippenstifte, verschiedene, nicht zueinander passende, großformatige Ohrringe, eine kleine Tüte Chips, mehrfach benutzte Zellstofftücher einer No-Name-Firma, eine große Tüte Chips, eine Tafel Schokolade, eine Familienpackung Kondome, diverse Fusseln und Fasern besagter Zellstofftücher. Keine Tüchlein. Mist.

In diesem Moment trat die zweite der Flammenwerfer-Omas aus dem mittleren Pinkelkubus.

Kurz bevor gleich darauf das Unfassbare geschah, wurde mir auf einen Schlag bewusst, wie oft sich entscheidende Wendungen meines Lebens auf einer Toilette vollzogen. Meist auf einer öffentlichen.

Mein erster Schwangerschaftstest im zarten Alter von fünfzehn Jahren auf dem Klo der Pizzeria *Waldhorn* zu Schwäbisch Hall. Ich hatte noch nie mit einem Mann geschlafen, aber ich wollte vor meinen Freundinnen cool wirken.

Meine erste Leiche, die ich im dritten Stock eines Stuttgarter Bürohauses in der Dusche auf der Damentoilette gefunden hatte.

Und jetzt die Oma, die – kaum dass sie vor die Waschbecken getreten war – plötzlich zu schreien anfing: »Mein Schmuck! Wo ist mein Schmuck? Diebe! Mörder! Pack! Gesindel!«

Für so ein kleines Persönchen trug ihre Stimme recht weit.

Kurz darauf wimmelte es in der Damentoilette vor Männern: der Oberkellner, der Geschäftsführer, zwei Feuerwehrmänner und ein männlicher Gast, der wohl immer schon mal sehen wollte, ob es in den Frauenklos wirklich so viel sauberer und schicker war als bei den Kerlen. Es war.

»Mein Schmuck! Mein Geschmeide!«, gellte die kleine Oma.

Die riesige Oma tätschelte ihr mit ihren übergroßen Tatzen beruhigend den Rücken.

»Ich kann nur sagen, dass hier kein Schmuck lag, als ich eben hereinkam«, meldete ich mich ungefragt zu Wort.

»Immer der Reihe nach«, rief der Geschäftsführer.

»Ich habe ihn hier hingelegt«, schniefte die kleine Oma

und zeigte auf die Mitte des Bords. »Alle meine Ringe und einen Armreif von meiner Mutter selig!«

»Ts, ts, ts«, meinte die riesige Oma.

»Da lag nix«, beharrte ich bockig.

»Moment mal!« Die riesige Oma hob einen Zeigefinger. »Da war vor uns doch eine Frau hier.«

Ach was.

»Ich erinnere mich. So eine Hagere. Aber sehr groß. In einem alten *Dior*-Kostüm.«

Vintage nennt man das heute, meine Liebe.

»Ich glaube, sie war Französin.«

Oh du meine Göttin! Damit konnte nur Jolanda gemeint sein, meine so gut wie angeheiratete Kleptomanencousine.

Ich täuschte einen schweren TB-Anfall vor und schlich mich hustend hinter den Feuerwehrmännern aus dem Klo. In Sekundenschnelle war ich die Treppe hochgespurtet und an unseren Tisch geeilt, an dem Urs gerade die Rechnung beglich.

Die folgende Szene stellen Sie sich bitte in Zeitlupe vor: eine halbnasse 100-Kilo-Frau mit wirren Haaren und wirrem Blick stürzt sich auf eine hagere Größe 34 und brüllt »Raus hier!«.

Die Hagere kreischt: »Quoi? Quoi? Qu'est ce qui se passe?«*

Urs und Arnaud erstarren, mit weit aufgerissenen Augen, auch der Kellner erstarrt, bis ich ihm im Vorbeilaufen mehr oder weniger unabsichtlich die Geldbörse aus der Hand schlage und unzählige Euro-Scheine und Cent-Münzen auf den immer noch feuchten Parkettboden segeln.

* Oder so was Ähnliches. Wie gesagt, mit dem Französischen habe ich es nicht so. Also, mit der Sprache, meine ich …

Ich packe Jolanda am Kostümärmelchen und zerre sie hinter mir aus dem Lokal.

Erst draußen vor der Tür merke ich, dass ich nur die Kostümjacke in der Hand halte und Jolanda drinnen in der *Alten Zehntscheuer* einen hysterischen Anfall bekommt. Oben ohne.

Klappe. Schnitt. Neue Szene.

Urs und ich lagen im Bett. Mein frisch gefönter Kopf ruhte an seiner mageren, unbehaarten Brust, sein rechter Arm spielte mit dem linken Spaghettiträger meines türkisgrünen Satinnachthemdes.

»Du hast es ja nur gut gemeint«, seufzte er.

Ich küsste sein rosa Fleisch.

Dieser Mann war ein Gott. Kein Sterblicher hätte so viel Vergebung aufgebracht!

Ach Schatz, irgendwann werde ich dir beichten müssen, dass ich unsere Verlobung als nichtig betrachte, da unter dem Einfluss der Einschüchterungstaktiken meiner Schwiegermutter geschlossen.

Urs streichelte mit Kennerwissen die vielen Rundungen, Erhebungen und Täler meines Körpers.

Aber nicht heute!

WIR MERKEN UNS:

Die Aufgabe Ihres Hundes besteht darin, Sie glücklich zu machen – und nicht andersherum!

Jolanda und Arnaud hatten beschlossen, trotz der fortgeschrittenen Stunde das Land zu verlassen und Schutz in der neutralen Schweiz zu suchen. Nicht vor der Polizei, sondern vor mir.

Wie sich herausstellte, hatte Jolanda an diesem Abend keinerlei Neigung zum Einsacken fremder Pretiosen verspürt. Die kleine Oma hatte sich in einem durch die Flambierfeuersbrunst ausgelösten Schub von Alterssenilität nur nicht mehr korrekt an den Ablageort ihres Schmucks erinnert. Der war nie in Berührung mit dem Bord über den Waschbecken gekommen, sondern ruhte jungfräulich unangetastet auf dem Spülkasten in dem Kubus, in welchem die Oma ihren Schrecken herausgestrullert hatte.

Während Urs mir das erklärte – ich stand noch draußen vor der *Alten Zehntscheuer*, das Dior-Jäckchen mit der linken Faust umklammert, und er rieb mir liebevoll die Mascara-Schlieren mit seinem Hemdzipfel von den Wangen –, rauschten Jolanda – notdürftig von Arnauds Jackett bedeckt – und ihr Gatte wortlos an uns vorbei zum Parkhaus. Sie brauchten keinen Dolmetscher, um die Eindeutigkeit meiner Unterstellung zu verstehen.

Die Kellner, die Feuerwehrmänner und die Omas standen währenddessen hinter der Fensterfront des Lokals und starrten von schockiert bis grienend durch die Scheiben.

Noch so eine Lokalität, die ich nie wieder aufsuchen konnte.

17

KONNY

Per Aspera ad astra.

Über raue Wege zu den Sternen,
sagte Seneca.

Am nächsten Morgen machte sich mein Gnadengott auf den Weg, um in einer Stuttgarter Lederwarenboutique den neuesten Schrei zu fotografieren: Pompadour-Beutelchen – laut *InStyle* unentbehrlich für die moderne Trendsetterin. Mit Fransen für die Freizeit, aus schlichtem Kroko-Leder fürs Büro und mit Diamanten besetzt für den Abend. Wer, bitte schön, kommt mit einer Tasche aus, in der maximal ein Kondom und eine Kreditkarte Platz haben?

Während ich so am Küchentisch saß und mein Kraftmüsli mit Banane, Orange und heißer Milch verzehrte, fiel mir plötzlich wieder ein, dass gestern noch so ein Chiffrebrief von der Zeitung gekommen war. Wo hatte ich ihn doch gleich wieder hingelegt?

Meine üblichen Briefzwischenlagerorte – auf der Hutablage der Garderobe, zwischen Fernsehgerät und Videorekorder, auf dem Klodeckel im Bad – lagen verwaist.

Sapperlott, wo war der vermaledeite Wisch?

Ob Urs ihn gefunden und geöffnet hatte?

Wusste er bereits alles? War schon Panik angesagt?

Nein – *danke, ihr himmlischen Mächte!* – der Brief lag unberührt in der Küche. Genauer gesagt, fand ich ihn nach einer Viertelstunde äußerst kopfloser Suche in der Ritze zwischen Geschirrspüler und Waschmaschine. Und da fand ich ihn auch nur, weil mir bei der Suche das Kleenex mit den Orangenschalenresten in die Ritze gerutscht war.

Hallo,

mein Name ist Konny, und ich habe vor einem Monat ebenfalls im S-Trip *eine ähnliche Anzeige aufgegeben wie du. Damals meldete sich ein Mann bei mir, der auf den ersten Anschein völlig in Ordnung zu sein schien. Allerdings stahl er bald darauf aus meiner Wohnung persönliche Gegenstände und Unterlagen und versuchte, mich damit zu erpressen. Solltest du eine ähnliche Erfahrung gemacht haben, dann melde dich bitte. Ich suche weitere Opfer dieses Kerls, um gezielt gegen ihn vorgehen zu können.*

Wenn das nicht der absolute Hammer war!

Ich rief sofort unter der angegebenen Handynummer an.

»Richlind«, meldete sich ein dunkler Bass ungnädig.

»Hoppla, sollte ich mich verwählt haben? Ich möchte Konny sprechen.«

»Am Apparat.«

Ich stutzte. Sprach ich da mit einem Mann? Schlug unser Erpresserwiderling geschlechtsneutral zu?

Ich stellte mich kurz vor und stotterte dann: »Also … äh … ich habe einen Brief von dir bekommen. Wegen meiner Anzeige …«

»Ich kann jetzt nicht darüber sprechen«, bellte der Bass in

einem Ton, den man normalerweise für Leute reserviert, die einem am Telefon ein Zeitungsabonnement aufschwätzen wollen.

»Ich will nur den Namen des Kerls«, insistierte ich.

»Nicht am Telefon!«, brummte Konny. »Wir treffen uns heute Abend. Um 22 Uhr am Hans-im-Glück-Brunnen.«

Wie erkenne ich dich?, wollte ich noch fragen, aber da hatte mein Gegenüber schon aufgelegt.

Ich wählte die Büronummer von Alex und ließ mich von der Executive Assistant alias dem Tippfräulein durchstellen.

»Rate mal, was mir eben passiert ist«, rief ich.

»Jetzt nicht, ich habe in fünf Minuten Personalratssitzung«, fauchte Alex und legte auf.

Ich warf mein Handy in die leere Müslischale.

Echt toll. Da reibt man sich auf, ermittelt, ungeachtet der Tatsache, dass man damit die eigene Beziehung aufs Spiel setzt, opfert sich selbstlos für einen guten Zweck auf, forscht im Trüben mit einem Eifer, gegen den Carters Tutanchamun-Grabungen schmählich verblassen, und was erntet man dafür? Dankbarkeit? Entgegenkommen? Auch nur Interesse? Nix!

Ich war so was von stinksauer.

Die konnten mich doch alle mal. Jetzt ist Schluss! Sucht eure Frauenquäler doch alleine – ich habe Besseres zu tun!

Da klingelte mein Handy.

Ich zögerte. Hatte man nun doch beschlossen, mir gnädig Gehör zu schenken? Nein, Konny konnte es nicht sein: Sie besaß ja meine Handynummer nicht. Eine reumütige Alex, die das schlechte Gewissen plagte?

»Hallo, du hast mir auf die Voicebox gesprochen. Es geht um deine Anzeige. Leider komme ich jetzt erst dazu, mich bei dir zu melden. Aber ich wollte unbedingt mit dir sprechen.«

Die Stimme ging mir durch Mark und Bein.

»Bist du groß, blond, blauäugig, gut aussehend, charmant, geistreich, gebildet und bildungswillig?«, zirzte ich.

Er lachte. »Sagen wir mal, ich bin groß und willig. Eineinhalb von acht Punkten ist doch gar nicht so schlecht, oder?«

»Und das sind genau die eineinhalb Treffer, auf die ich persönlich großen Wert lege«, gurrte ich.

Was mache ich denn da? Flirten? Komm zur Sache, Schätzchen!

»Bist du der Frauenstreichler und Kampfhundversteher namens Lars?« Entweder er oder der Letzte aus der Reihe, Torben.

»Äh … ja … Lars.«

»Hör mal, Lars, wollen wir uns treffen?«

Die Antwort kam wie aus der Pistole geschossen. »Nur zu gern. Passt es dir gleich heute Abend?«

Sollte ich ihn vor Konny einschieben? Warum nicht?

In letzter Sekunde fiel mir schlagartig ein, dass Urs und ich heute unser Einmonatiges Zusammenwohn-Jubiläum nachholen wollten, nachdem letztes Mal Ursens Eltern die gebührende Feier dieses Ereignisses mit ihrem Spontanbesuch verhindert hatten. Aber ab morgen wäre Urs dann zwei Tage auf einem Shooting in Wien. Hm. Zwei Tage Narrenfreiheit …

»Heute ist schlecht, geht auch morgen?«

»Morgen passt mir prima. In der Mittagspause? Länger halte ich es vor Neugier sicher nicht aus. Um zwölf auf einen Latte im *Wiener's*? Wenn wir uns mögen, können wir hinterher noch was essen gehen. Gleich um die Ecke ist ein toller Chinese. Und falls wir uns anöden, sind wir direkt an der Fluchtmöglichkeit Stadtbahn.«

»Ein genialer Vorschlag!«, lobte ich. »Dann also bis morgen im *Wiener's*.«

»Bis morgen.«

Wir atmeten uns noch kurz wortlos an. Ich konnte es förmlich knistern spüren.

Oh verdammt!

Und dann fiel mir ein, dass ich ja Konny heute Nacht um zehn am Hans-im-Glück-Brunnen treffen sollte. Ich versuchte, über Handy eine Terminverlegung zu arrangieren, aber das Tool war ausgeschaltet, und ich erreichte nur die Voicebox.

Mist!

Na ja, dann würde ich Urs eben so intensiv beglücken müssen, dass wir um zehn fertig waren und ich ermitteln konnte …

18

Die Liebe geht durch den Magen.

Auch beim Hunde!

Wie erziehe ich den besten Freund der Frau

Lektion 12: Der Futterfasser

Der Hund an sich frisst gern, überall und immerzu. So weit, so gut.
Sie wollen aber einen Begleiter, der ordentliche Tischmanieren hat, der geschmackvoll zu speisen versteht und sich nicht vorzugsweise an Bohnengerichten überfrisst, um dann die ganze Nacht zu rülpsen und zu furzen. Darum achten Sie von Anfang an auf die Vermeidung von Ernährungsproblemen.
Das bewerkstelligen Sie am besten, indem Sie Ihren Kleinen daran gewöhnen, Futter ausschließlich aus seinem Napf aufzunehmen und auch nur auf Ihren ausdrücklichen Fressbefehl hin.
Gefüttert wird er grundsätzlich immer erst dann, wenn Sie schon gegessen haben, das unterstreicht Ihre Dominanz.
Sollte Ihr Hund nicht das fressen wollen, was Sie ihm vorsetzen, so bekommt er eben gar nichts zu futtern. Hunde kommen länger ohne Nahrung aus als Menschen, also nur kein fal-

sches Mitleid. Setzen Sie ihm das gleiche Futter am nächsten Tag wieder vor. So lange, bis er seine Lektion gelernt hat.

Vielleicht hatte ich des Guten ein wenig zu viel getan, weil mich Gewissensbisse zwickten. Und weil ich Urs vor seiner Kurzreise ein paar unvergessliche Momente bescheren wollte, damit er für die Models, die er in Wien ablichten sollte, nur noch Kraft in seinem Knipsfinger hatte und nirgends sonst.

Als Urs nach Hause kam, erwartete ihn ein Büffet der Extraklasse: Alles, was sich in Stuttgart anliefern ließ, hatte ich ankarren lassen – und wenn es um Futterlieferungen geht, liegt Stuttgart deutschlandweit ganz vorn. Sushiplatte, ungarische Knoblauchwürste, diverse Feder- und Fellträger, klein gehackt und süß-sauer angerichtet, Pasta in allen Variationen, belegte Baguettes, Pizzataschen in drei Geschmacksrichtungen und eine Batterie von Sektflaschen. Von den Resten würden wir prima mindestens einen Monat lang leben können.

Dazu Kerzenlicht und: ich! So, wie die Göttin mich schuf, nur mit einem knallroten Geschenkband um die Hüfte, das direkt über dem Eingang zu meiner Liebesgrotte – wer hat nur diesen Ausdruck geprägt? – zu einer Schleife gebunden war.

Urs war total entzückt.

Simon auch.

Urs hatte seinen Chef und Freund zu unserem Jubiläumsessen mitgebracht!

»Wie konntest du diesen… diesen Simon mitbringen!«, zeterte ich Urs in der Küche an, während Simon sich im

Wohnzimmer über das Plastiktablett mit den Aalhäppchen hermachte.

»Seine Freundin hat ihn heute früh verlassen.«

Warum wundert mich das nicht?

»Er ist jetzt ganz allein auf der Welt.« Urs küsste mich auf die Wange.

»Er ist *nicht* allein! Er hat noch seinen doofen Bruder. Gleich nebenan. Soll er sich doch von dem trösten lassen! Heute ist unser letzter Abend, Schatz. Morgen fährst du fort!« Ich klang weinerlich. Und klang, als wolle Urs auf eine zehnjährige Expedition in die Tiefen des Weltraums aufbrechen.

»Liebes, Sonnenschein, Zuckerschnecke, du hast doch so ein großes Herz.«

Ist das jetzt eine Anspielung auf meine Gewichtsklasse? Grmpf.

»Öffne dein Herz einem Menschen in Not! Wir haben so viel! Und in drei Tagen bin ich doch schon wieder bei dir, dann holen wir die Romantiksession nach. Versprochen.« Urs drückte mich an sich.

»He, habt ihr gar keine fettarmen Dips? Dieses kalorienhaltige Zeugs kann ich nicht essen, setzt sich bei mir gleich auf die Hüften. Und als frisch gebackener Single muss ich wieder auf meine Formen achten.«

Simon stand mit einer halb vollen Sektflasche in der Tür und glubschte auf meinen Hintern, der mittlerweile in meinem rosa Frotteemorgenmantel steckte.

Ich schob Urs von mir.

»Nein, wir haben keine fettarmen Dips. Und es rührt mich ehrlich, wie sehr du um den Verlust deiner Freundin trauerst.«

»Andere Mütter haben auch schöne Töchter.« Simon setzte die Magnumflasche an und gurgelte den Rest vom Spitzensekt weg. Und dafür hatte ich mein Sparschwein geschlachtet. Dann wischte er sich mit dem Handrücken über den Mund. »Was meint ihr – sollen wir Gerry und die beiden Süßen dazubitten? Das Zeug futtern wir doch nie im Leben allein weg.«

»Welche beiden Süßen?« Ich klang entsetzt. Betrieb sein Bruder nebenan eine Lasterhöhle mit leichten Mädchen?

»Na, Zeus und Apollo. Die fressen alles.«

Urs sah den Moment zum Friedenstiften gekommen. Er schob Simon aus der Tür. »Gerry ist uns jederzeit willkommen, aber auf die beiden Jungs verzichten wir besser. Sie würden nur die Sittiche erschrecken.«

Simon lachte. »Erschrecken? Einmal Zuschnappen und ihr habt nie wieder Probleme mit Vogelkacke auf der Wohnzimmercouch.« Er lachte keckernd.

Ich nahm unser größtes Fleischermesser aus der Schublade und spielte kurz eine weitere Schlachtung und meine Zukunft hinter Gitterstäben durch: Ich müsste mein Leben zwar im Kerker beenden, aber ich hätte die Welt von diesem Simon befreit. Posthum würde man mich dafür heilig sprechen.

Ich gab mich etwas zu lange dieser Fantasie hin: Als ich ins Wohnzimmer kam, saßen Gerry und Simon auf der Couch und spachtelten das Huhn süß-sauer. Im Fernseher lief ein Fußballspiel. Urs stand neben den sieben Plastikschüsseln mit Mousse au chocolat und sah schuldbewusst aus der Wäsche. Gleich darauf klingelte es.

»Leute, es macht euch doch nichts aus, oder? Ich hab die Hörnings von gegenüber eingeladen«, rief Gerry.

Die Hörnings?

WIR MERKEN UNS:

Rüden im Rudel sind unmanierlich, unausstehlich und unerziehbar.

Unter lautem Gejohle stoben die beiden Hörnings in unser Allerheiligstes. Es handelte sich mitnichten um ein Ehepaar, sondern ebenfalls um zwei Brüder – die außerdem Skatbrüder von Gerry waren. Oder Blutsbrüder von Gerry aus ihrer gemeinsamen Shatterhand-und-Winnetou-Jugend. Jedenfalls wimmelte es plötzlich vor Brüdern.

»Wie? Nur Sekt? Gibt es kein Bier in diesem Haus?« Kalle Hörning sah mich vorwurfsvoll an.

»Ich glaube, es ist noch Bier im Kühlschrank«, rief Urs rasch und vermied es dabei, mich anzusehen.

»Wir können auch Rudi anrufen«, schlug Simon vor. »Der hat immer reichlich Bierkästen im Haus. Wenn er ein paar rüberbringt, darf er mitfeiern!«

»Klasse Idee«, tirilierte Gerry.

»Sexy Morgenmantel«, lobte Wolle Hörning im Vorübergehen und kniff mir in den Po. »Legst du nachher noch einen kleinen Strip für uns ein?«

Ich kochte: »Mach das noch ein einziges Mal, und von deiner Hand bleibt nur ein blutiger Stumpf übrig!«

Wolle lachte.

Eine halbe Stunde später quoll unser Wohnzimmer über vor Männern, Bierflaschen und Zigarettenrauch. Ich evakuierte den Wellensittichkäfig ins Schlafzimmer, verriegelte die Tür und zog den Schlüssel ab.

»Schönen Einmonatigen noch«, wünschte ich Urs und verließ die Wohnung.

Urs rannte mir hinterher. Immerhin.

»Wo willst du denn hin?«

»Ich schlafe heute bei Alex. Hier ist mir der Testosterongehalt in der Luft zu hoch.«

»Ach, jetzt sei doch nicht so. Eine Spontanparty ist doch was Nettes.«

»Nicht mit Simon, Gerry und ihren dumpfbackigen Freunden. Vielen Dank auch.«

Ich warf meine Handtasche in meinen Mini.*

Urs stand arg geknickt neben mir.

»Ich habe mir diesen Abend auch etwas anders vorgestellt«, meinte er kleinlaut. Treuherzig schaute er mich an.

»Wir holen es nach, sobald du wiederkommst, okay?«, lenkte ich ein. Diesem Dackelblick konnte ich einfach nicht widerstehen.

»Okay!« Urs küsste mich.

Ich küsste zurück.

Wir küssten inniger.

»Urs, komm schon. Die Halbzeit ist vorbei!«, brüllte Simon aus der offenen Haustür.

Und – zack! – stand ich allein vor meinem Mini.

Männer!

»Du wirst dieser Person nichts von mir erzählen!«

Für jemanden, der mich eigentlich nur vom Gliederverrenken kannte, nahm Alex es erstaunlich gelassen hin, dass

* Knallrot und süß. Sie erkennen ihn an dem Stuttgarter Kennzeichen und dem Aufkleber »Von 0 auf 100 in nur einem Kilometer« am Heck.

ich im rosa Frotteemorgenmantel bei ihr aufgetaucht war und um Nachtasyl gebeten hatte.

Wir saßen zu dritt auf ihrem Sofa und warfen uns Chips ein. Was wir Mädels fallen ließen, verspeiste Mikesch.

»Hör mal, die Frau weiß, wer dir nachstellt, und du verbietest mir, mich mit ihr zu treffen?«

Alex funkelte mich böse an. »Das habe ich nicht gesagt. Ich habe gesagt, du darfst ihr nichts von mir erzählen. Diese blöde Sache zieht immer weitere Kreise. Und ich werde ganz bestimmt nicht vor Gericht aussagen oder so eine Scheiße. So einfach spüle ich meine Karriere nicht das Klo hinunter.«

»Du willst dem Typ lieber dein Erspartes übereignen, anstatt ihn ein für allemal aus dem Verkehr zu ziehen?«

»Genau!«

»Ohne mich. Ich treffe mich mit Konny und mache Nägel mit Köpfen.«

Ich sah auf die Uhr. Gleich neun.

»Aber wenn du darauf bestehst, werde ich selbstverständlich keine Namen nennen. Ich könnte sogar so tun, als ob der Kerl mich erpresst. Und jetzt mal Tacheles geredet: Hast du was zum Anziehen für mich?«

Alex sah mich an, als ob bei mir das gesamte Schraubeninnenleben locker wäre. Habe ich schon erwähnt, dass ich eine 100-Kilo-Frau bin, die doppelt so schwer und beinahe doppelt so groß wie Alex ist? Man sah Alex förmlich an, wie sie um die Nähte ihrer Designerfummel fürchtete.

»Du wirst doch irgendein Big-Shirt oder so was haben?« Ich hatte bei meiner überstürzten Flucht vor der Männerinvasion nicht an die Kleiderfrage gedacht, und Zurückgehen kam überhaupt nicht in Frage.

Alex schürzte die Lippen. »Einer meiner Exe hat mir seinen Trench dagelassen.«

»Na, ist doch prima«, freute ich mich.

Alex grinste.

Das hätte mir zu denken geben müssen.

Um Schlag zehn stand ich vor dem Hans-im-Glück-Brunnen mitten auf der Geißstraße. Es regnete schon wieder, darum waren die vielen Tische und Stühle vor den umliegenden Bars und Kneipen leer. Kein Mensch weit und breit. Nur ich stand mutterseelenallein auf dem glitschigen Pflaster.

In einem schwarzen Trenchcoat voller Katzenhaare. Der Mantel war die Lieblingsschmusedecke von Alex' Katze. Als wir das Teil aus dem Korb ziehen wollten, gab es ein wildes Krallengemetzel, vor allem auf meinen feisten Unterarmen. Aber natürlich ist der Mensch Herr über alle Kreatur: Ich hatte obsiegt und wartete nun in einem voll gehaarten, etwas zu engen Männermantel dumm herum. Wenn ich nicht irre, tropfte etwas Blut aus den Ärmeln heraus.

Eine Kirchturmuhr schlug zehn.

Zwei Teenies zogen laut grölend an mir vorbei.

Gleich würde mir Konny die Identität des Frauenquälers offenbaren. Wer es wohl war? Ronald, das Muttersöhnchen? Waren nicht alle Muttersöhnchen insgeheim Frauenhasser? Oder Laurenz, der professionelle Frauenschlitzer, der seinen perversen Neigungen das Deckmäntelchen eines Schönheitschirurgen umhing? Frodo und Otto schloss ich aus: Wer so durchgeknallt ist, braucht keine hilflosen Frauen, an denen er sich aufgeilen kann. Oder war es Siggi, die mir nie anvertraut hatte, was sie mit ihren Mitschwestern machte, die auf ihre Missionarstätigkeit in Sachen Frauenliebe nicht eingingen, und die immer noch meine Fransentasche in ihrem Besitz hatte? Oder war es Torben, der sich beharrlich meinem Zugriff entzog? Oder Lars mit der erotischen Stimme? Was für ein Körper wohl zu dieser Stimme gehören mochte?

Schritte kamen auf mich zu. Ein Mann, mittelgroß, leicht gebeugt.

»Konny?«, rief ich.

Der Mann sah auf. Angst spiegelte sich in seinen Augen. Hatte er noch nie eine Walküre im Katzenhaartrench mit Puschelpantoffeln gesehen? Wortlos rannte er an mir vorbei in Richtung Nadlerstraße. Aus dem *American Diner* drang laute Musik, vor der Tür zum *Zotti* lachte jemand.

Mir war kalt, und ich war schon wieder nass.

Zwei Frauen schwankten von links auf mich zu.

»Konny?«, versuchte ich es erneut.

Die beiden winkten mir fröhlich zu. Auf gleicher Höhe mit mir erkannte ich, dass es zwei Asiatinnen waren. Sie riefen mir etwas zu, was ich nicht verstand. Vielleicht »Fröhliche Ostern« auf Koreanisch. Es mochte auch »Du bist nicht unser Typ, Alte« sein.

Ich stand noch etwas länger dumm herum und wurde noch etwas nässer.

Wer nicht kam, war Konny.

19

VIKTOR

Schöne Frau,
was muss ich schreiben, um aus der Masse der Zuschriften herauszuragen? Dass ich beim Lesen deiner Anzeige gleich das Gefühl hatte, nach Jahren des Wartens auf die Richtige endlich auf Gold gestoßen zu sein? Kann man das nach ein paar Zeilen überhaupt schon wissen? Ich kann es kaum erwarten, dich persönlich kennen zu lernen und eine Antwort auf diese Frage zu finden.
Ich heiße Lars, bin einen Meter achtzig groß, blond, blauäugig, ein tierlieber Frauenversteher mit einer Prise kampfhundstreichelndem Macho in den Adern.
Bist du neugierig geworden? Ruf mich an!

Um halb neun hatte Alex mich rausgeworfen. Sie musste ins Büro und wollte mich nicht allein mit ihrem geliebten Mikesch zurücklassen. Sie befürchtete wohl einen Racheakt wegen des voll gehaarten Trenchcoats.

Zu Hause stieg ich über mehrere Männerleiber, die wahllos verstreut unseren Wohnzimmerboden verunzierten, darunter auch die hagere Gestalt von Urs. Als ich mich nach unten beugte, um ihm einen Kuss zu geben, rülpste er laut und hüllte mich in eine Wolke von Restalkohol und Knoblauch. Ich sparte mir den Kuss.

Ich zog den Schlafzimmerschlüssel aus meiner Morgenmanteltasche, schloss auf und ließ mich von den Wellensittichen wie eine Heldin feiern, die nach jahrelangen Abenteuern in der Fremde endlich nach Hause zurückgekehrt ist, wofür sie frisches Wasser und einen Hirsekolben bekamen. Dann überlegte ich mir, in welchem Outfit ich den größten Eindruck auf Lars machen konnte.

Die 7/8-Hose mit der Dreiecksbluse im psychedelischen *Pucci*-Design war umwerfend, aber vielleicht eine Spur zu aufdringlich für ein erstes Date. Mein graues Kostüm mit Perlenkette? Ach bitte, wen wollte ich hier verarschen? Das rote Volantkleid mit dem Schlitz? Oder der Baumwollkaftan mit den Troddeln, den ich aus Marokko mitgebracht hatte? Kaftane waren doch wieder in – sogar Tom Ford hatte für *Saint Laurent Rive Gauche* einen entworfen, oder nicht? Gott, war das schwer.

Am Schluss entschied ich mich für ein Chiffonkleid, das meinen Körper sinnlich umschmeichelte, und zog eine marineblaue Strickjacke darüber. Auf den ersten Blick wirkte ich bieder und anständig; doch falls sich die Gelegenheit ergab und ich die Strickjacke ausziehen sollte, würde ich mich als sinnliches Prachtweib mit enorm erotischer Ausstrahlung entpuppen. Perfekt!

Kurz nach zehn stieg ich wieder über schnarchende Männerleiber, klebte Urs einen gelben Haftzettel auf die Stirn – *Gute Reise, Schatz, ich vermisse dich jetzt schon!* – und machte mich auf den Weg zu *Wiener's Kaffeebar.*

Wie verbringt man zwei Stunden unauffällig in einem Café? Man trinkt Kaffee. Der Milchkaffee erwies sich als saustark, weswegen ich anschließend nur noch »Kaffee verkehrt«

trank, ein Milchgetränk mit einem wönzigen Schlock Kaffee darin.

Eigentlich wollte ich nebenbei die Tageszeitungen lesen, aber ich war tierisch nervös. So eine samtige Stimme, so ein witziges Anschreiben, so viel Humor.

Du bist eine verheiratete Frau, mahnte mich plötzlich eine keifende Stimme, die ich prompt als mein Gewissen identifizierte.

Na, verheiratet ist etwas übertrieben; gegen meinen Willen verlobt, wehrte ich mich.

Du weißt genau, was ich meine. Dein Herz gehört bereits einem Mann.

Mein Herz gehört nur mir.

Was du da tust, ist nicht anständig!

»Ach, halt die Klappe«, maulte ich, zu spät bemerkend, dass ich diese Worte laut ausgesprochen hatte. Die Kleine hinter der Theke, die Mutti mit ihrem Buben im Kinderwagen und der Biertrinker am Ecktisch sahen mich besorgt an.

Ich tat unbeteiligt, schlürfte mein angebräuntes Milchgetränk und beobachtete die Passanten.

Die Zeit verging wie im Flug: trinken, gucken, trinken, aufs Klo gehen, trinken, gucken, pinkeln …

Einmal wollte mich so ein baseballbemützter Cowboystiefelträger anmachen.

»He, Schnittchen, wie wär's mit uns?«, baggerte er mich an.

Ein Blick aus meinen braunen Medusenaugen, und er verzog sich kleinlaut zum Spielen ins andere Ende des Cafés.

Ab ungefähr halb zwölf schwärmten die Schmetterlinge in meinem Bauch aus. Bei jedem Mann, der an den Panoramascheiben des *Wiener's* vorbeiging, fragte ich mich, ob es

Lars war. Und es trabten ganze Kolonnen von Männern vorbei.

Das Gros von ihnen schmerbäuchige, kahlköpfige, von Mutti eingekleidete Drohnen der umliegenden Bürohäuser, die allesamt so aussahen, als seien sie perverse Kakerlaken, die sich einen abjodelten, während sie obszöne Sprüche in eine 0190-Nummer krächzten. Auf diese Typen fuhr ich so was von gar nicht ab. Urs durfte beruhigt sein.

Es gab sowieso keine Konkurrenz für Urs. Urs war ein Gott. Er liebte mich, so wie ich war, und er betete jeden meiner Schritte an. Der Einzige, der Urs gefährlich werden könnte, wäre der absolute Über-Mann, quasi Gottvater höchstselbst. Reich, geistreich, schön, erfahren und natürlich modisch gekleidet. Ein Mann, dem man auf den ersten Blick ansah, dass er kein Kolumbus war, der bei der Entdeckung von femininem Neuland ins Hecheln geriet. Will sagen, seine Hände sollten den Kontinent meines Körpers genau kennen. Besser noch, er sollte mich in Regionen führen, von deren Existenz ich bislang keine Ahnung hatte. Dabei sollte er gleichzeitig einen Hauch von Unschuld ausstrahlen, wie ein knackiger tibetischer Jung-Mönch, der soeben das Kloster verlassen hat und nun mit mir entdeckt, dass die Freude der Enthaltsamkeit doch noch zu toppen ist. Dabei ein witziger, spritziger Plauderer, dessen Zunge auf mehr als eine Art und Weise Vorspiel-geeignet ist. Und mit Augen, die mir direktemang in die Seele sahen.

Urs war also sicher. Welche himmlische Macht sollte an einem trüben Dienstagmittag in Stuttgarts Mitte so einen Übermenschen materialisieren?

Ich weiß nicht, welche himmlische Macht es war, aber plötzlich stand er hinter mir.

Seine Hand lag auf meiner Schulter, und ich spürte seine Wärme durch die Strickjacke hindurch. Seine Augen waren von einem so leuchtenden Blau, wie ich es noch nie gesehen hatte. Er sagte auch etwas, aber die Schallwellen drangen nicht bis in mein Gehirn, alldieweil Letzteres mit Sabbern beschäftigt war.

»Lars!«, hauchte ich.

»Nein, nicht Lars, Viktor«, erklärte er und setzte sich auf den Barhocker neben mir. »Einen Einspänner«, rief er der Kleinen hinter der Theke zu.

Ich schluckte.

»Äh … wie?«

Er zog seinen Kamelhaarmantel aus und warf ihn achtlos über einen Hocker. Sein Anzug war zweifelsohne maßgeschneidert.

Er roch gut. Für wilde Tiere ist der Geruchssinn der wichtigste Sinn; er verrät ihnen, was essbar ist und was nicht, während wir Menschen uns sklavisch an das Verfallsdatum auf der Packung halten. Meine Nase war jedoch ein wildes Tier geblieben, und sie sagte mir sofort, dass mir dieses prachtvolle Mannsbild schmecken würde.

Mir wurde warm. Ich schälte mich lasziv aus der Strickjacke. Gut, dabei verhedderte ich mich in den Ärmeln, stieß meine Tasse vom Tisch und zog und zerrte daraufhin so heftig, dass am Ende von meiner Strickjacke nurmehr ein Wollknäuel zwischen den Stuhlbeinen übrig blieb, aber nachdem sich die Aufregung gelegt hatte, erstrahlte ich in meiner ganzen Chiffonschönheit.

»Du siehst umwerfend aus«, meinte Lars.

Dass ich umwerfend aussah, war mir klar – ich bin immer der absolute Hammer. Es fiel mir allerdings positiv auf, dass er nicht daran herummäkelte, dass ich nicht so aussah wie in meiner Anzeige beschrieben.

»Noch mal zu diesem Namensding ... Heißt du Lars-Viktor und möchtest, dass man dich nur mit Viktor anspricht?«

Er nestelte unsicher an seiner Krawatte. Eine süße Geste. Und eine sehr edle Krawatte.

»Ich wollte es dir schon am Telefon sagen, aber dann klang deine Stimme so ... sexy, dass ich dich unbedingt kennen lernen wollte.«

Ich lächelte. Geschmeichelt. »Danke. Deine Stimme klingt auch sehr ... erotisch.«

»Und jetzt, wo ich dich sehe ... wau!«

Mein Lächeln wurde breiter. Wenn er nicht gleich beichtete, dass er in Wahrheit ein katholischer Priester war oder an unheilbarer Impotenz litt, würde ich mich sofort zügelloser Promiskuität hingeben.

»Ich platze gleich. Jetzt sag schon: Was ist los?«

Lars-Viktor beziehungsweise Viktor-Lars sah mir tief in die Augen. »Eigentlich hat mein Bruder auf deine Anzeige geantwortet, aber als du ihm dann auf die Voicebox gesprochen hast, verließ ihn der Mut. Weil es aber schofel gewesen wäre, dir gar nicht Bescheid zu geben, hat er mich dazu überredet. Er heißt Lars, ich heiße Viktor.« Viktor wischte sich mit dem Handrücken über die Stirn. »Puh. Jetzt ist es raus. Was sagst du dazu?«

Ich musste schon wieder pinkeln, aber wenn ich jetzt ging, wäre er womöglich bei meiner Rückkehr verschwunden. Ich schlug die Beine übereinander.

»Was ich dazu sage? Ich sage, dass du jetzt wohl pronto deinen Einspänner kippen und dann die Fliege machen willst, oder?«

Klang ich etwa enttäuscht?

Viktor lächelte. »Im Gegenteil. Jetzt, wo ich dich live erlebt habe, würden mich keine zehn Pferde von dir wegzerren können.«

Derart beruhigt, traute ich mich auch wieder aufs Klo. In letzter Sekunde.

Als ich zurückkam, warteten eine frisch gefüllte Tasse und zwei Muffins auf mich. Der Mann wusste, wie man ein Prachtweib wie mich für sich gewinnt. Und mit sicherer Hand hatte er sich für die Blaubeermuffins entschieden. Ein wahres Aphrodisiakum – nicht für jede, aber auf jeden Fall für mich!*

Es verwundert also nicht, dass sich der Mittag in den Nachmittag zog und unser Gespräch auch unter kritischen Maßstäben als gelungen zu bezeichnen war.

Viktor arbeitete als – Tusch! – Dressman, aber sein Herz schlug für die Musik. Sobald er genügend Geld verdient hatte, wollte er an der Musikhochschule Cello studieren. Er summte mir die gesamte erste Suite in G-Dur für Violoncello von Johann Sebastian Bach vor – und ich fand keinen einzigen Ton davon langweilig. Zwischen der Prélude und der Allemande musste ich eine Viertelsekunde lang an meinen Schweizer Verlobten denken, der wahrscheinlich immer noch mit sieben Prozent Blutalkohol und einer Knoblauch-

* Das halten Sie für abartig? Ich bitte Sie, wenn man allein daran denkt, was die Chinesen alles für Aphrodisiaka halten – Rhinozeroshörner, Affenhirne, Spatzenzungen oder die getrockneten und monatelang in Branntwein eingelegten Geschlechtsteile von männlichen Tigern. Da dürfen Sie mir ruhig glauben, wenn ich sage, dass Blaubeermuffins die Libido so richtig in Fahrt bringen. Und für Blaubeermuffins muss keine bedrohte Tierart ihre Weichteile lassen!

fahne auf dem Wohnzimmerteppich unserer gemeinsamen Wohnung lag und wahrscheinlich seinen Flieger nach Wien verpassen würde, aber dann tauchte ich schon wieder ganz in Viktors Gesumme ein, von dem ich regelrecht Gänsehaut bekam.

Ich traute mich nicht, mich zu ihm nach Hause einzuladen. Dann hätte ich für nichts mehr garantieren können.

Unser Abschied fiel etwas inniger aus, als es bei einem ersten Date üblich ist. Viktor küsste mich erst brüderlich auf die Stirn, und ich küsste ihn schwesterlich zurück auf die Wange. Doch dann krallten sich meine Finger irgendwie in sein *Hugo-Boss*-Hemd, seine Arme rissen mich an sich, und unsere Münder trafen sich zu dem heißesten Kuss seit der Couchszene von Marilyn Monroe und Tony Curtis in *Manche mögen's heiß*.

War ja klar, dass genau in diesem Augenblick die Tür vom *Wiener's* aufging und Simon, Ursens bester Freund und Chef, hereingestolpert kam.

Mein Glaube an ein gütiges Schicksal, das es gut mit mir meinte, schrumpelte in sich zusammen und erstarb.

Du bist geliefert, Alte. Du bist so was von tot. Die Kacke ist echt am Dampfen.

Diese und ähnliche Gedanken* flatterten mir auf dem

* Vor allem auch Gedanken an das Risiko von Geschlechtskrankheiten. Alle Welt fürchtet sich nur vor AIDS, aber Syphilis, Herpes genitalis, Candida-Pilze, Chlamydien, Herpes Simplex oder der Ebstein-Barr-Virus sind viel gefährlicher, alldieweil schon durch Küssen oder Oralsex übertragbar. Wer weiß schon, wo der unwiderstehliche Viktor seinen Mund zuletzt hatte? Sollte ich dem getreuen Urs irgend so ein Herpesteil verpassen, wäre mein Schicksal besiegelt. Damit wäre mein Fehltritt sozusagen medizinisch bewiesen. Oh Qual!

Heimweg durch den Kopf. Ich ging zu Fuß, um diese griechische Tragödie, in die sich mein Leben verwandelt hatte, mal ganz nüchtern und sachlich zu durchdenken.

Meine Hormone standen Kopf, und das lag nicht an den Wechseljahren, die ich sekündlich erwartete. Ich war doch im Grunde ein ganz treuer, monogamer Schluffen – wie konnte ich gleichzeitig Urs lieben und Viktor so verdammt lecker finden? War Viktor nur eine Art Fluchtmöglichkeit, weil ich plötzlich Muffensausen vor einer festen Bindung bekam? War meine ganze Selbstaufopferung zum Wohle aller Anzeigenschalterinnen Stuttgarts in Wirklichkeit nur ein Ablenkungsmanöver, das mein Unterbewusstsein fuhr, damit ich mich nicht dem wahren Problem in meinem Leben stellte: meiner Bindungsangst? Und gilt $E = mc^2$ auch in Raumzeitfluktuationen, also im unendlichen Raum und in der nicht konstanten Zeit?

Ich fand auf keine dieser Fragen eine Antwort.

Als ich in die Schottstraße bog, sah ich den Austin Martin von Alex vor unserem Haus stehen. Auch gut, dann konnte sie mir gleich beim Saubermachen helfen. Wetten, die Männer hatten nicht hinter sich aufgeräumt?

Ich stieg gerade über unseren Zaun, als die Tür bei Gerry aufging. Ich befürchtete schon den Angriff der Höllenhunde, aber es war nur der Hausherr, der höchstselbst in ausgeleierten Trainingshosen und im Netzhemd auf der Schwelle erschien.

»He«, rief er. »Deine Freundin sitzt bei mir auf der Couch.«

»Dann schick sie raus«, rief ich zurück.

»Geht nicht!«, erwiderte er ominös.

Warum nicht? Hatten Zeus und Apollo sie im Würgegriff?

Ich eilte in sein Reich.

Eigentlich hatte ich eine spartanische Einrichtung erwartet: eine Matratze, zwei Hundenäpfe und eine Million Bierkästen. Aber es sah aus wie in einem orientalischen Puff – alles in Blutrot und Gold, massenhaft Troddel und Bommeln und Zierleisten, ein flackerndes Kaminfeuer, bestickte Sitzkissen, Räucherstäbchen, eine Wasserpfeife und zahlreiche Kerzen. Und mitten im Raum, hingestreckt auf einem goldbestickten Ottomanen – das Sofa, nicht der Türke! –, lag wie eine Odaliske aus alter Zeit meine Freundin Alex. Zeus und Apollo saßen in Hab-acht-Stellung neben ihr und leckten ihr die Schläfen. Schläfen, die zweifelsohne nach Mikesch dufteten. Es war nur eine Frage der Zeit, bis Zeus und Apollo die Katze herausschmeckten und Alex einen Kopf kürzer machten.

Von der Eisen fressenden Managerin war nicht mehr viel zu erkennen: Alex trug noch mehr Talismane um den Hals, dazu eine Gebetskette um das rechte Handgelenk. Ihr Businesskostüm hatte sie gegen Schlabberhosen und Batikhemd eingetauscht.

Ob sie heute gar nicht im Büro war, sondern bei dem Chirurgen, der ihr die Möpse vergrößert und die Falten von der Stirn weggespritzt hatte? Und hatte dieser Wundermacher einen Persönlichkeitsumtausch bei ihr vorgenommen? Grübel.

»Alex, was machst du hier?« Ich fühlte ihren Puls.

Sie stöhnte.

»Ich kann nicht mehr, ich bin am Ende.«

Gerry kniete sich neben uns. »Ich habe ihr Johanniskrauttee eingeflößt, das beruhigt.«

Er zog ein benutztes Taschentuch aus seiner schmierigen

Trainingshose und wischte damit eine Mascaraschliere von Alex' verheulter Wange. Diese liebevolle Geste erinnerte mich an Urs, der mir vor noch gar nicht so langer Zeit denselben Dienst erwiesen hatte.

»Es wird alles wieder gut«, flötete Gerry. Auf die Entfernung, besser: auf die Nähe, roch ich die Mischung aus Bier und Knoblauch in seinem Atem. Offensichtlich war er seit der Testosteronorgie von gestern Abend weder einer Zahnbürste noch einem Duschschwamm begegnet.

»Alex, komm mit zu mir, dann reden wir«, befahl ich.

Alex ließ sich wie eine willenlose Puppe hochziehen.

»Wenn ihr Hilfe braucht, Mädels, müsst ihr nur rufen«, bot Gerry an.

Ich hätte dieses Angebot für menschenfreundlich und großzügig gehalten, hätte Gerry dabei nicht wie hypnotisiert auf Alex' Titten gestarrt, die in all ihrer Pracht unter dem Batikhemd bebten.

»Danke, Gerry, vielen Dank, aber dieser Fall dürfte ja wohl nicht eintreten.«

»Weiß man nie«, rief Gerry uns nach, den Blick zweifelsohne in unsere Hinterbacken versenkt.

Ich zog Alex nach nebenan, quer durch das Schlachtfeld, das früher einmal unser Wohnzimmer gewesen war, und warf sie in unserem Schlafzimmer auf den Futon.

»Was ist los, Alte?«

Alex lag mit ausgebreiteten Armen auf unserer Star-Trek-Bettwäsche. Es sah aus, als sei sie stellvertretend für alle Frauen an die USS Enterprise genagelt worden.

»Er will Geld.« Sie nuschelte es unter Tränen, die in ihrer Menge den Niagarafällen Konkurrenz machen konnten. Ich konnte kaum etwas verstehen.

»Wie bitte?«

»5000 Euro.« Alex' Busen bebte, und ununterbrochen ergossen sich wahre Sturzbäche aus ihren Augen – schon erstaunlich, wie umfangreich die Flüssigkeitsproduktion in so einem zierlichen Körperchen sein konnte.

»Jetzt mal langsam und von Anfang an.« Ich setzte mich neben Alex und klopfte ihr tröstlich auf die Schulter.

»Er hat mir gemailt. Aus einer öffentlichen Bibliothek. Dass er jetzt Geld will, sonst veröffentlicht er die Fotos und meine Tagebucheintragungen im Internet. Mit Namen und Adresse.«

»Dieses Schwein!«

»Ich zahle.«

»Du zahlst nicht!«

»Ich zahle. Er soll nur endlich Ruhe geben.«

»Der gibt doch nie Ruhe. Erst sind es 5000 Euro, dann 10 000 – das endet nie!« Ich echauffierte mich. Hatte sie denn noch nie einen Krimi im Fernsehen gesehen?

»Er will mir die Originalunterlagen bei der Geldübergabe aushändigen.« Alex schniefte nur noch. Es tat ihr offenbar gut, jemandem widersprechen zu können.

»Und wo soll die Geldübergabe stattfinden?«

»Das sagt er mir noch. Er ruft an.« Sie wischte sich die Mascaraschlieren mit einem Zipfel meines Kissens vom Gesicht.

»Wieso sitzt du dann nicht zu Hause neben dem Telefon?«

»Ich wollte nicht allein sein, da habe ich ihm deine Nummer gegeben.«

»Du hast was?«

In diesem Augenblick klingelte mein Handy.

Warm perlte das Wasser über meinen sinnlichen Körper. Ich hatte mich für meinen bonbonbunten Bikini in trendiger Häkel-Optik entschieden – der legte mehr von meiner Haut frei, über die dann die kleinen Bläschen blubbern konnten. Außerdem hatte ich meine gelbe Gummiente mitgebracht, die selig auf meinen Speckröllchen am Bauch ruhte.

Ich lag im Whirlpool des *Leuze*-Bades, eine durchsichtige Plastiktüte mit 5000 Euro in der Hand, und wartete auf den Erpresser. Neben mir kauerte Alex, in einem marineblauen Badeanzug, der sogar meiner Oma Nölle zu altmodisch gewesen wäre: mit einem Volant über der Hüfte, Vordermieder und Paspeln zur Figuroptimierung.

»Begeben Sie sich sofort ins Leuze.
In Badebekleidung. Ich will sicher sein, dass Sie nicht verwanzt sind. Warten Sie im Whirlpool.
Das Geld stecken Sie in kleinen gebrauchten Scheinen in eine durchsichtige Plastiktüte. Keine Polizei!«

Mit blechern verzerrter Stimme hatte der Anrufer seine Befehle durchgegeben. Ich hatte mich noch versucht zu weigern: Ich sei in letzter Zeit so oft nass geworden, dass ich nicht nur Schwimmhäute befürchtete, sondern auch dauerhafte Verschrumpelung meiner babypopozarten Haut, aber Alex hatte insistiert.

»Darf ich mit der Ente spielen?«, erkundigte sich ein Kleinkind neben mir und bohrte seinen Zeigefinger in meine Oberschenkelcellulitis.

»Nein!«

Der Zwerg schmollte.

»Ob er schon da ist und uns beobachtet?«, fragte ich in

Richtung Alex. Wenn ich es ihr erlaubt hätte, hätte sie sich eine *Aldi*-Tüte über den Kopf gestülpt. Mein Einwand, dass gerade das uns verdächtig machen würde, prallte an ihr ab, nur durch rohe Gewalt konnte ich mich schließlich durchsetzen.

Ich sah mich um.

Vom Whirlpool aus, in den gut und gern zehn Leute passten und dessen Sprudelwasser wir mit dem Kleinkind und seiner weiblichen Begleitperson teilten, hatte man den besten Blick über das Thermalwasser-Innenbecken, in dem eine Hand voll Senioren schwammen. Der einzige Mann, der altersmäßig in Frage kam, war der schmucke Bademeister, ein Tom-Cruise-Klon, der seine Wachrunden am Beckenrand drehte.

Im Außenbecken, das ich durch die Glasscheiben sah, hüpften ein paar gesichtslose Badehauben über der Wasseroberfläche. Und hoch über uns, auf der Galerie mit der Café-Theke, randalierte eine Schulklasse.

»Ich wette, er ist schon da und checkt uns aus«, sinnierte ich.

»Wenn es nur schon vorbei wäre«, jammerte Alex.

»Ich will die Ente haben!«, nölte das Kleinkind und stieß mir sein kleines Fäustchen wuchtig in die Hüfte. Gut, dass ich optimal gepolstert war. »Du spielst ja eh nicht mit ihr!«

»Nein!«, donnerte ich.

Hätte der Zwerg gekonnt, er hätte mir die Ente vom Bauch gerissen, aber seine Ärmchen waren viel zu kurz. Mein Bauch ragte wie ein unvergletscherter Achttausender vor ihm auf.

Seine weibliche Begleitperson sah mich gleichgültig an. Sie war todsicher froh, dass sich die Aufmerksamkeit des kleinen Rackers ausnahmsweise mal auf jemand anderen konzentrierte.

»Jetzt gib dem Kind doch die Ente«, sülzte Alex.

»Ich denke gar nicht daran!«

Meine Ente gehört mir!

»Vielleicht holt er das Geld gar nicht selbst, sondern schickt einen Mittelsmann. Schließlich könnten wir ihn sonst erkennen«, spekulierte ich weiter, als ein Greis im Stringtanga aus dem Umkleidebereich trat und sich suchend umsah.

Alex rutschte etwas tiefer.

»Ente her!«, verlangte der Zwerg.

»Gebieten Sie Ihrem Kind doch mal Einhalt«, mahnte ich die Begleitperson unfreundlich.

»Kevin, lass die Dame in Ruhe«, sagte die Frau gelangweilt.

Der String-Opa kam auf uns zu.

»Oh mein Gott, ich glaube, das ist er.«

Alex warf einen verhuschten Blick auf den Greis. »Mit dem habe ich mich nie getroffen!«, empörte sie sich.

»Er ist der Mittelsmann! Denk doch mal mit!«, pflaumte ich sie an.

Der Alte baute sich vor uns auf.

»Wenn der in seinem Beutelchen keine Hasenpfote hat, will ich von nun an Kunigunde heißen«, raunte ich Alex zu.

»Ist bei den Damen noch ein Plätzchen frei?«, erkundigte sich der Opa fröhlich.

»Kevin, rutsch zur Seite und lass den Herrn herein.«

»Ich will die Ente!«

Der Opa stieg in den Whirlpool. Dabei kam einiges ins Rutschen.

»Jetzt gib dem Fratz doch endlich dieses Gummitier, Kunigunde«, griente Alex.

Stumm saßen wir fünf daraufhin in dem Sprudelbecken. Die randalierende Schulklasse verließ das Café, und es wurde still im *Leuze*. Bis auf das Wasserrauschen und das Kreischen einiger Möwen auf dem nahen Neckar.

Nach zwei Minuten hatte ich genug davon. Warten ist nicht meine starke Seite.

»Okay, wer von Ihnen ist wegen der Tüte hier?«, fragte ich schonungslos.

Der Opa rief »Wie bitte?« und hielt sich die Hand ans Ohr. Der kleine Fratz zerrte an meiner Bikinihose und skandierte »Ente! Ente! Ente!«, seine Begleitperson blickte mich gelangweilt an.

Ich setzte mich auf und rief lautstark: »Ist irgendjemand wegen der Tüte mit dem Geld hier? Bitte melden!«

Alex verschwand unter der Wasseroberfläche.

Der Opa zog sich etwas Fleischfarbenes aus dem Ohr und justierte daran herum.

Der Bademeister sah mich skeptisch an.

Keiner meldete sich. Allerdings entdeckte ich oben auf der Empore, da, wo sich die Sonnenliegen befanden, einen Schatten, der sich hinter das Geländer duckte.

Der Erpresser!

»Da ist er!«, gellte ich und stand auf.

In diesem Moment zeigte sich, dass der nervtötende Wicht den Häkelverschluss meines Bikini-Unterteils gelöst hatte: Ich stand vom Nabel an abwärts im Freien.

Der String-Greis und der bademeisternde Tom-Cruise-Klon sahen meine Schamhaarzöpfchen, der letzte Schrei, wie man mir – zur Begeisterung von Urs – im Kosmetikstudio bei der Enthaarung der Bikinizone erklärt und für viel Geld dann auch gleich geflochten hatte –, und das nervige Kleinkind mit den Harry-Houdini-Fingern entdeckte den tätowierten Monsternerz mit dem Mörderblick und den Riesenhauern auf meiner Pobacke.

Alle drei schrien gleichzeitig auf.

Ich muss wohl nicht erwähnen, dass der Schatten bei den Sonnenliegen zu einer Putzfrau gehörte, die die Holzdielen wischte. Das fand ich noch heraus, bevor ich unsanft aus dem *Leuze* geworfen wurde.

Alex, die so tat, als gehöre sie nicht zu mir und würde im Whirlpool nur für den neuen Rekord im Dauertauchen üben, sah ich an diesem Tag nicht wieder.*

Wen ich allerdings sah, als ich eine dreiviertel Stunde später zu Hause eintraf, war eine tote Frau in meiner Badewanne.

* Ich sagte ihr übrigens weder an diesem Tag noch jemals später, dass ich gesehen hatte, wie das nölige Männeken Pis neben mir mindestens zwei Mal ausdauernd in den Whirlpool gestrullert hatte …

20

Die Tote in der Wanne

Kein Zweifel: Die Tote musste Konny sein. Der Frauenquäler hatte sich zum Frauenmörder gemausert und war mir und meinen Ermittlungen dicht auf den Fersen. Mir wurde ziemlich blümerant zumute.

Was mir Standvermögen verlieh und mich nicht aus den Badelatschen kippen ließ, war der Umstand, dass ich wieder mal Recht behalten hatte: Dem Mann ging es nicht um Geld. Die vermeintliche Geldübergabe hatte er nur inszeniert, um die Leiche ungestört in meiner Badewanne deponieren zu können. Verdammt und zugenäht!

Und warum ausgerechnet in der Wanne? Ich würde nie wieder unbeschwert mit Urs unsere berühmten Seeschlachten mit Seifenblasen- und Spritzwassergeschossen nachspielen können. Von nun an hieß es nur noch duschen.

Ob ich die Tote einfach verschwinden lassen konnte? Ja, ich weiß, das ist ein unschwesterlicher Gedanke, aber finden Sie mal eine Leiche in Ihrem Badezimmer. Eine Leiche, die übrigens erstaunlich friedlich aussah.

Sie war voll bekleidet: ein silbergrauer Hosenanzug, eine weiße Hemdbluse, ein Silberkettchen mit einem Kreuz um den Hals, anthrazitgraue Sandaletten mit hohem Absatz. Dieses geschäftsmäßige Outfit, die Kurzhaarfrisur und der grazile Körperbau erinnerten mich an Alex.

Man sah auch kein Blut.

Moment mal, ob sie noch lebte?

Ihre Augen waren zwar weit geöffnet und starrten blicklos ins Leere, aber vielleicht war das ja ihre übliche Tiefenmeditationshaltung?

Ich beugte mich vorsichtig über den Wannenrand und tastete ihren Hals ab. Wo genau fühlte man gleich noch mal nach dem Puls? Ihre Haut war kalt und totenbleich. Wie war das doch gleich – einen Spiegel vor die Nase halten, und wenn der nicht anlief, war die Sache klar? Wie bekam ich den Spiegel über dem Waschbecken ab und vor die Nase der Frau in meiner Wanne? Gar nicht.

Diese Erkenntnis ereilte mich zeitgleich mit den Schallwellen aus dem Flur.

Jemand befand sich mit mir im Haus und kam auf das Badezimmer zu!

Was tun? Was tun? Was tun?

Mit der Kraft der Todesangst riss ich die Duschvorhangstange aus der Verankerung und wirbelte zur Tür herum, im selben Augenblick, als sie von außen aufgestoßen wurde.

»Mörder!«, gellte ich und rammte die Stange wie ein mittelalterlicher Turnierritter – nur ohne Pferd – meinem Angreifer mitten in die Brust.

Gut für Urs, dass ich nicht zielen konnte: Ich verfehlte seine Brust großflächig und schrammte nur jede Menge Holz aus dem Türrahmen.

»Was machst du hier?«, kreischte ich hysterisch.

»Aufräumen«, erwiderte er lapidar und hielt eine graue Mülltüte hoch. »Was ist denn in dich gefahren?«

Mit der Duschstange zeigte ich anklagend auf die Tote in der Wanne.

»Großer Gott«, rief Urs. »Was ist mit ihr?«

»Sie ist tot!«, gellte ich.

»Wer ist hier tot?«

Die Tote in der Wanne richtete sich auf.

Ich habe diese ganze Szene nur noch verschwommen in Erinnerung, aber wenn ich mich nicht sehr täusche, war das der Moment, in dem ich in Ohnmacht fiel.

21

In Ängsten findet manches statt,
was sonst nicht stattgefunden hat.

Wilhelm Busch

Wie erziehe ich den besten Freund der Frau

Lektion 13: Der Angsthasenhund

Dominante Frauchen suchen sich gern ängstliche Hunde aus, das ist ganz normal. Lassen Sie jedoch nicht zu, dass Ihr Kleiner zum Angstbeißer wird! Bei manchen Hunden hat dieses Problem seine Ursache in einer genetischen Prädisposition, meistens liegt es jedoch an schwachem Selbstbewusstsein in Verbindung mit unzureichender Sozialisation. Anders ausgedrückt: Es ist *Ihr* Fehler!

So ein kleiner Angstbeißer sendet oft zwiespältige Signale aus. Eben noch sitzt er unterwürfig neben Ihnen und wedelt mit dem Schwanz, doch schon im nächsten Moment schnappt er zu.

Am besten üben Sie geeignete Gegenmaßnahmen mit einer Freundin ein, die ebenfalls einen kleinen Liebling besitzt. Machen Sie einen Spaziergang an frischer Luft und finden Sie die Distanz heraus, bei der Ihr Hund keine Angst vor dem anderen Tier hat. Belohnen Sie Ihren Kleinen mit Leckerbissen und Liebkosungen, wenn er entspannt bleibt. Verkürzen Sie die Distanz von Tag zu Tag, bis Ihr Kleiner schließlich angstfrei neben dem Rivalen läuft. Das kann unter Umständen Wochen oder gar Monate dauern.

Erziehen Sie Ihren Kleinen behutsam vom Angstbeißer zum bisslosen Schisshasen um. Falls Sie an dieser Aufgabe scheitern sollten, dann scheuen Sie sich nicht, hierzu professionelle Hilfe in Anspruch zu nehmen.

»Sie schon wieder!«, nölte der Kommissar, den ich an seinem konzentrierten Versagerschweiß und dem Hauch von animalischem Achselgeruch gleich erkannte.

»Dito!«, fauchte ich.

Obwohl wir uns nicht ausstehen konnten, hatte das Schicksal uns beiden bereits zwei Leichen vor die schwieligen Füße geworfen, einmal eine erstochene Blondine in einem verlassenen Bürogebäude und dann einen vergifteten schwäbischen Troubadix auf einem Geburtstagsfest. Und nun also die Beinahe-Tote in der Badewanne. Stuttgart war und blieb ein Dorf.

»Setzen!«, kasernentönte der Kommissar.

Urs und ich ließen uns zackig auf die Wohnzimmercouch fallen, mitten hinein in ein Meer aus zerknüllten Papierservietten, zerkrümelten Erdnussflakes und geruchsintensiven Resten von erbrochener Knoblauchsalami. Das Wohnzimmer sah immer noch aus, als sollte es schleunigst einen Antrag auf Katastrophenbeihilfe einreichen.

»Da ich Ihre Haushaltsführung kenne, darf ich annehmen, dass die Wohnung nicht durchwühlt wurde, sondern sich grundsätzlich in diesem Zustand befindet, stimmt's?«, wollte der Kommissar von mir wissen.

»Weder noch«, erwiderte ich ungnädig.

»Wir hatten gestern Abend eine kleine Party«, erläuterte Urs.

»Aha.« Der Kommissar suchte einen sauberen Fleck, wo er seinen Hintern parken konnte, fand aber keinen, und blieb folglich stehen.

»Ist Ihnen die Frau bekannt?«, fragte er.

Die »Frau« befand sich immer noch in unserem Badezimmer und wurde gerade von einem Notarzt versorgt. Ihre Vernehmung stand noch aus.

»Absolut nicht! Diese Person ist uns gänzlich unbekannt«, erklärte Urs mit fester Stimme.

Ich schwieg.

Urs und der Kommissar blickten mich an.

»Und wie ist es mit Ihnen?«, hakte der Kommissar nach.

»Ja?«, bohrte auch Urs. »Wie ist es mit dir?«

Schweigen ist Gold, besonders dann, wenn einem keine gute Ausrede einfällt. Also schwieg ich.

Es herrschte abgrundtiefes Schweigen. So tief, dass man darin hätte tiefseetauchen können. Man hörte nur das Blitzlicht des Fotografen, der den Tatort ablichtete.

Kennen Sie dieses Kinderspiel? Wer einem anderen am längsten in die Augen starren kann, ohne zu blinzeln, hat gewonnen. Meine Eltern hatten das Spiel auf langen Autoreisen mit meiner Schwester und mir leicht abgewandelt: Wer am längsten den Mund halten konnte, bekam ein Vanilleeis. Ich hatte schon als Kind immer verloren.

»Möglicherweise weiß ich, wer die Frau ist.«

Urs schnaufte. »Wie bitte?«

»Ich ermittle gerade in einem Fall …«

»Wie bitte?«, unterbrach mich Urs neuerlich.

Der Kommissar guckte schicksalsergeben, als habe er sich das bereits gedacht. »Schon seltsam. Jeder, der Sie kennen lernt, scheint dazu zu neigen, vorzeitig endgelagert zu werden. Ob mir das zu denken geben sollte?«

Ich ging gar nicht weiter auf seinen Sarkasmus ein. »Eine Freundin von mir wird erpresst. Nichts Spektakuläres, also dachte ich …«

»Wie bitte?«, leierte Urs zum dritten Mal.

Langsam ging er mir auf die Nerven.

»Ich hatte dich doch ausdrücklich gebeten, die Finger davon zu lassen.«

Der Kommissar kicherte. »Als wenn das was nützen würde.«

Ich hielt währenddessen Blickkontakt mit dem Tropenfisch, der sich wieder mal die Schnauze am Aquariumglas platt drückte. Ich glaube, bei all der Äktschn in unserem trauten Heim vermisste er seine Artgenossen nicht weiter.

Urs beachtete den Kommissar nicht weiter. »Du hast mir doch versprochen …«

»Ich habe gar nichts versprochen«, muckte ich auf. »Einer Freundin in Not muss man helfen. Und für meine Unternehmungslust und Risikobereitschaft hast du mich mal sehr geliebt.«

»Eine Frau liegt halb tot in unserem Bad!«, ereiferte sich Urs ungewohnt heftig. »Das hat mit Unternehmungslust und Risikobereitschaft nichts mehr zu tun! Das ist purer Leichtsinn, eine bodenlose Dummheit! Ich will gar nicht wissen, was meine Mutter dazu sagen wird!«

»Was hat denn, bitte schön, deine Mutter damit zu tun?«

»Oh ja, jetzt kommt wieder deine übliche Hetzrede gegen Mütter im Allgemeinen und meine und deine im Besonderen.« Urs stand auf und trat heftig gegen ein unschuldiges Couchtischbein.

Der Kommissar hatte die Arme verschränkt und lauschte genüsslich. Zwei Spurensicherer standen hinter ihm und schauten mit angeekeltem Gesichtsausdruck auf die Buffetreste auf dem Wohnzimmerboden, die sehr an eine Mischung aus dem Erbrochenen eines Cannstatter-Wasen-Besuchers und einer explodierten Puddingfabrik erinnerten. Da in unserem Wohnzimmer schwülwarme Temperaturen herrschten – Urs fror leicht –, hatten einige Essensreste mittlerweile Beine bekommen und krabbelten auf den Tischen herum.

»Lass uns einfach über die Fakten reden, ja? Das Persönliche erledigen wir dann später.« Ich äußerte keine Bitte, ich bellte einen Befehl.

Urs reagierte entsprechend. Ich hatte die eiserne Regel von Oma Nölles Hunderatgeber vergessen:

WIR MERKEN UNS:

Nie laut werden gegenüber dem kleinen Liebling!

»Du kannst die Fakten nicht vom Persönlichen trennen! Unser Persönliches hat zu diesen Fakten geführt!« Mittlerweile tigerte Urs auf und ab.

Der Kommissar studierte derweil einen Haufen Kondomtütchen mitten auf dem Buffettisch.

»Ich bin ehrlich sprachlos, wie leichtfertig du mit unserer Beziehung umgehst!«, stieß Urs hervor. »Ein Kuss mit einem fremden Mann hier, eine halb tote Frau da – als ob das alles nichts wäre. Du denkst immer noch *ich* anstatt *wir*!«

Offenbar hatte Simon ihm die Sache mit dem Zungenkuss mit Viktor bereits erzählt.

»Was machen die denn hier?«, wollte der Kommissar wissen und hob eine Hand voll Tütchen hoch.

Urs starrte ihn finster an. »Spontangeschenke meiner Kumpels zum Einmonatigen Zusammenleben mit meiner Verlobten. Das sind Kondome mit Geschmack.«

Der Kommissar ließ die Tütchen fallen. »Sie sind verlobt? Mit ihr?« Er nickte in meine Richtung.

Depp!

Göttinseidank würdigte ihn Urs keiner Antwort.

Ich fragte mich, warum Urs die Wohnung aufgeräumt hatte, anstatt nicht schon längst seine Flanellhemden und seine Ski zu packen und heimwärts ins Land der Alphörner und lila Kühe zu fahren.

»Urs, Liebling, ich habe einer Freundin geholfen. Und das innerhalb der Regeln von Anstand und Moral. Wenn du dich erst mal etwas beruhigt hast, werde ich dir alles erklären und du wirst meine Selbstlosigkeit zu schätzen wissen.«

»Beruhigen soll ich mich? Wie kann ich mich mit einer Halbtoten im Badezimmer beruhigen?« Urs hüpfte wie Rumpelstilzchen durch das Wohnzimmer. »Könnten Sie da ruhig bleiben?«, wandte er sich an den Kommissar. »Sagen Sie doch auch mal was!«

»Ich werde mich hüten, meine Meinung zu äußern«, spottete der. »Ich will doch eines natürlichen Todes sterben.« Er zwinkerte mir zu.

»Sehr witzig!« Urs kochte regelrecht. »Mir reicht es, ich gehe! Aus! Vorbei! Ende!«

Er marschierte durch die Haustür und knallte die Tür hinter sich zu.

Ich stand da wie der sprichwörtliche Pudel, den eine dänische Dogge nass gepinkelt hatte: total begossen.

»Keine Sorge, der kommt nicht weit«, meinte der Kommissar tröstend. »Die Kollegen von der Streife lassen ihn ohne Aussage nicht vom Grundstück. Der bleibt Ihnen erhalten.«

Er grinste mich breit an. Dann hielt er eines der Kondomtütchen hoch. »Mit *Beefy*-Salamigeschmack. Wie kriegt man das Teil auf? Ist das mit Sekundenkleber versiegelt oder was?«

Es war drei Stunden später, und die Party hatte etwas an Pepp verloren.

Wir konferierten mit der totenbleichen, von Prellungen übersäten Konny, deren Kopf dick bandagiert war, zu fünft in unserem Badezimmer. Der Notarzt, der jetzt vor dem Haus in seinem Wagen wartete, hatte darauf bestanden: In unserem Wohnzimmer sei ihm die Infektionsgefahr zu groß. Ha!

Konny saß auf dem Toilettendeckel und hielt sich am Waschbecken fest, der Kommissar und sein mitstenografierender Assistent hatten es sich auf dem Badewannenrand gemütlich gemacht, Urs und ich standen.

Ein paar Weißgekleidete, die an Konny und in der Wanne Blut- und Faserspuren sowie einige Haare gefunden hatten, suchten nun im Flur nach weiteren Beweisen und intonierten dabei fröhlich *I got you under my skin.*

»Sie wollen mir also erzählen, dass Ihnen die ohnmächtige Frau in Ihrer Wanne nicht weiter aufgefallen ist, als Sie aufwachten?« *Monsieur le Commissaire* setzte Urs knallhart zu. Diese Brutalo-Cop-Masche überkam ihn manchmal; gar nicht weiter darauf achten.

Urs nahm mit verschränkten Armen und rabenschwarzem Gesichtsausdruck auf dem Schmutzwäschekorb Platz.

»Nein, sie ist mir nicht aufgefallen. Wie ich schon sagte, bin ich direkt in die Küche gegangen, habe dort aufgeräumt und dann mein Shooting in Wien abgesagt. Keine fünf Minuten später kam schon meine … Verlobte.«

Verlobte! Wenn ich dieses Wort hörte, musste ich immer noch schlucken.

Aber auch Urs hatte dieses Mal kurz gezögert. Oi – ein schlechtes Zeichen!

»Die Haustür war nicht aufgebrochen?«

Urs schüttelte den Kopf.

»Sie dagegen kommen nach Hause, übersehen Ihren Verlobten und stürzen sich dafür gleich auf die vermeintliche Leiche«, bellte mich die personifizierte Staatsmacht plötzlich an.

»Wenn ich nach Hause komme, muss ich gelegentlich pinkeln. Das ist möglicherweise eine untypische Eigenart meiner ganz persönlichen Blase, aber es kommt nun mal vor. Und da absolviere ich vorher keinen Rundgang durch die Wohnung.«

Der Kommissar grinste. Er hatte es wieder mal geschafft, mich auf die Palme zu bringen.

Konny eilte mir frauensolidarisch zu Hilfe. »Die weibliche Blase ist per se schwächer. Ich finde, ihre Aussage klingt glaubhaft.«

Schwache Pennälerinnenblase? Vielen Dank auch, Schwester!

»Zu Ihnen kommen wir gleich, Frau Simonis.« Der Kommissar lächelte ihr freundlich zu. Dann wischte er sich das Lächeln aus dem Gesicht und wandte sich wieder an mich. »Sie waren sich sofort sicher, dass es sich bei der vermeintlichen Toten um die Frau handeln musste, mit der Sie wegen dieser Anzeigenmänner Kontakt aufgenommen haben?«

»Natürlich. Wer sonst sollte tot in meiner Wanne liegen?«

»In *unserer* Wanne«, korrigierte Urs.

»In unserer Wanne«, korrigierte ich mich.

»Würden Sie bitte alle aufhören, mich als die vermeintliche Tote zu bezeichnen«, murrte Konny.

»Natürlich, Frau Simonis.« Der Kommissar rutschte auf dem Wannenrand etwas näher an die Toilette und tätschelte Konnys Hand. Mir unverständlich, aber Konny entzog ihm ihre Hand nicht. Bahnte sich da eine junge Liebe an?

»Frau Simonis, sehen Sie sich in der Lage, den Tathergang zu schildern?«

»Da gibt es nicht viel zu erzählen. Wir waren ja gestern Abend verabredet«, sie nickte mir zu, »aber ich war kurzfristig verhindert: Meine Zwillingsschwester kam überraschend zu Besuch.« Sie leckte sich über die ausgetrockneten, rissigen Lippen.

»Soll ich Ihnen etwas zu trinken holen?«, bot ich an.

»Lebensmittelverzehr im Badezimmer?«, rief sie entsetzt, als ob ich vorgeschlagen hätte, ab sofort per Gesetz die allgemeine Kinderprostitution in Deutschland einzuführen.

Der Kommissar schüttelte den Kopf. Der Stenograf sah mich mitleidig an.

Dann nicht, liebe Tante.

»Aber natürlich weiß ich, was sich gehört«, dabei blickte Konny in meine Richtung, »und wollte heute persönlich vorbeikommen, um mich zu entschuldigen und …«

»Woher wussten Sie denn, wo ich wohne?«, unterbrach ich sie mit genüsslicher Gehässigkeit. Der Fehdehandschuh war geworfen.

»Sie haben mir doch am Telefon Ihren vollen Namen genannt. Und Sie stehen im Telefonbuch.« Konny warf den Fehdehandschuh zurück. Mitten ins Gesicht.

»Aber ich bin umgezogen!«, trumpfte ich auf.

Konny lächelte süffisant. »Ihr Untermieter, Jacques Mercier, ein wirklich reizender Franzose, hat mir Ihre neue Adresse genannt.«

Spiel, Satz und Sieg – Konny Simonis.

Fortan hielt ich die Klappe.

»Sie sind zu Fuß gekommen?«, wollte der Kommissar wissen.

»Mit dem Bus der Linie 43.«

»Wurden Sie verfolgt?«

»Nein. Ich habe zumindest niemanden bemerkt. Und dann weiß ich nur noch, dass ich durch den Vorgarten ging und auf die Klingel drückte und dann … dann wurde alles schwarz vor meinen Augen.« Konny schluckte schwer.

»Sie wurden mit einem stumpfen Gegenstand niedergeschlagen«, sagte der Kommissar. »Aber Sie hatten Glück, es war nur ein relativ leichter Schlag.«

»Sie haben gut reden«, meinte Konny. »Nun, als ich wieder aufwachte, trat sie …« Konny nickte in meine Richtung »... gerade ins Badezimmer. Ich konnte doch nicht wissen, ob nicht vielleicht *sie* mich niedergeknüppelt hatte, also stellte ich mich bewusstlos.«

Der Kommissar lächelte mir schadenfroh zu.

»Sie können also keinerlei Angaben zum Täter machen, Frau Simonis?«

Konny schüttelte den Kopf. Gleich darauf griff sie sich an die Bandage und sagte »Aua!«.

Der Kommissar stand auf. »Sie sollten jetzt wirklich zum Röntgen ins Krankenhaus. Alles Weitere klären wir später.«

»Ja, aber der Name!«, rief ich. »Der Name des Erpressers!«

Konny stand auf, zog einen Brief aus ihrer Blazertasche und verkündete voller Stolz: »Hennes Guckelsberger!«

Meine Gesichtszüge entgleisten. »Wer?«

»Hennes Guckelsberger!«

»Das ist doch unmöglich. Der steht nicht auf meiner Liste.«

»Es ist der einzige Herr, der sich auf meine Anzeige gemeldet hat und den ich in meine Wohnung einlud. Ich bin da selbstverständlich extrem vorsichtig.«

Die drei Herren nickten lobend. Ich rollte mit den Augen.

»Und dieser Guckelsberger hat Sie dann mit Ihren Sado-Maso-Nacktfotos erpresst?«, wollte ich wissen.

»Wie bitte?« Falls das überhaupt möglich gewesen wäre, wäre Konny noch bleicher geworden. So griff sie sich nur ans Herz. »Wie kommen Sie darauf?« Sie sank auf den Klodeckel zurück.

»Also wirklich«, schimpfte der Kommissar mich aus.

Auf den zweiten Blick war Konny in ihrem Tweedblazer, dem züchtigen knielangen Rock und den Bequemschuhen wirklich keine potenzielle Kandidatin für Nacktfotos, eher schon der Typ kompetente Bibliothekarin aus einem Rosamunde-Pilcher-Film.

»Womit hat er Sie dann erpresst?«

Normalerweise wären Konnys Lippen sicher verschlossen geblieben, aber hier galt es, einen unziemlichen Vorwurf aus der Welt zu räumen.

»Es war reine Selbstverteidigung!«, schickte sie erklärend

vorweg. »Ich wohne über einer Hamburgerbude. Die um Mitternacht schließt. Und jede Nacht, wirklich jede Nacht, grölen die Mitarbeiter sich lautstark Abschiedsworte zu. Da habe ich vor einiger Zeit… ja gut, ich habe einen Eimer eiskaltes Wasser auf die Männer gekippt.« Sie spitzte trotzig die Lippen. »Und es hat geholfen. Seitdem herrscht Ruhe!«

»Und wie soll dieser Guckelsberger das mitbekommen haben?« Ich ließ nicht locker.

Konny besaß den Anstand, zu erröten. »Er war zufällig anwesend.«

Um Mitternacht? Zufällig? Ich grinste schmutzig.

Konny wandte den Blick ab und fuhr fort: »Am Tag darauf erhielt ich das anonyme Schreiben. Der Fall ist ja wohl eindeutig.«

»Mitnichten«, widersprach ich. »Vielleicht hat Sie ein Nachbar beobachtet.«

»Ach bitte«, Konny hob brüskiert die etwas zu schmal gezupften Brauen, »lauter Eigentumswohnungen in A-Lage, da wohnen keine Denunzianten und Erpresser.«

»Jedenfalls war es dann keiner von *meinen* Männern!«, rief ich.

»Von *deinen* Männern?«, meldete sich Urs entgeistert zu Wort, sprang vom Schmutzwäschekorb auf, starrte mich noch einen Moment lang ungläubig an und stürmte aus dem Bad.

»Jetzt hätte ich gern etwas zu trinken«, meinte ich kleinlaut. »Am besten was mit Zyanid drin.«

»Da bin ich Ihnen gern behilflich, sobald ich diesen Fall gelöst habe«, erbot sich der Kommissar.

Ich funkelte ihn böse an.

Lackaffe!

Am nächsten Tag unterschrieb ich das Protokoll meiner Aussage im Büro des Kommissars. Außerdem übergab ich die gesammelten Briefe der potenziellen Frauenquäler.

Alex bekam eine E-Mail aus einem Internetcafé, die sie auf eine Internetseite aufmerksam machte, auf der zwei ihrer pornografischsten Fotos neben ihrer privaten Telefonnummer zu finden waren. Woraufhin sie Urlaub nahm, Mikesch in eine Transportbox setzte, ihre Koffer packte und ohne Angabe einer Adresse verschwand.

Auch Urs packte seinen Sportbeutel und fuhr in die Schweizer Berge, um über unsere Beziehung nachzudenken, was er auch durfte, da er nicht unter Tatverdacht stand.

Die mikroskopisch kleinen Blutspuren an den Händen von Konny gehörten nicht zu ihr, aber auf jeden Fall zu einer Frau.

Ich muss wohl nicht erst sagen, dass man mich für diese Frau hielt.

Da half es auch nicht sehr, dass ich seit neuestem anonyme Anrufe auf meinem Handy bekam. Niemand meldete sich, es wurde nur geschnauft. Männlich-obszön geschnauft.

Kacke.

Echt.

22

Die Oscar-Wilde-Methode

Immer, wenn man denkt, schlimmer kann es nicht kommen, holt das Schicksal mit dem Sandsack aus und haut noch etwas fester zu.

Als ich am Abend zum Pieseln zu Gerry nach nebenan ging – der Kommissar hatte unser Bad versiegelt, weil »noch nicht alle Spuren abschließend gesichert« seien, wie er mir hämisch grinsend erklärt hatte –, saß auf dem Fernsehsessel in seinem puffigen Wohnzimmer: Alex!

»Bäh«, entfuhr es mir unwillkürlich.

Alex warf mir einen bitterbösen Blick zu.

»Gerry war so lieb, mir Unterschlupf zu bieten. Und ayurvedischen Kräutertee – zur Beruhigung.«

Gerry, der sich in seiner wie üblich verdreckten Jogginghose auf der Couch fläzte, strahlte vor Freude wie ein Flammenwerfer.

Am liebsten hätte ich ihn gelöscht und ihm zu diesem Behufe den Yogi-Tee in die Visage gekippt.

»Hat er dich angegrabscht?«, wollte ich wissen.

Alex guckte empört. »Wie kommst du nur darauf? Also wirklich!«

Aha, die beiden hatten definitiv miteinander gepoppt. Mir wurde übel.

»Er leistet mir in dieser schrecklichen Zeit, wo so viel auf mich einstürmt, Gesellschaft. Und um es mal ganz deutlich zu sagen: Du bist an meiner furchtbaren Lage nicht unschuldig.«

Alex klang, als sei sie durch meine Schuld als Liebessklavin in einen osmanischen Harem verscherbelt worden, dabei hatte *ich* eine Beinahe-Leiche in meiner Wanne gefunden und darüber meinen Verlobten verloren.

Ich ging auf ihren Vorwurf gar nicht weiter ein.

»Wo sind denn die Köter? Zerlegen die im Nebenzimmer deinen Kater?«, erkundigte ich mich stattdessen bissig.

Alex guckte noch eine Spur böser. Sie setzte sich neben Gerry auf die Couch und tätschelte ihm tröstend den Bauch, in etwa so, wie man den Bauch einer Buddhastatue reibt, weil das ja angeblich Glück bringen soll.

Gerry wippte mit dem Kopf. »Zeus und Apollo lieben Katzen!«

Ja klar, in Dosen abgefüllt.

»Es tut mir Leid, wenn ich eure Zweisamkeit gestört habe, aber ich muss mal. Und mein Klo ist ja leider polizeilich gesperrt, woran du, liebe Alex, nicht ganz unschuldig bist, um es ganz deutlich zu sagen.«

»Du«, rief Gerry meinem entschwindenden Rücken zu, »erinnere mich daran, dass ich dir was sagen will.«

Was denn? Dass er fürs Pieseln Kohle sehen wollte? Lag deshalb seit neuestem ein Unterteller mit Goldrand auf der Wasserschüssel? Keinen Cent würde er von mir kriegen. Ich mutierte in seinem Klo aus Angst vor Ansteckung zur Stehpinklerin – und wer mein Bad kennt, weiß, dass ich weiß Gott keine empfindliche Mimose bin, was porentiefe Sauberkeit angeht.

Als ich zurückkam, ließ ich mich mit den Worten »Ich bin

deprimiert und brauche jemanden, der mir das Patschhändchen hält!« schwer auf die Ledercouch fallen, auf der ein ungebügelter Überwurf aus indischem Tuch lag.

Gerry und Alex wurden davon hochgeschleudert.

»Ich wollte ohnehin gerade mit den beiden Süßen Gassi gehen«, rief Gerry hastig. »Zeus, Apollo, bei Fuß!«

Die beiden Jungs kamen aus dem Nebenzimmer getrottet, im Schlepptau Mikesch, den Kater.

Die Hunde knurrten mich an, Mikesch hieb seine Krallen in meine Wade. Ganz toll.

»Ich bring euch noch raus«, säuselte Alex. Die Frau erkannte ich einfach nicht wieder.

Eine Bügelflasche Bier, die auf dem Tisch stand, sprang in selbstmörderischer Absicht quasi von selbst in meine Hand. Ich setzte sie an. Während der Stoff meine Kehle hinuntergluckerte, hörte ich draußen auf dem Flur Knutschgeräusche.

Bäh, bäh und nochmal bäh!

Am nächsten Morgen wachte ich mit steifen Gliedern auf der Wohnzimmercouch von Gerry auf, den fetten Hintern von Mikesch mitten im Gesicht.

Während ich so dalag, tat ich etwas, was ich eigentlich verabscheute: Ich dachte nach.

Die Muse belohnte mich mit einem Kuss und schenkte mir eine geradezu geniale Idee. Ich sage nur: Oscar Wilde!

Ich stürmte zu Alex und Gerry ins Schlafzimmer. Unter den beiden gigantischen Rottweilerfleischbergen, die mitten auf dem Bett schnarchten, machte ich menschliche Gliedmaßen aus.

»Gibt es hier Schreibpapier? Und einen Stift? Her damit!«

Zeus, Apollo und Gerry ließen sich nicht stören. Alex sah mich aus zusammengeklebten Augen schlaftrunken an. »Hä?«

»Schnell – Papier und Stift!«

Ich rannte durch die Wohnung, entdeckte in einer Art Büro einen Sekretär und zog alle seine Schubladen auf, fand aber nur ausgetrocknete Filzstifte, lose Büroklammern und Kalenderblätter aus dem vergangenen Jahrhundert. Aus dem Badezimmer hörte ich Strullergeräusche, dann schlurfte Alex in den Raum, dicht gefolgt von Mikesch, der sich um ihre Pyjamahosenbeine schlängelte.

»Was ist denn los?«

»Ich weiß, wie wir den Kerl aus der Reserve locken. Diesen schmierigen Mörder! Wir geben ihm den Rest!«

»Indem wir ihn mit einem Füller erdolchen und das Blut mit Löschpapier aufsaugen? Du redest wirres Zeug«, maulte Alex ungnädig. Ich verzieh ihr. Es war schließlich noch vor sieben Uhr morgens.

Ich fand eine Ledermappe mit Büttenpapier darin. Perfekt!

Kurz darauf – hier ein wenig gestrichen, da noch ein Wort dazu – hatte ich den Text fertig. Er war kurz und prägnant:

Ich weiß, was du getan hast – du bist aufgeflogen,
mein Freund! Noch können wir uns einigen:
Komm heute Nachmittag um 15 Uhr ins Café Fleck und
Schneck in der Torstraße. Allein!

»Was soll denn das?« Alex, die über meine Schulter lehnte und mitlas, hauchte mir ihren frühmorgendlichen Mundgeruch ins Gesicht.

»Was schon bei Oscar Wilde funktioniert hat, kann bei uns nicht schief gehen«, hauchte ich ebenso mundstinkig zurück.

»Hä?«

»Oscar Wilde hat das mal mit seinen Freunden gemacht. Als Scherz. Hat telegrafiert: *Alles ist aufgeflogen, du musst sofort fliehen*. Oder so ähnlich. Und prompt haben sich einige aufs Land in Sicherheit gebracht. Bei unserem Frauenquäler wird das ebenfalls funktionieren, vertrau mir. Es wird ihn aus der Reserve locken. Und das *Fleck und Schneck* ist winzig. Wer da zur Tür reinkommt, kann nicht übersehen werden. Wir setzen uns ans hintere Ende der Theke, so kann man uns von außen nicht sehen. Er muss also das Café betreten. Und dann haben wir ihn!«

Alex fuhr zurück. Ob wegen meiner Idee oder meines Mundgeruchs war nicht ganz schlüssig zu erkennen.

»Ich komme auf keinen Fall mit. Das ist doch Wahnsinn!«

»Vielleicht. Aber Wahnsinn mit Methode!«

Um 14 Uhr 30 saß ich am hintersten Ecktisch im *Fleck und Schneck*, vor mir ein doppelter Espresso. Außer mir waren nur noch der gepiercte Kellner hinter der Theke und eine Pubertierende im bauchnabelfreien Top anwesend. Draußen goss es in Strömen.

Leider hatte ich meinen Text nicht so herrlich blechern herunterleiern können wie seinerzeit unser mörderischer Erpresserwicht, sondern konnte nur mit zwei Leinenservietten von Alex über der Sprechmuschel meine Forderung nuscheln.

Kein Einziger war an einem Sonntagmorgen zu so früher Stunde an sein Handy gegangen, also hatte ich allen auf Band gesprochen.

Und nun saß ich da und wartete.

Bitte, lass es nicht Viktor sein, murmelte ich leise. Bitte lass es einen von den anderen sein, allesamt Paradebeispiele dafür, wie die Evolution an manchen Individuen großräumig einfach vorbeizieht.

Da ich im festen Glauben, es würde trotz gegenteiliger Wettervorhersage trocken bleiben, das Haus ohne Schirm verlassen hatte, tropfte es von meinen klatschnassen Haaren sintflutartig in meinen Nacken. Die Feuchtigkeit saugte sich in meine Strickjacke und machte sie tonnenschwer. Außerdem roch ich wie ein nasser Hund.

Die Tür ging auf, und ein Mann trat ein. Anfang zwanzig, lange, blonde Haare, Lederhose. Er ging schnurstracks auf das bauchnabelfreie Girlie zu und versenkte seine Zunge in ihrem Mund.

Vor mir lag die Samstagsausgabe der *Stuttgarter Zeitung*. Meine Badewanne hatte es in den Lokalteil geschafft.

43-JÄHRIGE SCHWER VERLETZT AUFGEFUNDEN

Stuttgart – Die 43-jährige Kornelia S. wurde am Freitag gegen 17 Uhr 15 in der Wohnung von Bekannten schwer verletzt aufgefunden. Die allein stehende Frau wurde mit einem stumpfen Gegenstand niedergeschlagen und anschließend in die Badewanne gelegt. Der Wohnungsinhaber und seine Lebensgefährtin wurden von den zuständigen Beamten der Mordkommission vernommen, doch blieben die Hintergründe dieses Verbrechens unklar. Das Opfer ist als Dispositionsmanagerin für einen überregionalen Kurierdienst tätig. Da sie vor kurzem eine Bekanntschaftsanzeige geschaltet hat, geht die Polizei davon aus, dass der Täter in diesem Umfeld zu suchen ist.

Na toll, »der Wohnungsinhaber und seine Lebensgefährtin«, das klang, als würde Urs mich aushalten. Ob ich das in einem Leserbrief richtig stellen sollte?

Um exakt fünfzehn Uhr klingelte mein Handy.

»Ja?«

Niemand meldete sich, nur heftiges Schnaufen war zu hören.

Ich unterbrach die Verbindung. Auf eine flotte Telefonnummer wollte ich mich nicht einlassen – der Typ sollte Farbe bekennen und sein Gesicht zeigen.

Hoffentlich war es nicht Viktor.

Die Minuten verrannen so zäh wie flüssige Schokolade. Apropos flüssige Schokolade: Ich bestellte beim Kellner noch eine Tasse Kakao.

Fünf nach drei.

Zehn nach drei.

Wie viel Zeit sollte ich ihm geben? Wartete er vielleicht irgendwo da draußen, bis ich mich zeigte?

Viertel nach drei ging die Tür auf. Es war nicht Viktor, Gott sei Dank. Es war auch keiner der anderen Jungs.

Es war Ronalds Mutter.

Mit fest zusammengepressten Lippen trat sie auf meinen Ecktisch zu, blieb dann aber in der Mitte des Raumes stehen.

»Sie da«, rief sie in meine Richtung, »Sie Flittchen, Sie!«

Das küssende Pärchen entknotete seine Zungen und starrte mich ebenso neugierig an wie der Kellner.

»Sie Flittchen, Sie, lassen Sie gefälligst meinen Sohn in Ruhe! Wir wollen nichts mehr von Ihnen hören. Nie wieder. Auch keine albernen Nachrichten auf dem Anrufbeantworter. Haben Sie mich verstanden?«

Sie stampfte mit dem Stock auf.

»Haben Sie mich verstanden?«, brüllte sie erneut. »Vermeiden Sie künftig jedweden Kontakt zu meinem Sohn!«

Unsere drei Zuschauer sahen mich gespannt an.

Was blieb mir da anderes übrig, als gehorsam zu nicken.

23

SHOWDOWN

Natürlich tauchte außer Ronalds Mami niemand mehr auf, den ich kannte.

Als ich am späten Nachmittag nach Hause kam, packte mich die Aufräumwut. Das Bad war zwar noch amtlich versiegelt, aber durch den Rest der Wohnung fegte ich wie ein Orkan. Tornadogleich wütete ich mit Eimer und Lappen durch unser Domizil, ließ Schränke erbeben und Schubladen erzittern. Die Wellensittiche kauerten verschreckt in einer Käfigecke, und der Tropenfisch wurde eins mit dem Algengewirr.

Vielleicht kam ich in diesem Fall nicht weiter, vielleicht hatte mich so ein verblödeter, aber dennoch genialer Frauenschänder in eine Ecke getrieben und spielte seine Spielchen mit mir, aber ich hatte immer noch genug Kraft, um wenigstens sämtlichen Müll zu entsorgen und Fenster und Böden zu schrubben. Jawohl ja!

Als ich endlich erschöpft auf den Futon sank, war es draußen schon dunkel. Drinnen roch es penetrant nach Desinfektionsmittel und Bohnerwachs.

Ich atmete schwer, litt an mir und an der Welt und konnte mich nicht entscheiden, ob ich mich sinnlos betrinken oder mir die Pulsadern aufschneiden sollte.

Mein Handy klingelte. »Schnauf gefälligst eine andere an,

bei mir liegst du falsch«, bellte ich in die Sprechmuschel. Dann warf ich das Handy in hohem Bogen von mir. Es landete auf einem von Ursens Koffern.

Das war ein Zeichen!

Urs hatte bei seinem Aufbruch nur einen Sportbeutel mit dem Notwendigsten mitgenommen. Die beiden großen Koffer hatte er dagelassen. Das besagte doch, dass er uns noch eine Chance gab, dass er mich und unsere Beziehung noch nicht ganz abgeschrieben hatte.

Ich würde ihm nachreisen. Ich würde ihn auf Knien um Vergebung anflehen.

Wie hatte ich nur so dumm sein können, mich auf die Suche nach einem Gewalttäter zu machen? Mörder zu jagen war ein Hobby für Singles und nichts für eine glücklich verpaarte Frau. Die Schnüffelschwesterexistenz war mein altes Leben gewesen, und dieses Leben war ja nicht so dolle. Jetzt hatte ich es viel besser: mit einem Mann an meiner Seite, der mich glücklich machte. Der zudem nicht in aller Öffentlichkeit in der Nase bohrte, keine Geliebte aushielt und nicht heimlich die Unterwäsche seiner Mutter auftrug. Kurzum: ein wahrer Schatz! Und alles, was er dafür verlangte, war körperliche Treue und detektivische Enthaltsamkeit.

Okay, kurz schoss der Gedanke an Viktor durch meinen dämlichen Dickschädel, aber den verdrängte ich schnell wieder. Der Schweizer in der Hand ist allemal besser als ein Dressman auf dem Dach!

Am denkmalgeschützten Stuttgarter Hauptbahnhof wimmelte es trotz der späten Stunde vor Menschen. Was war denn nur los? Das Ende der Herbstferien? Halloween-Reisende auf dem Weg zu angesagten Monsterpartys?

Ich reihte mich in die Schlange am Fahrkartenschalter 13 ein, normalerweise der Geheimtippschalter, da er so weit rechts hinter Säulen und Grünzeug verborgen liegt, dass Wenigfahrer ihn gar nicht kennen und auch manch ein Vielfahrer ihn geflissentlich übersieht. Aber an diesem Tag war selbst hier die Hölle los.

Eine dreiviertel Stunde später war nur noch ein Pärchen vor mir.

Ich hatte reichlich Zeit gehabt, über meine Vorgehensweise nachzudenken: in den nächsten Zug nach Zürich einsteigen, mich Urs vor die Füße werfen und um Gnade winseln. Dafür trug ich sogar das Twinset mit der Perlenkette, das mir meine Mutter zum letzten Weihnachtsfest geschenkt hatte – und wer mich kennt, weiß, was das heißt.* Mit diesem Outfit wollte ich mich bei Ursens Mutter einschmeicheln. Hast du die Mutter eines Mannes für dich gewonnen, ist der Weg zu seinem Herzen frei. Alte Kalenderspruchweisheit.

Es war 19 Uhr 55.

Leise Weihnachtsmusikklänge – es war schließlich schon Ende Oktober –, pampige Fahrkartenerkundigungen von den Nebenschaltern und rollende Trolleys drangen abwechselnd an mein Ohr.

Der Moment, der meine Trance jäh unterbrechen, den Lauf meines Lebens ändern und meine naiven Vorstellungen von der Lasterhaftigkeit und Verdorbenheit der Menschheit für immer ins Schlimmere verändern sollte, war nur noch 17 Sekunden entfernt.

* Sie gab die Hoffnung nicht auf, noch zu ihren Lebzeiten eine Dame aus mir zu machen. Da hätte sie den Nachbau der chinesischen Mauer in Originalgröße eher geschafft.

Das Pärchen vor mir ließ sich reichlich Zeit bei der Fahrkartenauswahl. Angelika Milsner und Mario Adorf, kein Zweifel. Sie im Kostüm mit Fuchsschwanzkragen, vorn weit genug aufgeknöpft, um das schrumpelige Gesäuge zu präsentieren, er im *Burberry*-Trench und mit Ich-bin-wichtig!-Aura. Gut situiert und nicht in Eile. Im Gegensatz zu mir und den zwanzig anderen in unserer Reihe.

»Geht es da vorn mal endlich weiter?!«, ereiferte sich der junge Mann hinter mir.

»Gemach, gemach«, trötete der Adorf-Doppelgänger und hob seine manikürte Pranke.

Ich drehte mich zu dem jungen Mann hinter mir um, wollte mit ihm ein gemeinschaftliches Augenrollen und ein abfälliges »ts, ts, ts« teilen, als alles in mir erstarrte.

Oswald!

Oswald, nach dem ich mich immer mit den Worten »Wie geht's Kolle?« erkundigt hatte.

Oswald, der ehemalige Freund von Alex.

Oswald, den sie immer politisch-unkorrekt »mein Ossi« nannte, obwohl er aus dem Fränkischen kam.

Oswald, ein übler SM-Kerl, wie mir Alex vor kurzem gebeichtet hatte, dessen Vorliebe für die bildliche Dokumentation seiner Verknotungskünste meine Yoga-Freundin in eine so üble Bredouille gebracht hatte.

Oswald!

Ich bin oft paranoid, meistens völlig ohne Grund. Aber hier hätten auch robustere Naturen als ich den Sensenmann bimmeln hören.

Oswald!

Hurtig wandte ich ihm den Rücken zu.

Er hatte mich nur einmal gesehen, als er Alex unerwarteterweise vom Yoga abgeholt hatte. Bestimmt erkannte er mich nicht wieder. Sicher nicht.

»He, kennen wir uns nicht?«, hauchte er mir da in den Nacken.

»Nein«, erwiderte ich einen Tick zu rasch.

»Klar doch, ich kenne dich.«

»Kommen Sie doch endlich mal zu Potte!«, giftete ich das Pärchen vor mir an, und das so heftig, dass Adorf prompt rief: »Na gut, dann zweimal Stralsund, erster Klasse, mit Bahncard, auf Visa, heute in drei Monaten, mit dem ICE um zehn!«

In der Reihe hinter mir applaudierten einige.

Oswalds Hände blieben stumm, sein Mund nicht. »Doch, doch, ich kenn dich. Mir fällt nur gerade nicht ein, woher.«

In dem Prospektständer neben uns spiegelte sich, wenn auch unscharf, sein grübelndes Gesicht.

Mich überkam das große Zittern.

Nein, ich hatte keine Angst, dass er plötzlich seine Reisehandschellen aus der Jackentasche ziehen und mich nackt an den halb toten Gummibaum vor dem Fahrkartenschalter fesseln könnte. Denken Sie doch mal mit!

Natürlich kannte er mich. Er hatte mich doch zweifelsohne schon seit Tagen auf dem Kieker. Er wusste, dass ich seinen Machenschaften auf die Schliche gekommen war.

Dieser miese Sado-Franke namens Oswald wollte Alex gar nicht wirklich erpressen, nur demütigen. Das hatte ich doch von Anfang an vermutet. Die Sache war ihm nur aus dem Ruder gelaufen: Alex war nicht wimmernd zu ihm zurückgekehrt, sondern hatte mich engagiert. Das hatte ihn so wütend gemacht, dass er mich ausschalten wollte, nur hatte er versehentlich Konny erwischt.

Und nun wollte er mich mit dieser »Woher kenne ich dich nur?«-Masche austricksen.

Aber nicht mit mir!

Ich wirbelte herum, katapultierte meine Faust in seine Magengrube und rannte davon. Oswald knickte ein und kippte nach hinten weg, woraufhin die ganze Reihe Schlangestehender wie Dominosteinchen umfiel.

Geschrei.

Tohuwabohu.

Hexensabbat.

Ich hastete aus dem Fahrkartenbereich, die Rolltreppe zu den Gleisen hinauf und vor die Anzeigetafel. Na also, ICE nach Zürich über Horb, Rottweil und Singen, 20 Uhr 11 am Gleis fünf. Hurtig ging es die Halle hinunter bis zu Gleis fünf. Dann würde ich meine Fahrkarte eben im Zug kaufen. Auch okay. Hauptsache, ich verließ das Land.

Der Zug stand noch nicht da, also ließ ich mich auf eine Bank fallen und versuchte, wieder zu Atem zu kommen.

Apropos Schweiz. Durfte ich als Verdächtige überhaupt das Land verlassen? Wohl eher nicht. Kümmerte mich das? Nein. Aber ich wollte auch nicht durch Interpol-Beamte aus der Wohnung von Ursens Eltern geschleppt werden – das hätte dann auch mein Twinset, in das ich extra für Chantal geschlüpft war, nicht wieder wettgemacht.

Ich fischte mein Handy aus den Untiefen meiner Handtasche und wählte die Nummer des Kommissars. Es erfüllte mich mit einer gewissen Befriedigung, dass er an einem Sonntagabend an seinem Schreibtisch malochen musste.

»Ich bin's. Ich wollte Ihnen nur mitteilen, unter welcher Adresse ich die nächsten Tage zu erreichen bin. Und übrigens weiß ich jetzt, wer der Mörder ist.«

Der Kommissar fluchte ein wenig, warf mit wüsten Beschimpfungen und ein paar Fäkalausdrücken um sich, aber ich glaube, zwischen den Zeilen wollte er damit nur zum Ausdruck bringen, wie sehr er meine Abwesenheitsmeldung zu schätzen wusste.

»Nein, ich bleibe nicht hier. Ich werde nämlich verfolgt. Von dem Ex-Freund meiner Freundin Alex, einer ganz üblen SM-Type namens Oswald.«

»Oswald?« Der Kommissar hörte mir plötzlich zu.

»Jawohl. So ein hagerer, schlaksiger Kerl aus dem Fränkischen. Sie werden schon noch sehen, dass *er* Konny Simonis niedergeknüppelt hat, und nicht ich! Da gehe ich jede Wette ein!«

»Jetzt mal langsam«, bellte der Kommissar. »Wir wissen bereits, dass die weiblichen Blutspuren an der Toten zu ihrer Zwillingsschwester Fabiola gehören. Die beiden haben sich offenbar am Vorabend mit Körpereinsatz darum gestritten, ob sich die Getötete ihrem Rachefeldzug persönlich hingeben sollte oder nicht.«

»Na also«, trumpfte ich auf und verdrängte die Parallelen zu Urs und mir.

»Zweifelsohne war dieser Oswald der Täter. Er hat im Grunde mir aufgelauert, wahrscheinlich war der Mord an Konny nur ein Unfall. Sie werden schon sehen!«

Über Lautsprecher wurde angekündigt, dass der Zug nach Zürich jeden Moment bereit gestellt würde.

»Ich muss jetzt auflegen, mein Zug kommt«, verabschiedete ich mich vom Kommissar. »Seien Sie dankbar, dass ich das Land verlasse, sonst müssten Sie mir Polizeischutz geben.«

»Oswald Mündter?«, fragte der Kommissar.

»Ich kenne seinen Nachnamen nicht.«

»Ein Oswald Mündter, wohnhaft Böblinger Straße 309B, war der letzte Lebensgefährte der ermordeten Kornelia Simonis. Sie hat sich nach Angaben ihrer Schwester Fabiola vor ungefähr einem Monat von ihm getrennt.«

Mir klappte wohl der Unterkiefer herunter. Klar war ich überzeugt gewesen, auf der richtigen Spur zu sein, aber es so deutlich bestätigt zu bekommen, war dann doch ein Schock.

»Ja also!«, rief ich.

»Aber Oswald Mündter stand nicht auf Ihrer Liste der so genannten Anzeigenmänner«, meinte der Kommissar vorwurfsvoll.

»Natürlich nicht, der brauchte für die Fotos ja auch nicht bei Alex einzudringen, der hatte doch sicher noch...«

Ich geriet ins Stocken. Natürlich! Oswald besaß bestimmt noch Abzüge, wenn nicht sogar die Negative. Und das Tagebuch hatte er wahrscheinlich schon vor Monaten mitgehen lassen. Wir waren die ganze Zeit auf der völlig falschen Fährte gewesen. Die Anzeigenjungs waren unschuldig!

»Hallo, sind Sie noch dran?«, rief der Kommissar.

Ich stand auf, weil mein Zug silbergrau auf dem Gleis einfuhr, dann blieben mir die Worte im Hals stecken.

Am Kopfende des Gleises, keine zwanzig Meter von mir entfernt, stand Ossi-Oswald mit finster verzerrtem Gesicht und rieb sich die Hände.

Showdown!

Ich klappte mein Handy zu und schluckte.

Komm, Alte, was soll er dir hier schon groß antun?, versuchte ich mich selbst zu beruhigen.

Wir standen uns gegenüber wie zwei Westernhelden. Von fern meinte ich Ennio-Morricone-Klänge zu vernehmen.

Dann ging alles ganz schnell.

Er fing an zu laufen, ich sprang in den Zug, der in diesem Moment zum Halten kam. Eigentlich wollte ich gekonnt auf der anderen Seite wieder heraushüpfen, aber der dämliche Waggon hatte eine Türverriegelung auf der nicht zum Einstieg freigegebenen Seite. Also hechtete ich den Gang entlang.

Draußen auf dem Bahnsteig sah ich die hochgewachsene Gestalt von Oswald galoppieren.

Ich duckte mich, aber aus den Augenwinkeln sah ich, dass er mich erkannt hatte. Er stürzte auf den nächsten Eingang zu.

Ich erhob mich wieder und hastete zurück. Nun ist es ja leider physikalisch so, dass etwas langes Dünnes sich in einem schmalen Zuggang schneller fortbewegen kann als etwas nicht ganz so langes, dafür dreimal so Breites.

Ich hätte ja »Zu Hilfe« gekreischt, aber mein Stolz ließ das nicht zu. Solange ich mich nicht in einer wirklich aussichtslosen Lage befand, würde ich nicht zum hilfeheischenden Weibchen mutieren. Außerdem war ja keiner da, der mir hätte helfen können.

Das Schicksal meinte es jedoch gut mit mir: Eine ältere Dame mit zwei Koffern stieg vor mir in den Waggon.

»Darf ich helfen?«, hechelte ich, riss ihr einen der Koffer aus der Hand und schleuderte ihn mit Schmackes Oswald gegen die Knie. Er sackte ein.

»Also wirklich!«, rief die Dame, aber da hatte ich mich schon an ihr vorbeigequetscht und war aus dem Zug gesprungen.

Ich gewann etwas Vorsprung. Wenn Oswald kein Lasso aus der Jacke zog und mich wie einen Stier zum Brandmarken einfing, konnte ich es schaffen.

Wohin genau ich es schaffen wollte, war mir allerdings nicht ganz klar.

Rechts ging eine Rolltreppe zur S-Bahn hinunter, aber am Kopfende hatte sich ein Pfropf aus Menschen gebildet. Vor mir lagen die Bahnhofshalle und ein Meer aus Leibern. Nur links war noch eine Lücke, in Richtung der anderen Gleise.

Auf nach links.

Gnadenlos schubste ich Männer, Frauen und Kinder aus dem Weg, verfolgt von einer Woge aus Empörung und Flüchen und einem zu allem entschlossenen Oswald.

Der Kerl wollte einfach nicht aufgeben!

In der Ferne sah ich zwei Beamte des Bundesgrenzschutzes auf Patrouille. Wenn ich es bis zu ihnen schaffte, war ich gerettet.

Aber Oswald holte zügig auf.

Ich änderte meinen Plan, preschte neuerlich nach links und sprang in den dort stehenden Zug.

Es war ein älteres Modell, das nur noch für den Nahverkehr eingesetzt wurde. Wie eine Dampfwalze rollte ich den Gang zwischen den Sitzen entlang.

Hinter mir hörte ich eine Stimme: »Bleib stehen, du Luder. Ich weiß, wer du bist!«

Er verhedderte sich mit dem Fuß im Rad eines Kinderwagens, den die Mutter nicht ordnungsgemäß abgestellt hatte. Ein Hoch auf alle Mütter dieser Welt!

Die Zeit nutzte ich, um auf der falschen Seite des Zuges herauszuspringen, verbotenerweise über die leeren Nebengleise zu laufen und auf den gegenüberliegenden Bahnsteig zu klettern.

»Sie da, so geht das aber nicht!«, rief prompt ein Schaffner, aber der konnte mich mal kreuzweise.

Langsam ging mir ganz entschieden die Luft aus. Ich musste Oswald ein für allemal loswerden.

Der hatte sich mittlerweile befreit, hatte den Bummelzug ebenfalls verlassen und stand nun mitten auf den Gleisen.

In diesem Augenblick wurde mir auch klar, dass der Verweis des Schaffners gar nicht mir gegolten hatte, sondern Oswald. Die beiden rangen miteinander, und Oswald zeigte wild fuchtelnd auf mich.

Das war meine Chance.

Mit einem gewagten Sprung brachte ich mich durch die sich gerade schließenden Automatiktüren des ICE hinter mir in Sicherheit.

Geschafft!

Durch die Scheiben der Zugtür lugte ich aus dem anfahrenden ICE hinaus und bekam noch mit, wie sich zwei Streifenbeamte – zweifellos vom Kommissar aufgrund meines Anrufs zum Bahnhof geschickt – auf Oswald stürzten, den der beherzte Schaffner im festen Würgegriff hielt.

Der Gerechtigkeit würde Genüge getan – und ich war noch am Leben! Wenn auch ohne Fahrkarte im ICE nach Wien – nächster Halt: München Hauptbahnhof.

Egal: Häppi End!

EPILOG

Mein geliebter Schweizer hatte an einem 11.11. das Licht der Welt erblickt. Und seit seiner Zeit in Köln war es ihm zur festen Gewohnheit geworden, diesen seinen Ehrentag mit einem rauschenden Kostümfest zu begehen, zu dem er sämtliche Freunde und Bekannte und Kunden einlud. Schlag elf Uhr elf abends stießen dann stets alle auf das Wohl des Geburtstagskindes an. So wünschte er es sich auch an diesem elften November.

11.11., 19 Uhr 32

Ich hatte mich in ein weißes Bettlaken gehüllt, auf die linke Brust eine Ringelnatter gemalt, viel Khol und Kajal um meine Augen verteilt und meine Haare wieder mal pechschwarz gefärbt. Voilà – Kleopatra!

Vom Bettlaken war noch ein winziger Rest übrig, den schlang sich Urs um die Lenden und ging als Gandhi.

Ja, Sie vermuten richtig.

Dieser erfolgreiche, mehrfach preisgekrönte Fotograf und international bekannte Bergsteiger, diese Koryphäe in Sachen antiquarische Fotoapparate und Sohn reicher, ehrbarer Eltern, dieser kluge und kompetente Mann … war mir offenbar hörig.

Warum sonst sollte er mir meine bezaubernden Capricen

(wie ich es nannte) und dusseligen Dämlichkeiten (wie der Rest der Welt es nannte) verzeihen? Doch er hatte mir verziehen.

Mehr noch: Er hatte mich sogar aus München gerettet, wo ich in jener unseligen Nacht der Verfolgungsjagden gestrandet war.

Meine Kreditkarten befanden sich dummerweise in dem Häkelbeutel mit Fransen, den ich bei meiner überstürzten Flucht aus Siggis Atelier zurückgelassen hatte, und meine – eigentlich nicht unbeträchtlichen – Bargeldreserven reichten angesichts der Münchner Preise gerade noch für ein kohlensäurefreies, natriumhaltiges Mineralwasser.

Bitte, wo gibt es das sonst in dieser Galaxis?

Einen Mann, der sich nächtens meinetwegen – wie ein ruhmreicher Ritter auf seinen Schimmel – in seinen Saab Kombi schwingt und von Zürich nach München brettert, wo er mich in den *Bayrischen Hof* entführt und mit mir flitterwöchelt.

Am nächsten Morgen sprach ich im Frühstücksraum des Hotels mit Blick über die Frauenkirche und die Innenstadtdächer die folgenschweren Worte: »Ach Schatz, ich bin gern mit dir verlobt.«*

* Im Jahr 2002 gab die Bundesregierung eine Studie in Auftrag, derzufolge verheiratete Männer zwar länger leben, verheiratete Frauen jedoch signifikant früher sterben als ihre unverheirateten Geschlechtsgenossinnen. Ich schritt also für diesen Mann mit offenen Augen in ein frühes Grab! Kann es einen größeren Liebesbeweis geben?

WIR MERKEN UNS:

Überraschen Sie Ihr Hündchen bisweilen völlig grundlos mit heiß begehrten Belohnungen. Das stärkt in Ihrem kleinen Liebling die Überzeugung, dass er es nirgends besser haben kann als bei Ihnen!

11.11., 20 Uhr 16

Besagten Häkelbeutel mit meinen Kreditkarten bekam ich am Abend der Geburtstagsfeier zurück.

Ich stand gerade in der Küche und packte eine weitere Fuhre vom Bringdienst aus, als Urs mir eine Visitenkarte in die Hand drückte. »Diese Frau ist eben gekommen. Ist es eine von deinen Bekannten, oder habe ich die mal abgelichtet und es dann ganz schnell wieder verdrängt?«

SIEGLINDE GESINE SCHÖLLKOPF
PERFORMANCE PAINTERIN

»Kenn ich nicht«, erklärte ich, den Mund voller Lachs. Selbstverständlich musste ich alle Lieferungen vorkosten. Gemäß dem Motto: Das Beste erst mal für mich.

»Hach, du kannst mich unmöglich vergessen haben«, näselte es da fistelig von der Küchentür. »Ich bringe dir deine Sachen zurück. Die Bluse habe ich geflickt. Das war doch das Mindeste, nicht, Schätzelchen? Nachdem ich dir so einen Schrecken eingejagt habe.«

Siggi, im farbverkleckstem Overall, griff sich eine Tube Senf.

»Und jetzt male ich euch noch was Schönes als Wiedergutmachung. Beim Mantelablegen im Schlafzimmer habe ich diesen Hirsch und die Zigeunerin in Öl gesehen. Das war doch sowieso nicht euer Ernst, gell, meine Lieben? Die übermale ich mal flugs. Cheerio!«

Urs sah mich an.

»Frag nicht«, sagte ich und schob ihm ein Lachshäppchen in den Mund.

11.11., 20 Uhr 44

Der Kommissar stieß eher zufällig zur Party. Er hatte seinen Spusi dabei, nein, nicht was Sie denken, einen von der Spurensicherung. Der Mann hieß Jürgen Richter und trug noch seine Arbeitskleidung, einen weißen Kittel.

»Ich wollte nur mal sehen, ob menschliches Leben in dieser pilz- und sporenverseuchten Bude wirklich dauerhaft möglich ist«, meinte Jürgen, zog seinen Mundschutz über und mischte sich unters Volk. Genauer gesagt, unter meine versammelten Mädels vom Krimistammtisch. Ich sah noch, wie Maren – als französische Kokotte verkleidet – ihm aufreizend zulächelte.

»Sehr witzig. Mussten Sie den unbedingt anschleifen?«, fuhr ich den Kommissar an.

»Gönnen Sie ihm den Spaß, der hat sonst nicht viel zu lachen.« Mein Freund und Helfer grinste. »Ich bin nicht im Dienst, wie wär's mit einem Bier?«

»Kommen Sie mit.« Ich führte ihn in die Küche. »Warum opfern Sie mir Ihre Freizeit?«

»Ich dachte mir, es würde Sie interessieren, dass Oswald Mündter keine strafrechtliche Verfolgung wegen Körperverletzung anstrebt.«

Ich presste die Lippen zusammen.

»Ihnen ist schon klar, dass es sich um ein Entgegenkommen seinerseits handelt. Schließlich haben Sie ihm, einem unbescholtenen Bürger, einen deftigen rechten Haken in die Magengrube versetzt. Und das auch noch vor Zeugen.« Er grinste schleimig wie eine Nacktschnecke.

Oswald Mündter – ein Austeiler, kein Einstecker. Wahrscheinlich wollte er nur nicht, dass seine Sado-Freunde über ihn lachten, weil ihm eine Frau in aller Öffentlichkeit Saures gegeben hatte.

Ich holte eine Bierflasche aus dem Kühlschrank.

»Außerdem habe ich den Fall aufgeklärt. Das ausschlaggebende Indiz war ein Hundehaar. Wollen Sie mehr hören?«

»Nein, interessiert mich nicht die Bohne.« Ich drückte ihm eine Bügelflasche in die Hand und ließ ihn stehen.

Triumph!

Zu gern hätte ich mich umgedreht und sein dummes Gesicht genossen, aber das hätte meinem Abgang die dramatische Note genommen.

Ich wusste nämlich schon, wie Konny in meine Wanne gelangt war. Gerry hatte es mir erzählt, als sich vor ein paar Tagen in unserem Vorgarten der geistesgestörte Zeus mit Wucht und von hinten auf mich gestürzt und einen Begattungsversuch gestartet hatte.

»Lustig, genau das Gleiche hat er letzthin bei deiner Freundin versucht«, hatte Gerry gelacht.

Und da war es dann herausgekommen: Konny, die in Unkenntnis der Gefährlichkeit unseres Vorgartens einfach zur Klingel marschiert war, wurde hinterrücks von Zeus niedergestreckt, wobei sie mit dem Kopf etwas unglücklich gegen unsere Haustür knallte. Gerry – ganz der hilfsbereite Nachbar – zog seinen Zweitschlüssel für unsere Wohnung hervor und trug die ohnmächtige Konny in unser Bad. »Natürlich in die Wanne, nicht aufs Bett. Weiß doch jeder, wie oft Ohnmächtige gleich nach dem Aufwachen abkotzen. Das lässt sich in der Wanne einfacher wegwischen«, hatte Gerry – ganz die emsige Hausfrau – mich aufgeklärt. Da Gerry keine durchtrainierte Muskulatur besaß, Konny aber gut im Futter stand, ließ er sie bei seiner heroischen Tat mehrmals fallen. Ergo die Blutergüsse und Prellungen.

»Ich wollte es dir ja schon eher sagen, aber du wimmelst mich ständig ab«, hatte Gerry noch vorwurfsvoll gemeint, während er mir aufhalf und mir den Dreck vom Körper strich. Vorzugsweise von meinem Busen und meinem Po.

Ja, aber die Erpressungen?, werden Sie jetzt ausrufen.
Gemach, gemach.

11.11., 21 Uhr 02

Notgedrungen war auch Gerry zur Geburtstagsparty eingeladen. Das gebot das Gesetz der Reihenhausnachbarschaft.

Er kam als *Magnum*-Verschnitt – mit einem roten Spielzeugferrari auf seiner Baseballmütze, einem Hawaiihemd und Zeus und Apollo im Schlepptau.

An seinem Arm hing die Ex-Miss Eisenfresser, Alex Drombowsky, mit blonder Perücke als Marilyn Monroe verkleidet. In dem gewagten roten Samtkleid kam ihr Silikonbusen bestens zur Geltung, und falls dieses ausladende Teil im hinteren Bereich kein Sofakissen war, dann hatte sie in den letzten Tagen offenbar auch dort Hand anlegen lassen.

Gerry strahlte vor Stolz.

»Was findest du nur an dem?«, fragte ich Alex in einem der vielen Momente, in denen Gerry sie allein ließ, um eine der anwesenden Weiblichkeiten anzubaggern.

»Du und deine Vorurteile gegen Langzeitarbeitslose!«, fauchte Alex.

»Das hat doch damit nichts zu tun. Schau ihn dir an: Er verpasst gerade dieser Haremsdame einen Knutschfleck!«

Die Haremsdame entpuppte sich als Konny Simonis. Offenbar wollte Gerry ihr auf diese Art zeigen, wie Leid ihm die Sache mit der Wanne tat.

Irgendjemand legte Polonäse-Musik auf, und prompt krallte sich Gerry in die schlabberhosenverhüllte Hüfte von Konny und schob sie quer durch den Raum.

Alex sah ihm mit gefalteten Händen zu, wie ein Pfarrer, der segnend seine Gemeindeschäfchen beobachtet.

Verstehe eine die Frauen!

11.11., 21 Uhr 23

Im Laufe des Abends zeigte sich dann allerdings, dass Gerry die falsche Haremsdame liebkost hatte, nämlich Fabiola, die Zwillingsschwester.

Konny saß die ganze Zeit mit Hennes Guckelsberger, einem schütteren Mittfünfziger, der als er selbst gekommen war, Händchen haltend auf dem Rand unserer Badewanne und erging sich in Reminiszenzen an das aufregendste Abenteuer ihres Lebens. Hennes, der Wackere, machte unterdessen mit der freien Hand Digitalfotos von unserer geschichtsträchtigen Wanne.

Herr Guckelsberger war natürlich voll rehabilitiert, nachdem eine Nachbarin von Konny gestanden hatte, ihr wegen des Wasserschüttvorfalls einen Brief geschrieben zu haben.

Beileibe nicht anonym: Die Kringel am unteren Ende des Schreibens waren keine Deko, sondern ihre Unterschrift. Konny mit ihrer Vorliebe für Spionageromane hatte das irgendwie nicht geschnallt.

11.11., 21 Uhr 44

Knud und Matze hatte ich auch eingeladen. Sie kamen als Audrey Hepburn und Maria Callas und waren die aufregendsten Frauen des Abends. Während Siggi unseren völlig entstellten Ölbildern mit dem Senf den *finishing touch* verabreichte, sangen die beiden *Moon River* und das Blumenduett aus *Lakmé*. Grottenschlecht, aber unbestreitbar unterhaltsam.

Ihr Westie war auch mit von der Partie und schlabberte alle Gläser leer, deren er habhaft werden konnte. Im Vollsuff gab er, der eigentlich eine Sie war, sich dem begattungswilligen Zeus hin.

Jetzt warten wir alle sehr gespannt auf das Ergebnis: Rottis? Westweilers? Jedenfalls ein Wurf Hündchen mit sehr kurzen Beinen und riesigen Leibern.

11.11., 22 Uhr 05

Mama Amritanandamayi und ihr Sikh, als Inder verkleidet, spielten während der Party in einer Ecke unseres Schlafzimmers Poker mit den Hörning-Brüdern. Die als Piraten kostümierten Jungs verloren Haus und Hof an die Mama, aber ich griff nicht ein.

Auf dem Futon lagen die Mäntel unserer Gäste und meine Freundin Marianne mit ihrem griechischen Urlaubsmitbringsel: 18 Jahre alt, muskulös wie ein antiker Olympionike und sehr heißblütig. Ich überlegte, ob ich eingreifen sollte, aber dann warf ich den beiden einfach unsere Restbestände von den Salami-Kondomen aufs Bett und ließ sie gewähren.

11.11., 22 Uhr 07

Meine Busenfreundin Sophie sagte ab. Sie und Ehegespons warteten auf der A6 kurz hinter Nürnberg auf den Abschleppdienst. Sophie hatte irgendeine gute Ausrede – Getriebeschaden, Geisterfahrer, Hochnebel –, aber ich wusste, was Sache war: Die Gute hatte aus alter Gewohnheit mal wieder in den neuen BMW, der nur Super bleifrei trank, Diesel eingetankt. Ich jammerte nicht. Ihr Gatte würde schon genug zetern. Und im Hintergrund meinte ich auch zu vernehmen, wie sich ein Bart- und Brillenträger rumpelstilzchengleich in den Boden bohrte. Ich reichte den Hörer an Urs weiter, damit sie ihm gratulieren konnte.

11.11., 22 Uhr 09

Ursens Eltern – Reformatorin Zwingli und Wilhelm Tell – sowie meine Eltern – Hänsel und Admiralin Gretl – saßen auf der Flurtreppe in angeregtem Gespräch mit einem jungen Mann, der mir gänzlich fremd war. Er trug eine Priesterkutte, und wenn ich richtig gelauscht hatte, drehte sich das Gespräch um Sinn und Unsinn der Stammzellenforschung.

»Ursi, wer ist denn das? Ein Verwandter von dir?«

Urs küsste meine nackte Schulter. »Nope, ich habe den Mann noch nie zuvor gesehen.«

»Den habe ich eingeladen«, offerierte Gerry, der gerade mit Haremsdame Fabiola im linken Arm und Alex »Marilyn« Drombowsky im rechten Arm an uns vorbeitrabte.

»Dann ist ja gut«, meinte Urs und entschwand.

»Nein, das ist nicht gut!«, zürnte ich und hielt Gerry am Hawaiihemd fest. »Wer ist das?«

»Keine Ahnung.« Gerry zuckte mit den Schultern.

»Und warum lädst du ihn dann zu uns ein? Verdammt, Gerry!«

»He, immer schön cool. Er hat auf deinem Handy angerufen. Das hat gebimmelt, als ich mir letzthin bei euch ein bisschen was zu essen ausgeliehen habe.«

»Waren wir zu diesem Zeitpunkt anwesend?«

Gerry schaute mich mitleidig an. »Natürlich nicht, sonst hättest du ja wohl selbst an dein dummes Handy gehen können.«

Er zog die beiden Schönen mit sich. »Jedenfalls heißt der Typ Torben. Du hast ihm neulich wegen einer Anzeige auf den Anrufbeantworter gesprochen. Da habe ich ihn für heute eingeladen. Ist doch okay, oder?«

11.11., 22 Uhr 28

Mein alter Kumpel Jacques gewann den Preis für das schönste Kostüm des Abends: Er kam als Zahn. In dem weiß gestrichenen Pappungetüm mit einem Kariesloch als Ausguck konnte sich Jacques zwar nicht setzen und auch nichts essen, aber er war unbestritten der Hit des Abends: Alle wollten sich mit Füllstift auf seinem weißen Rücken verewigen. Ich schrieb *Vive la France*! und malte ein Baguette daneben. Das Baguette wurde später taktloserweise schnöde missdeutet…

11.11., 22 Uhr 51

Simon erschien kurz vor dem großen Finale mit einer drallen Rothaarigen im Arm – als Adam und Eva. Die

Schummerlicht-Beleuchtung auf unserer Party ließ Genaueres nicht erkennen, aber ich hoffte, dass sie fleischfarbene Ganzkörperanzüge trugen und nicht *au natürel* aufgetaucht waren.

»Das ist Suse«, stellte er mir seine Begleiterin vor.

»Sanne!«, verbesserte sie, weitaus gnädiger, als ich es in ihrem Fall getan hätte.

»Wie nett«, sagte ich.

»Du bist ja ein ganz schön tiefes Wasser.« Simon zwinkerte mir zu.

»Wie meinen?«

»Na, der Kuss letzthin. Im *Wiener's.* Der war nicht von schlechten Eltern. Warum zu Hause versauern, wenn man da draußen jede Menge Fun haben kann, was?« Er knuffte mich. »Wie sagte schon Leonardo auf der *Titanic*: Weil jeder Tag zählt!« Er lachte herzhaft.

»Ja. Und vielen Dank auch, dass du Urs daran hast teilnehmen lassen.«

»He, dazu sind Freunde doch da! Und jetzt auf – let's party!«

Hüftschwingend wackelte er in Richtung Wohnzimmer, die Rothaarige wuselte hinterher.

Ich wollte gerade die Tür schließen, als jemand rief: »Halt, Moment noch!«

Es war eine mir unbekannte Anfangzwanzigerin im Büroschlampenkostüm.

»Ich bin ein Gast von Frau Drombowsky«, tönte sie und wollte sich an mir vorbeidrängen. Wofür hielt die mich? Die Türsteherin?

Ich streckte den Arm aus, und ihre Stupsnase kam in meiner frisch enthaarten Achselhöhle zum Stehen. Woraufhin der Beweis erbracht wurde, dass es doch etwas gibt, das schneller ist als das Licht, nämlich diese Stupsnase, die sich spornstreichs zurückzog.

Auf unserer Party tummelten sich eine Menge Leute, die ich nicht kannte: ein dürrer Napoleon, der neben dem Büfetttisch stand und alle Esswilligen mit langatmigen biochemischen Warnungen über die lange Latte an Giftstoffen in unseren Nahrungsmitteln verschreckte, ein untersetzter Römer in einer Damasttischdeckentoga, der vor der Tür zur Besenkammer auf dem Boden saß und weinselig in der Schule auswendig gelernte Gedichte lallte, eine Flamencotänzerin, die ihr Baby mitgebracht und in meinem Büro zwischengelagert hatte und ständig »pst! pst! pst!« rief, wenn die Partymusik zwanzig Dezibel überstieg.

All diese Menschen waren mir fremd, und falls sie auch Urs fremd sein sollten und einfach nur zufällig schwerstverkleidet durch die Schottstraße spaziert waren, dabei unsere Partylichter sahen und sich dachten, »He, da feiere ich doch spontan mit!«, so sollte mir das auch recht sein. Aber an dieser Stupsnase störte mich etwas. Ein intuitives Unbehagen. Eine Vorahnung.

Die sich erfüllte. Gleich darauf.

Ein Mann hechtete sportlich durchtrainiert über den Vorgartenzaun.

Die Stupsnase folgte meinem Blick und erklärte: »Das ist mein Freund. Er hat nur schnell den Wagen eingeparkt.«

Der Freund kam mit federnden Schritten auf mich zu. Schritte, die mir irgendwie bekannt vorkamen.

Er trug einen schwarzen Zorro-Umhang und eine Augenbinde, aber ich erkannte ihn doch.

Viktor!

11.11., 11 Uhr 11 p.m.

»Hoch soll er leben, hoch soll er leben, dreimal hoch!«, grölten die fünfzig Leute, die sich in unser Wohnzimmer quetschten.

Ich prostete Urs inbrünstig zu. Er warf mir eine Kusshand zurück.

Sektkorken knallten, Wunderkerzen brannten, Chantal Sturzenegger schluchzte gerührt auf, Swami Detlef Kowalski im *Darth-Vader*-Kostüm und *Kundalini*-Axel mit Einstein-Perücke läuteten tibetische Tempelglocken und dann sangen alle *Häppi Birthday to you*.

»Danke, danke, danke«, bedankte sich Urs. »Liebe Freunde, heute gibt es noch mehr zu feiern als nur meinen Geburtstag. Meine süße Kleopatra und ich, wir haben uns verlobt!«

»Bravo!«, gellte die Menge unisono. Anschließend wurden wir von 49 Lippen und einem Mundschutz geküsst und geherzt. Wobei mich meine Krimistammtischschwestern der Reihe nach knufften, weil ich Ungetreue ihnen gegenüber nicht die leiseste Andeutung gemacht hatte.

Als Viktor mich küsste, flüsterte ich: »Nimm bloß deine Augenbinde nicht ab!« Sollte Simon ihn erkennen, würde das die kürzeste öffentlich bekannte Verlobung in der Geschichte dieser Stadt.

Viktor, dessen blaue Augen an diesem Abend überhaupt nicht mehr leuchteten*, nickte gehorsam.

Amadeo Sturzenegger herzte mich etwas inniger, als es nötig gewesen wäre, dafür fiel die Umarmung meiner Mut-

* Wie sich herausstellte, war das blaue Leuchten das Produkt von Kontaktlinsen.

ter etwas kühler aus. »Ich gehe mal in deine Küche und mache ein wenig sauber. Wirklich, Kind, man muss sich ja schämen. Sei dankbar, dass du so einen verständnisvollen Mann abbekommen hast!«

Mütter!

11.11., 23 Uhr 29

Ich saß mit Alex und Apollo auf Gerrys Hollywoodschaukel im Vorgarten. Es nieselte, aber wir waren ja überdacht.

Apollo war traurig, dass sein Kumpel Zeus lieber um so eine Westie-Tussi herumscharwenzelte, als mit ihm die Waden der Gäste anzupinkeln. Er war dermaßen niedergeschlagen, dass er seine Würde als Kampfhund vergaß, sich auf den Rücken rollte und sich von Alex den Bauch kraulen ließ.

Hin und wieder gab ich ihm kleine Brocken von dem Pizzastück ab, das ich mit in die Kälte genommen hatte.

»Da kommt sie«, sagte Alex plötzlich.

Die Stupsnase in ihrem Büroschlampenoutfit stakste in ihren Stöckelschuhen durch den schlammigen Rasen. Ich hatte diesen Treffpunkt mit Bedacht gewählt.

Mein erster Eindruck hatte mich nicht getäuscht.

Es war Helga Halbinger, die Büroschlampe von Alex. Sie war jedoch nicht in ihrer Arbeitskleidung erschienen, sondern im *Erin-Brokovitch*-Kostüm, wie sie auf Anfrage mitzuteilen geruhte.

Jetzt zog sie einen wattierten Umschlag aus ihrer Umhängetasche.

»Hier bitte, die Fotos und das Tagebuch.«

Alex stürzte sich euphorisch auf die Unterlagen. Apollo,

der diese Euphorie nicht kommen sah, wahrscheinlich weil er vor Bauchkraulverzückung die Augen geschlossen hatte, plumpste unsanft auf den Rasen und trollte sich schmollend.

Alex prüfte die Ware auf Echtheit und Vollständigkeit. Dann nickte sie mir zu.

Man sagt meinem Blick oft hypnotische Kräfte nach, vor allem wenn ich zu viel *Fernet Branca* getrunken habe. Mit diesem Blick fixierte ich die Stupsnase. Sie hielt ihm nicht stand.

»Frau Drombowsky hat die Sachen ja auch einfach so herumliegen lassen. Als ich ihr die Mappe mit den Freisetzungsplänen zu Hause vorbeibrachte. Vor sieben Wochen, während ihrer Sommergrippe. Auf der Kommode im Schlafzimmer. Da lagen sie.« Helga Halbinger klang trotzig.

Aha. Jetzt war es also schon die Schuld des Diebstahlsopfers, wenn es sein Eigentum in der eigenen Wohnung offen herumliegen ließ.

»Warum? Warum? Warum?«, stöhnte Alex. In ihrer Stimme lagen Verständnislosigkeit und Verzweiflung. »Was habe ich Ihnen nur getan?«

»Was Sie mir getan haben? Da fragen Sie noch?« Das Stupsnäschen, das in seinem schulterfreien Ledertop und dem Jeansminiröckchen ordentlich fror, war mittlerweile blau angelaufen.

»Sie haben mich immer so behandelt, als sei ich die Büroschlampe! Was glauben Sie wohl, wie ich mich dabei fühle?«

Alex spitzte die Lippen, widersprach aber nicht.

»Natürlich wollte ich es Ihnen heimzahlen, als sich die Gelegenheit dazu bot. Geld hätte ich nie angenommen, aber ich wollte, dass Sie sich auch mal total dumm vorkommen.«

Hm, das ist ja eigentlich nur fair.

Ich war mir sicher, dass ich das gedacht und nicht ausgesprochen hatte, dennoch knuffte mich Alex in die Seite.

»Ich glaube ja, es ist nur der Neid«, fuhr die Stupsnase fort. »Weil ich bei den Kollegen so beliebt bin, und Sie nicht. Und weil ich bei den Männern generell mehr Erfolg habe. Sie haben ja noch nicht mal einen Freund!«, trumpfte Helga auf.

In diesem Moment trat Gerry auf uns zu, das Hawaiihemd weit geöffnet, sich die haarige Brust kratzend, und laut furzend. »Boar, das musste raus«, johlte er begeistert. »Na, Mädels, so allein in der Kälte? Soll ich euch wärmen?«

Alex stand auf und reichte Helga die Hand. »Jetzt sind wir quitt. Okay?«

»Okay!«

Als die Stupsnase davonstöckeln wollte, rief ich ihr noch eine Frage nach, die mir feurig unter den Nägeln brannte. »Wie lange kennen Sie Viktor eigentlich schon?«

Sie drehte sich noch einmal um und sah auf ihre Armbanduhr. »Seit etwa drei Stunden. Ist heute unsere erste Verabredung. Wir haben uns über eine Anzeige kennen gelernt. Ist er nicht cool? Er ist Dressman!« Sie zog die handbreite Jeansstoffbahn, die sie als Rock trug, über die Pobacken nach unten. »Und küssen kann der! Das würden Sie nicht glauben.«

Doch, ich glaubte es.

Dann ging ich ins Bad und wusch mir den Mund mit Seife aus.

12.11., 2 Uhr 51

Im Jahre des Herrn 450 zogen die Hunnen brandschatzend und vergewaltigend durch Europa. Posthum soll ihnen Rehabilitierung widerfahren: Im Vergleich zu unseren Partygästen war die wilde Horde unter Attila nichts weiter als eine windeltragende Sandkastenspieltruppe.

Sie hatten uns die Haare vom Kopf gefressen, unsere Ölbilder verschandelt, die Sittiche und den Tropenfisch traumatisiert und unser Ehebett entweiht. Und man durfte sie dafür nicht einmal niedermetzeln. Sagen Sie, was Sie wollen, aber das finstere Mittelalter hatte auch seine Lichtblicke…

Um zwei Uhr setzten wir die letzten Gäste vor die Tür. Gerry trug die völlig alkoholisierte Alex nach nebenan, Konny und Fabiola Simonis zogen mit dem Kommissar ab, Maren und der Mundschutzspusi – mittlerweile am Mund zu einer Einheit verschmolzen (und nein, der Typ nahm seinen Mundschutz beim Küssen nicht ab…) – gingen wie die Krebse seitwärts zu Marens Smart, und der Napoleon schüttelte mir ausgiebig die Hand und reichte mir zum Abschied die Broschüre »Sicheres Essen – Der Weg aus der Giftfalle für die moderne Hausfrau«.

Unsere Eltern hatten schon gegen Mitternacht das Handtuch geworfen. Vorher machten Chantal und meine Mutter noch schnell das Gröbste sauber. So rein war es in unserer Bude seit dem Einzug nicht mehr gewesen.

Nun lag ich mit Urs im Bett, erschöpft, aber glücklich.

Auf Ursens Seite des Futons war es feucht und klebrig – fragen Sie nicht, warum –, darum stapelten wir uns auf meiner Seite des Futons. Ich unten, er oben. Keine Sorge, es folgt keine schmutzige Sexszene, dafür war ich zu dieser fortgeschrittenen Stunde viel zu erledigt.

»Danke für das Sammlerstück«, sagte Urs und pflanzte einen Kuss auf meine Nasenspitze.

»Hmm«, murmelte ich müde.

»Die Kamera war doch sicher schweineteuer. Hast du dafür Familienerbstücke versetzt?«

Ich wollte grinsen, aber meine Gesichtsmuskulatur schlief schon.

»Sag ehrlich, was hast du dafür gemacht?«

»Meine Seele dem Teufel verkauft.«

Urs knabberte an meinen Ohrläppchen. »Dann ist ja gut.«

Ich sagte »Lass das«, aber es klang mehr wie ein Schnurren, weniger wie eine kalte Dusche.

Urs knabberte heftiger.

»Haben wir noch eines von diesen Salami-Kondomen?«

Offenbar war Urs noch agiler als ich, die ich schon im Halbdämmer versackte. Sollte Urs ruhig *Die Geschichte der O* nachspielen, meinen Segen hatte er. Mich lockten Morpheus und das Reich der Träume.

Urs tastete meinen Nachttisch ab. Dann zog er die Schublade auf.

Irgendetwas in mir – eine dumpfe Ahnung vielleicht – versuchte, mich wachzurütteln und schrie »Obacht! Vorsicht! Gefahr im Verzug!«, aber meine Glieder waren schwer, meine Lider waren noch schwerer, und mein ohnehin mickriger Verstand lag bereits in tiefem Schlummer.

»Was ist das denn?«, meinte Urs und nahm eine aufrechte Position ein. »*Wie erziehe ich meinen Welpen – das ultimative Hundebuch für Kinder von 5 bis 10 Jahren.*«

Zack war ich hellwach!

»Gib her«, rief ich und versuchte, ihm das Buch aus der Hand zu reißen. Taktisch unklug.

»Willst du, dass wir uns einen Hund zulegen?« Urs drehte mir den Rücken zu und blätterte in dem reichlich zerfledderten Büchlein. »Eigentlich sind ja Zeus und Apollo Abschreckung pur!«

»Äh … die sind nur schlecht erzogen. Deshalb das Buch.«

»Da steht ja eine Widmung drin …«

»Urs, mein Schatz, wollten wir nicht kuscheln?«, gurrte ich sirenenhaft.

Nicht sirenenhaft genug.

»Für meine Lieblingsenkelin – auf dass du deinen künftigen Mann zu einem Prachtkerl erziehst! Deine Oma Nölle.«

Es wurde still im Schlafzimmer.

»Als du eben *Lass das* sagtest, hast du da einen Tipp aus diesem Hunderatgeber befolgt?«

Ich rollte mich vom Futon und schlüpfte in meinen Frotteemorgenmantel. »Vielleicht sollte ich doch mal schnell den Teppich saugen. Wenn der ganze Schmodder bis morgen eintrocknet, geht er nie mehr raus.«

»Wir haben keinen Teppich, nur Parkett!« Urs schlug wahllos eine Seite auf. *»Rüden im Rudel sind unmanierlich, unausstehlich und unerziehbar«*, las er vor.

Er sah auf. »Hast du das nicht gesagt, als ich mit den Jungs unser Einmonatiges gefeiert habe?«

Ich eilte zur Schlafzimmertür.

»Warte nicht auf mich, ich werde wohl auch noch das Bad schrubben.«

»Weib! Hier geblieben!« Urs klappte das Büchlein zu und sah mich entgeistert an. »Hast du etwa versucht, mich wie einen Welpen zu erziehen?«

Ich schüttelte divenhaft meine Lockenpracht aus, rückte den Morgenmantel zurecht und rief: »Gute Nacht, Liebling!«

Und – wusch! – suchte ich mein Heil in der Flucht.

»Weib!«, gellte es mir hinterher, aber ich war schneller. Flugs sperrte ich die Schlafzimmertür ab. Gerettet!

»WEIB!!!«

Na gut, jetzt war Urs womöglich eine Spur erregt. Das gab sich wieder. Gar nicht der Rede wert. Bestimmt fand sich in meinem Hunderatgeber auch ein Kapitel mit dem Titel »Wie stimme ich mein böses Hundchen friedlich«.

Nur leider steckte der Hunderatgeber auf der falschen Seite der Schlafzimmertür, gegen die heftig gepocht wurde.

»WEIB!!!«

Hatte ich nicht hinter der Shakespeare-Gesamtausgabe im Wohnzimmerbücherregal ein paar Milky Way gebunkert?

Yep, die eiserne Notreserve futtern, das wäre jetzt genau das Richtige!

Genüsslich seufzte ich auf und trabte los. »Schlaf schön, Schatzibär.«

»W-E-I-B!!!«

WIR MERKEN UNS:

Sollte Ihr kleiner Liebling einmal berechtigterweise sauer auf Sie sein, dann gönnen Sie ihm etwas Ruhe und Einsamkeit – böse Zungen mögen das ruhig Isolationshaft nennen. Damit ermöglichen Sie ihm die Erkenntnis, dass Sie zwar nerven mögen, aber ein Leben ohne Sie trostlos und öde ist.

Verwöhnen Sie ihn anschließend mit seiner Lieblingsleckerei. Sie wissen ja: Liebe geht durch den Magen!

Dann wird alles wieder gut.

P.S.: Kondome mit Salamigeschmack sind nicht der Bringer…